MILAGRES *em* PRATO

Laurie Albanese & Laura Morowitz

MILAGRES EM PRATO

Tradução de
Beatriz Horta

EDITORA RECORD
RIO DE JANEIRO • SÃO PAULO
2011

CIP-Brasil. Catalogação-na-fonte
Sindicato Nacional dos Editores de Livros, RJ

Lico Albanese, Laurie, 1959-
L679m   Milagres em Prato/Laurie Lico Libanese, Laura Morowitz; tradução Beatriz Horta. — Rio de Janeiro: Record, 2011.

Tradução de: The miracles of Prato
ISBN 978-85-01-08486-6

1. Ficção histórica. 2. Romance americano. I. Morowitz, Laura. II. Horta, Beatriz. III. Título.

10-5939.   CDD: 813
                                      CDU: 821.111(73)-3

Título original em inglês:
THE MIRACLES OF PRATO

Copyright © 2009, Laurie Lico Albanese e Laura Morowitz.

Este livro é uma obra de ficção. As referências a nomes, eventos, estabelecimentos, organizações ou localidades são fictícias e foram feitas apenas para garantir um senso de autenticidade. Todos os personagens, eventos e diálogos são frutos da imaginação das autoras e não devem ser interpretados como reais.

Editoração eletrônica: FA Editoração

Texto revisado segundo o novo Acordo Ortográfico da Língua Portuguesa.

Todos os direitos reservados. Proibida a reprodução, no todo ou em parte, através de quaisquer meios.

Direitos exclusivos de publicação em língua portuguesa para o Brasil adquiridos pela
EDITORA RECORD LTDA.
Rua Argentina, 171 — Rio de Janeiro, RJ — 20921-380 — Tel.: 2585-2000, que se reserva a propriedade literária desta tradução.

Impresso no Brasil

ISBN 978-85-01-08486-6

Seja um leitor preferencial Record.
Cadastre-se e receba informações sobre nossos lançamentos e nossas promoções.

Atendimento e venda direta ao leitor:
mdireto@record.com.br ou (21) 2585-2002

Para os nossos milagres:
Melissa, John, Isabelle, Olivia e Anais,
com muito amor e gratidão

Ame e faça o que quiser.
(*Dilige, et quod vis fac.*)

Conceda-me castidade e continência, mas não agora.
(*Da mibi castitatem et continentiam, sed noli modo.*)

SANTO AGOSTINHO, BISPO DE HIPONA

Distribuição do tempo no século XV

Horas litúrgicas

Na vida monástica, as horas eram nomeadas conforme os ciclos de orações:
- Laudes (de madrugada)
- Prima (primeira hora após o amanhecer; por volta de 6h)
- Terça (terceira hora após o amanhecer; por volta de 8h)
- Sexta (sexta hora após o amanhecer; por volta de 11h)
- Nona (nona hora após o amanhecer; por volta de 14h)
- Vésperas (ao anoitecer)
- Completas (últimas orações antes de dormir)
- Matinas (orações noturnas, entre 2h e 4h)

Calendário litúrgico

O ano era dividido em estações:
- Advento (de quatro dias antes do Natal até a véspera de Natal)
- Época de Natal (da noite do Natal até 13 de janeiro)
- Tempo pós-epifania (de 13 de janeiro a nove domingos antes da Páscoa)
- Septuagésima (de nove domingos antes da Páscoa à terça-feira anterior à Quarta-Feira de Cinzas)
- Quaresma (período de quarenta dias entre a Quarta-Feira de Cinzas e o Domingo de Ramos)
- Semana Santa (do Domingo de Ramos ao Domingo de Páscoa)
- Época de Páscoa (do Domingo de Páscoa à Oitava de Pentecostes)
- Tempo depois de Pentecostes (da segunda segunda-feira após a Páscoa até o sábado antes do Advento)

Prólogo

Convento Santa Margherita

Prato, Itália

Dia de Santo Agostinho, ano do Senhor de 1457

Sempre há sangue, pensa a parteira. Sangue quando as virgens se entregam, sangue na roupa de cama, sangue para selar os votos religiosos. Mais uma vez, jovens se entregam por vontade ou contra ela e, quando os homens se saciam, as mulheres vão para o convento concluir o que foi iniciado.

A velha parteira segura um trapo encharcado de tintura de estrelamim no ponto que sangra e observa o pano ficar vermelho e marrom-escuro. Franze o cenho ao procurar coágulos no sangue escuro. O parto foi demorado e difícil, durou da oração da nona à das matinas. Já se passaram mais de 12 horas e o cataplasma de camomila com verbena mal estancou o sangramento. Uma meia-lua marca o céu a ocidente sobre a pequena cidade de Prato. Deitada no catre, a mãe geme e chama o filho. Está com os olhos fundos e o rosto contorcido de angústia.

A parteira suspende seu véu e olha a *infermeria* iluminada por velas, onde uma noviça pálida e trêmula segura o bebê enfaixado. O cheiro da enfermaria é parecido com o de um curral após o abate. O ar é cheio de um vapor denso com cheiro ácido de sangue.

A velha se aproxima da noviça e repara na cor do bebê para saber se é saudável. Observa o peito dele, subindo e descendo ao respirar pela primeira vez entre as freiras agostinianas. Na cama, a mãe suspira.

A jovem noviça assistente empalidece: ainda não viveu mais de 11 invernos e seu corpo delgado ainda não está maduro para aquela situação. Mesmo assim, foi ela quem segurou as pernas da mãe enquanto a parteira puxava o bebê pelos ombros para vir ao mundo. Foi ela quem acompanhou as horas de lamentação, ela quem alimentou a mãe com caldo de erva-doce para lhe dar força. Seu assombro era a intenção da parteira.

— Sempre há sangue. É o resultado do contato carnal — conclui a velha freira.

A noviça evita olhar a parteira. Segura o bebê no quarto abafado com suas empoeiradas paredes de pedra. A mãe chama. A parteira pega um lençol simples, gasto de tanto ser lavado com escova de arame, e cobre o corpo trêmulo da mãe. Ao ver a parteira se inclinar com seu véu branco como o halo de um anjo, a jovem mãe vira a cabeça, fraca. Vê a grande banheira de madeira com a água usada para lavar o bebê. Na água também há sangue.

— Deixe-me segurar meu filho. *Per piacere*, me dê ele — pede a mãe, estendendo a mão pálida para a parteira.

A parteira leva aos lábios da mãe um copinho de chá de calêndula e urtiga.

— Beba — diz, e a mãe leva os lábios à bebida amarga. Mal engole o chá e já pede de novo, chorando:

— Traga-o para mim, por favor. — Ela estende as mãos e só alcança o ar. — Deixe-me segurar meu filho.

A noviça não ousa dizer nada. Mas a criança grita forte, como se para responder à mãe.

No armário ao lado da porta há uma carta do prior-geral da Ordem Agostiniana, Ludovico Pietro di Saviano, com o lacre dele numa poça de cera cor de sangue. A velha freira, cansada de suas obrigações de parteira, pega o pergaminho e lê outra vez. Os olhos cinzentos são argutos e enxergam as palavras do prior-geral mesmo na penumbra. Olha para o pesado crucifixo de madeira pendurado na parede sobre o leito. Ela sabe que não lhe compete questionar as ordens do prior-geral. É apenas uma serva do Senhor e, sendo mulher, o mais humilde de todos os Seus servos. Mesmo assim, reza baixo antes de percorrer o pequeno cômodo e fazer o sinal da cruz na testa do bebê. Passa um galho vermelho de erva-benta na testa do menino, batizando-o para a viagem incerta que fará, enquanto murmura as palavras que já pronunciou tantas vezes, para cada criança que veio ao mundo por suas mãos:

— *Ego te baptizo in nomine Patris et Filii et Spiritus Sancti.*

O rosto da noviça se ilumina ao ouvir as palavras que ligam a criança a Cristo. Esfrega os braços do bebê, dobra os joelhos e cotovelos dele, aperta os dedinhos. A criança abre a boca e choraminga, tem a língua de um gatinho. A noviça enrubesce. Com um grande suspiro, a parteira põe o galho de erva-benta entre os panos da criança para protegê-lo do Mal e manda a noviça vesti-lo para a viagem. A jovem assistente não diz nada, mas seu rosto pergunta algo e a parteira concorda com a cabeça, sussurrando:

— *Andiamo!* — A jovem se mexe e, com mãos ágeis, enrola mais um pano na criança. — Mantenha a cabeça dele coberta — sussurra a parteira. A viagem pode ser longa.

— *Bambino mio* — a mãe chama, a voz mais insistente.

A parteira não dá ouvidos. Pega a criança, abre a porta da enfermaria e passa o bebê para a freira agostiniana que espera do lado de fora, à luz da lua. Rapidamente, a freira leva o bebê pelo jardim do convento, sem fazer barulho no chão de terra. Não ousa olhar para o bebê. No pátio, passa a criança para um homem cujo manto marrom lhe esconde o rosto. O bebê chuta de leve o pano que o enfaixa enquanto o homem corre para uma carroça puxada por uma mula. O homem chicoteia o animal, e seguem para a estrada. Depois que passam, os portões do convento se fecham com um baque surdo.

O trabalho da parteira está quase terminado. Ela dispensa a noviça em silêncio, quase não agradecendo pelo serviço difícil da jovem. Com os dois braços, a parteira segura um molho de galhos secos de rosmaninho e sálvia, acende-os na vela e sopra a chama. Os galhos soltam uma densa nuvem de fumaça. A freira vai até o fundo do quarto, para ao lado da mãe prostrada e abana as ervas fumegantes sobre a mulher. Quando a fumaça enche o quarto, ela apoia o galho fumacento num prato de estanho e começa a limpar a enfermaria. Em silêncio, junta os lençóis ensanguentados e coloca-os num cesto. Empurra a tina de madeira cheia de água pelo chão de pedra até a porta. Na primeira luz do dia, será usada para molhar as ervas nos vasos do jardim. Não dá ouvidos ao choro baixinho da jovem na cama e pega a faca, a tigela com a placenta e o cruel fórceps de ferro, que não precisou usar. Leva tudo nas dobras de seu amplo avental, segurando-o pelas pontas como se fosse uma cesta. Finalmente, a parteira sopra a vela e o quarto mergulha na escuridão de uma noite qualquer.

— Onde está meu filho? — A voz rouca da jovem corta a noite. — O que você fez com ele?

O coração da velha freira não é duro, mas está acostumado a dissuadir mães. Aquela deve ser tratada como as outras.

— Obedeci às ordens do prior-geral. A criança foi batizada e será cuidada.

— Não, não — geme a jovem. Os lamentos chegam até os corredores do dormitório do convento e as freiras os ouvem, deitadas em seus catres. — *Bambino mio*, meu filho.

— Por favor, não nos compete questionar o prior-geral. A vontade de Deus deve ser obedecida. Pela primeira vez naquela longa noite, a parteira fala num tom suave.

— O prior-geral. — A mãe geme o nome e se mexe como se fosse levantar-se da cama. Os cabelos, presos numa rede, se soltam e brilham como a luz pálida da lua. Ela soluça. — *Dio mio*, não permita que o prior-geral faça isso comigo. Por favor, eu imploro, irmã.

A velha parteira já presenciou o choro de mulheres que acabavam de dar à luz e há muito prometeu não se influenciar por aquela amargura salgada.

— Você teve um filho sadio, mas não falemos mais nisso. Você vai ver que será melhor assim. Você vai ver — diz a parteira, saindo do quarto e fechando a porta apesar dos dolorosos soluços da jovem.

Sozinha em sua estreita cela, a parteira acende a luz, tira a touca e solta as tranças grisalhas, que caem até a cintura. Com dedos ágeis, desfaz o penteado e massageia o couro cabeludo. Abre um vidrinho de óleo da lavanda colhida no herbário de que cuida todos os dias e esfrega algumas gotas nas palmas das mãos. Massageia as mãos rijas. Passa o óleo perfumado na testa, nos cabelos, na nuca. A pele formiga com esse pequeno prazer.

A cela é apertada, conforme manda a Regra de Santo Agostinho, e logo é tomada pelo cheiro de lavanda. No pequeno quarto cabem apenas um catre estreito, uma mesa de madeira e um gasto Livro de Horas. Esse é o lar da freira há quase meio século. Antes, muito antes, ela só conseguia entrar lá para dormir, quando estava trôpega de cansaço. Agora a velha freira sente alívio por estar a sós.

— Oh, Senhor — reza, enquanto vai para a mesa a passos lentos —, é essa a Sua vontade? Isso é o melhor para todos? *Sanctus Christus*. Abençoado seja.

Pensa nos olhos fundos da jovem mãe, o lindo rosto atormentado pela dor e pelo medo. Não foi a primeira mulher solteira a quem ajudou a dar à luz. Mas foi a primeira vez que se sentiu tão próxima do pecado da concepção de outra pessoa.

Coloca a vela na mesa, pega um pergaminho e senta no banco pesado. Mergulha a pena num vidro com tinta feita das folhas do jardim e começa a carta para o prior-geral Ludovico di Saviano. Devagar, a pena risca o pergaminho e ela conta os fatos ocorridos no convento Santa Margherita.

Hoje cedo, dia de nosso abençoado Santo Agostinho, um menino nasceu com ajuda de minhas mãos. O parto foi difícil, mas a mãe é jovem, forte e ficará bem. Conforme suas ordens, não foi permitido à mãe segurar a criança, nem lhe dar um nome cristão. A criança foi batizada e levada para uma ama-seca, que cuidará dela. Não foi feito registro do nascimento.

Com isso, ela toca a cabeça e o peito, fazendo o sinal da cruz. Continua a escrever:

O cordão umbilical e a placenta foram enterrados perto da pereira, fora dos muros do convento. A criança não nasceu empelicada, mas tem uma marca vermelha na nádega, em forma de cruz.

É verdade, pensa a freira. Não posso omitir a marca de nascença.

A criança é uma alma pura e espero que seja enviada para uma casa onde pais verdadeiramente cristãos possam criá-la e educá-la como se fosse deles. Segui suas ordens.

Satisfeita com a informação transmitida em sua cuidadosa caligrafia, dobra o pergaminho e o lacra com a cera da vela. Marca a cera com o polegar, o único selo que uma freira pode ter.

*

Tudo o que escreveu para o prior-geral é verdade, exceto um detalhe: a mãe deu um nome à criança.

"Senhor Amado, proteja meu filho até que eu possa encontrá-lo novamente. Mãe Maria, pelo poder do Sagrado Cinto, imploro seu perdão", disse a mãe, na escuridão enfumaçada de folhas de sálvia.

Ela então pronunciou alto o nome da criança e esperou. Mas o Senhor não fez ribombar um trovão, nem a Virgem estendeu a mão para consolá-la. Sem recusa, sem reconhecimento nem ira. Não fosse o cheiro de sangue no quarto e a dor entre as pernas, seria como se a criança não tivesse nascido.

Capítulo Um

Dia de Santa Filomena, ano do Senhor de 1456

Lucrezia e Spinetta Buti chegaram ao convento Santa Margherita no começo de julho, na segunda-feira da quarta semana depois de Pentecostes. Vieram numa carruagem simples, puxada por dois belos cavalos que fizeram todos parar ao vê-los na poeirenta estrada de Florença. Os camponeses que trabalhavam nas plantações de oliveiras tiraram os chapéus quando eles passaram, e os meninos que pastoreavam seus rebanhos nas colinas douradas do Sesto Fiorentino acenaram, esperando que, da carruagem, alguma mão pálida jogasse moedas, doces ou pequenas contas coloridas.

Brilhando ao sol da manhã, os cavalos trotaram ao atravessarem os portões principais de Prato e relincharam ao diminuírem o ritmo do lado de fora do convento. A priora Bartolommea, sentada em seu pequeno escritório, olhou por cima de seus livros contábeis.

— Estamos esperando alguém? O administrador? — perguntou à irmã Camilla.

— O administrador ainda está em Montepulciano, no novo convento que administra — respondeu a secretária.

— Então é o prior-geral? — perguntou a madre Bartolommea, quando os portões foram abertos e a carruagem entrou no pátio.

— Se for ele, madre, não marcou hora. Nem veio na carruagem de costume — disse a irmã Camilla, que se levantou e olhou pela janela.

As duas se benzeram e olharam para o céu. As visitas inesperadas do prior-geral Saviano, chefe da Ordem Agostiniana, eram preocupantes: ele raramente ficava menos de quatro noites, e sempre comia lautamente, bebia mais do que tinha direito e não repunha o parco suprimento das freiras.

— Talvez seja alguma visita para o frei Filippo — disse a irmã Camilla.

— Talvez — concordou a priora, baixo.

Deu um tapinha na mão da mais jovem ao pensar no frei Filippo Lippi, o famoso padre pintor. Apesar de não apreciar o irmão carmelita de voz grossa e fama de lascivo, a priora se animava sempre que pensava nele. A fama por pintar as mais belas madonas dos estados italianos crescia, e a priora esperava que a presença dele em Prato e em seu convento, do qual fora recentemente nomeado capelão, ainda pudesse trazer um pouco de glória ao Santa Margherita.

~~~

Em seu ateliê perto da Piazza della Pieve, o frei Filippo Lippi também notou os belos cavalos passando pelas ruas de Prato. Ao chegarem à praça da igreja, o frei deixou de lado o pincel e correu para a janela. O sol bateu em seu rosto mostrando as linhas fortes da boca, a testa grave, as amplas maçãs do rosto romanas e os olhos de um azul profundo. A carruagem que passava era simples, e o frei logo viu que não pertencia à Ordem dos Carmelitas nem tinha bandeiras com o brasão dos Médici, seis *belas* douradas. Fossem quem fossem, os passageiros não iam ao ateliê dele cobrar quadros encomendados ou dívidas, e o pintor sentiu um grande alívio.

Os cavalos viraram na esquina em direção à Via Santa Margherita, e o frei Filippo voltou para seu atravancado ateliê. Com mais de 40 anos, ele se mexia com agilidade entre os potes e vidros de tinta e de têmpera que enchiam as prateleiras e respingavam no chão, cobrindo-o de cor. Pensando no trabalho, mal percebeu as telas de madeira encostadas nas paredes, repletas de figuras de anjos, santos e padroeiros em várias fases, vivendo, rezando ou morrendo, à espera da vida que surgia das mãos dele.

O frei passou a mão nos cabelos cortados rentes e ficou em frente ao cavalete olhando a tela em que trabalhava havia dias. O quadro era encomenda de Ottavio de Valenti, o cidadão mais rico de Prato, e frei Filippo se sentia na obrigação de priorizar aquele pequeno retrato da Madona com o Menino.

"Uma bela Madona *con bambino*", tinha pedido o *signor* Ottavio, colocando dez florins de ouro na mão de frei Filippo para garantir a encomenda. "Para minha abençoada Teresa, que está agora *in attesa*. Se Deus quiser, vai me dar finalmente um filho homem."

A Virgem pintada pelo frei estava num trono cheio de esplendor, com pequenos detalhes preciosos. O manto era de um rico azul, pintado com o melhor lápis-lazúli e cuidadosamente decorado com folha de ouro e garancina vermelha. Tinha nos braços o Cristo, qual um querubim, olhando para seu rosto.

Mas não havia rosto. Só um leve esboço em creiom vermelho dentro de um contorno oval cor de pele, aguardando o pincel do artista.

⁂

Devagar, as duas irmãs Buti desceram da carruagem. Os meninos que cuidavam dos animais do convento pararam para olhar, e as freiras que estavam no pátio espiaram, sob seus véus.

Spinetta, a irmã mais jovem, saiu primeiro. Estava pálida em seu manto marrom, mas as bochechas ainda eram redondas e cachos louros emolduravam seu rosto. Manteve os olhos baixos ao ficar de lado para dar passagem à irmã.

Todos os olhares se fixaram em Lucrezia quando sua bota surgiu da carruagem, seguida da barra de sua ousada *cotta* carmesim, da mão enluvada, da cintura fina e de uma cabeça com tranças louras presas numa *reta* dourada. Aos 20 anos, Lucrezia Buti era linda, com os olhos acostumados aos requintes da casa paterna. As feições eram calmas e delicadas:

testa alta e lisa, olhos grandes, lábios carnudos. Ficou ao lado da irmã e ergueu o queixo para olhar o pátio de terra.

Lucrezia viu os bodes e os meninos, as paredes de pedra do claustro, sentiu o perfume dos loureiros ao lado do escritório da priora, a tranquila solenidade do jardim do convento. Notou o rosto sério de uma velha freira olhando de uma janela estreita, sombreado por outra mais jovem, boquiaberta, de nariz grande e testa franzida.

— Mãe de Deus — murmurou Lucrezia.

Ela levou ao nariz um pequeno sachê de flores secas, lembrando como, na última noite que passara em casa, seus dedos haviam costurado com carinho o pano com as pétalas amassadas — Mãe Maria, dai-me forças.

Pela janela, a irmã Camilla notou a beleza de Lucrezia e as túnicas de seda das irmãs, debruadas de brocado de veludo, pouco práticas; num relance, percebeu que foram mandadas para o convento sem terem ideia do que as esperava.

— Devem ser as jovens noviças enviadas pelo monsenhor Donacello, de Florença. Chegaram um dia antes — informou ela à priora.

Logo depois, a secretária foi até a carruagem, a barra de seu hábito negro levantando poeira do chão.

— Bem-vindas ao convento Santa Margherita — saudou, calma.

Lucrezia entregou à irmã Camilla um pergaminho lacrado e aguardou enquanto esta levava a carta.

A carta do monsenhor Antonio Donacello, de Florença, continha um resumo da situação difícil das jovens causada pela morte prematura do pai, Lorenzo Buti. Prometia doações ao convento em agradecimento pela guarda das irmãs. E exaltava as qualidades e a piedade delas.

— São filhas de um comerciante de seda que há pouco foi levado por Deus — disse a priora, lendo a carta. — Caçulas de cinco filhas e um filho. Parece que houve uma certa briga pelas transações comerciais do pai.

As duas freiras olharam de novo pela janela do escritório, uma construção de estuque claro com as palavras *Sanctus Augustus* entalhadas na porta.

Indiferente ao olhar das freiras, Spinetta apertou nas mãos o rosário de contas de pedra e moveu os lábios. Lucrezia encostou a mão no rosto e sentiu o perfume de camomila do sachê.

— Ela tem um rosto de anjo — admitiu a irmã Camilla.

— Mas aqui não vai servir de nada — observou a madre Bartolommea.

Frei Filippo escolheu um pincel fino entre vários em sua mesa de trabalho. Mergulhou-o na tinta fresca e colocou-o no espaço oval vazio da tela, preparando-se para dar um toque que definisse as maças do rosto da Madona.

— Não consigo ver a Madona que prometi pintar — resmungou baixo, parando a mão.

Ele sabia que bastava acompanhar as linhas que tinha desenhado para criar uma madona que agradaria a seu mecenas, Ottavio de Valenti. Mas o frei não se satisfazia em apenas encher as linhas que tinha esboçado na tela. A Virgem tinha de ser linda e trágica, uma Maria cheia de graça mas que, indo além da alegria do nascimento do filho, previsse Seu triste fim.

— Matteo! — A voz do pintor ecoou pelos cômodos abertos de seu ateliê e ele lembrou de novo que naquela manhã tinha despedido mais um jovem assistente; o bobo desajeitado deixara sem lavar os pincéis para gesso, que estavam duros e inúteis, no chão. O frei chutou os pincéis e pegou um pesado jarro de vinho.

Frei Filippo aceitara a encomenda de Valenti sabendo que precisaria trabalhar rápido. Raramente recusava um trabalho e jamais de um homem rico que pudesse protegê-lo das incertezas da vida de artista. Ser frade não era garantia para os perigos de suas paixões, o frei sabia bem disso. Apesar de Cosimo de Médici tê-lo definido havia pouco tempo como o maior pintor vivo de todos os estados italianos, o frei Filippo estava muito endividado, com pouco dinheiro e o trabalho atrasado. Sua fama crescente de grande pintor trazia encomendas cada vez maiores, mas não alterava sua tendência a adiar o trabalho ou criar problemas para si mesmo.

Muitos tinham ouvido falar em sua arrogância, lascívia e orgulho. Mas poucos sabiam das horas que passava indeciso, com medo de perder o talento. E, como sempre fazia nessas horas, sentia-se oprimido por tudo o que Deus e os homens exigiam dele.

— Senhor, por que me mandas pintar o que não vejo? — perguntou, deixando o pincel de lado. — Se essa é a Sua vontade, então mostra-me um rosto que mereça ser o da Virgem.

⁂

Lucrezia e Spinetta seguiram a irmã Camilla pelo pequeno celeiro do convento, que cheirava mal e tinha rebanhos de cabras e bodes balindo. Sem dar importância ao suor que escorria por suas costas, Lucrezia pisou com cuidado numa trilha de pedras desalinhadas e passou por um chafariz no jardim do claustro que parecia zombar dela, com sua água fria e borbulhante.

— Ao entrar no convento, abrimos mão de todos os bens e vaidades — avisou a irmã Camilla, com a voz flutuando no ar denso da manhã. — O Senhor dá tudo o que é necessário para uma vida de oração e trabalho, e as ervas curativas do jardim da irmã Pureza nos ajudam a equilibrar nosso organismo de forma saudável.

Lucrezia olhou para uma freira que as observava, do outro lado de um muro de pedra. Segurava um cesto de flores amarelas e acompanhou-as com o olhar ao entrarem numa construção baixa, de estuque. Lucrezia olhou para trás e os olhos brilhantes da velha freira continuavam sobre elas.

— Vocês vão usar esses hábitos — disse a irmã Camilla após deixá-las em suas celas, onde mal cabiam um catre estreito e uma pequena bacia de lavatório. Entregou um hábito negro para cada uma e observou os trajes enfeitados que usavam. — Alguém virá buscar suas roupas.

A secretária olhou os cabelos compridos da jovem e afastou uma mosca que voava perto de seu rosto.

— O convento não raspa mais a cabeça de nossas noviças — disse a irmã Camilla. — A priora acha que os cabelos não são uma vaidade, mas uma vantagem que o Senhor concedeu para nos aquecer nos frios meses do inverno.

E saiu sem dizer mais nada.

Sozinha na cela abafada, Lucrezia sentou no catre e chorou. Até aquele momento, não tinha acreditado que Deus permitiria que seu destino fosse assim. Mas nem pedidos, orações e lágrimas impediram que ela fosse levada para o convento e trancada dentro de portões pesados.

Cansada, começou a se despir, colocando as peças de roupa sobre o sachê perfumado. Antes de terminar, bateram à porta e a fina tábua de madeira foi aberta pela velha que ela vira no jardim.

— Sou a irmã Pureza. Você precisa terminar de se vestir. *Vieni.*

Por cima do ombro da freira, Lucrezia viu outra, batendo à porta da cela de sua irmã e dando a mesma ordem curta. Spinetta apareceu com seu hábito negro e colocou nos braços da freira seu vestido preferido.

— Entregue tudo, por favor. O *mantello* e também a valise de viagem. Serão vendidos para formarem seu dote, claro — explicou a outra freira.

A irmã Pureza olhou a noviça que estava na sua frente.

— *Andiamo*, Lucrezia. Sei que a roupa é quente, mas há muito o que fazer. — A irmã Pureza sorriu, gentil, mostrando ainda mais rugas no rosto envelhecido, e fez sinal para o hábito que precisava ser vestido.

— Sim, irmã. Desculpe — disse Lucrezia.

Virou de costas para a idosa e tirou a *gamurra* de seda, as botas e as meias de linho encharcadas de suor. Ficou só com as finas roupas de baixo, os *panni di gamba* que ela mesma havia costurado à mão.

A irmã Pureza olhava da porta. Como Lucrezia, ela também fora uma linda filha de comerciante que morava num belo *palazzo*. Fora a Roma assistir à coroação do papa Martim V e provara os deliciosos vinhos da adega do tio. Mas sua beleza levara-a à vergonha e, por fim, aos portões do convento onde, com o tempo, trocou seu nome de batismo e assumiu o de irmã Pureza Magdalena.

Ao ver a noviça de camisa e calções, as costas esguias arfando de emoção, a velha freira soltou um pequeno suspiro.

— Meu protetor — disse Lucrezia, baixo.

Virou-se, ajoelhou-se e mostrou onde havia escondido no *spanni di gamba* uma medalha de prata de São João Batista, padroeiro de Florença.

— *Mio padre.*

A irmã Pureza colocou a mão na cabeça de Lucrezia. Estava com as unhas cheias de terra do herbário e sujou um pouco os cabelos da jovem. Olhou as linhas suaves da clavícula de Lucrezia, os seios sob a seda única.

— Por favor, esta seda foi o último presente que meu pai me deu. Não estou preparada para me desfazer dela — pediu Lucrezia, tocando a camisa onde tinha costurado os mais delicados pontos.

— Ah, filha — disse a irmã Pureza, baixo. Sabia que os luxos iriam sumindo aos poucos da vida da jovem até que a lembrança deles fosse apenas um sonho. Olhou para o *panni de gamba* e concordou com a cabeça. A jovem e a anciã trocaram um olhar.

— Está na hora, venha — disse irmã Pureza, desviando o olhar.

De hábito negro e túnica, Lucrezia se ajoelhou no altar da pequena igreja de pedra. O lugar tinha cheiro de limo, era abafado e úmido. Irmã Pureza mergulhou os dedos na pia de água benta e tocou a testa de Lucrezia.

— Em nome do Pai, do Filho e do Espírito Santo. Está pronta a renunciar a tudo pela sagrada Ordem Agostiniana de Santa Margherita, em nome de Cristo e da Santa Virgem?

Irmã Pureza esperou, paciente, que Lucrezia se lembrasse da frase que o monsenhor tinha lhe ensinado.

— Peço a misericórdia de Deus e do Filho e, vestindo o hábito da Ordem Agostiniana, espero me preparar para ser uma digna noiva de Cristo.

Um véu branco foi colocado na cabeça de Lucrezia e, sobre os ombros, um escapulário debruado com a linha azul que indicava tratar-se de uma noviça e que servia para manter o véu no lugar. Lucrezia não fechou os olhos, como era costume entre as noviças. Olhou as mãos da freira, surpresa com o cheiro de lavanda.

— *Dominus Christi*. Agora, você pertence à Ordem, está a serviço do Senhor. Tudo lhe será concedido. Louvado seja o Senhor — disse a irmã Pureza, fazendo o sinal da cruz na testa de Lucrezia.

Capítulo Dois

Terça-feira da quarta semana depois de Pentecostes, ano do Senhor de 1456

Lucrezia pisou no frio chão de pedras, debruçou-se sobre a bacia e jogou água no rosto. O sino chamava para a reza e, fora dos muros do convento, a cidade de Prato estava escura e silenciosa. Apertou um limão fresco e limpou os dentes com o suco, pegou o hábito e vestiu-o por cima da camisa de seda. Depois, trançou e prendeu os cabelos e colocou o véu.

Lucrezia encontrou Spinetta à espera no corredor escuro e abraçou-a. O som de passos apressados e a luz de uma vela se aproximaram, vindo com uma pequena fila de freiras que seguiam em silêncio na direção delas. As irmãs as seguiram para a passagem subterrânea que levava à sacristia. Antes de entrar na igreja, Spinetta parou para tirar do bolso do hábito um rosário de contas cor-de-rosa. Tinha sido presente de crisma da mãe e era seu bem mais precioso.

— Não consegui me separar dele ontem à noite — cochichou, apertando os lábios no crucifixo.

Sabendo o consolo que podia ser qualquer lembrança trazida de casa, Lucrezia pegou o rosário.

— Não o entregue, eu guardo para você — disse, colocando-o nas dobras de seus *panni di gamba* sob a túnica.

Na igreja iluminada pela luz bruxuleante da vela, as duas irmãs tomaram seus lugares no chão áspero, ao lado da jovem irmã Bernadetta, e inclinaram as cabeças.

Ajoelhadas de frente em duas fileiras, as 16 freiras do convento Santa Margherita saudaram a manhã com o cântico de *laudes*, seguido da leitura dos Evangelhos pela priora, em voz baixa. Ao terminarem, saíram da igreja em fila. Uma fina linha vermelha surgiu no horizonte celeste e um galo cantou.

Na mesa comprida do refeitório, com pratos de madeira e copos de água com toques de vinho, cada freira pegou um bolinho cor de mel, ainda quente do forno. Surpresa pelo apetite voraz que sentia, Lucrezia se obrigou a comer devagar enquanto observava o refeitório. As freiras pareciam ter medo, com seus traços inexpressivos, queixos caídos e verrugas cabeludas. Poucas tinham brilho no olhar; a maioria exibia uma expressão triste e cansada.

— Capítulo 3. Regra de Santo Agostinho — anunciou a priora, levantando-se e começando a ler o livro de couro gasto.

Quando sua voz trovejou pelo salão, Lucrezia olhou a irmã, de soslaio. Spinetta parecia satisfeita, sempre soubera que um dia seria freira.

"Fortaleça sua alma e sua mente, Spinetta. Você é de Deus e para Deus", dizia a mãe delas, carinhosa, todos os anos.

Desde criança, Spinetta tinha aceitado seu destino. Mas Lucrezia vira as três irmãs mais velhas se casarem com pompa e achava que ela também um dia seria senhora de sua casa. Fora prometida em casamento a um mestre tecelão cujo pai esperava juntar sua fortuna com o comércio de sedas do *signor* Lorenzo Buti. Por isso, desde os 15 anos ela acompanhava de perto o trabalho do pai, preparando-se para um dia compartilhar com o futuro marido tudo o que sabia. Com o pai, Lucrezia aprendera os métodos artesanais de cultivar ervas e misturar tintas; vira os canteiros de *picciolato* prontos, cobertos de florezinhas. Aprendera o que era preciso para ter a melhor seda e como um mau comerciante podia passar no mercado seda de segunda com um selo falso. Numa cidade conhecida pelo apuro de seus trajes, Lucrezia Buti tinha compreendido a beleza da seda e colocado seu futuro nela.

Então, o pai morrera de repente e os problemas começaram. Representantes da Arte della Seta, a poderosa guilda da seda, deram falsos testemunhos de que os tecidos de Buti tinham qualidade inferior e, após semanas discutindo e avaliando as anotações dos livros contábeis de Lorenzo Buti, os inspetores não chegaram a uma conclusão. Acabaram as sedas e todo o resto, junto com os livros de anotações, jogados na traseira de uma carroça dura.

No dia seguinte, vestida de luto, a *signora* Buti conversara a sós com Lucrezia:

— Tudo o que seu pai prometeu a você acabou — disse ela para a filha, tendo à frente uma bandeja de bolos intocados.

— Mas pai cuidou do meu dote. Com certeza Antonio vai me proteger como um irmão.

— *Figlia mia cara*. Minha querida filha, não sobrou nada. Você tem de ir para Prato com Spinetta. Para o convento Santa Margherita — disse a mãe, afastando as lágrimas.

Uma semana depois, Lucrezia entrava para o convento, deixando tudo para trás. Sentia falta do sorriso da mãe e do pai trabalhador, sempre com cheiro de couro e amora. Sentia falta também do brilho frio da seda na pele e da sensação de frescor quando Beatrice, sua ama, escovava seus cabelos dourados. Falta da animação e dos sons de tambor que os rapazes tocavam nos dias de festa, quando as ruas de Florença ficavam cheias de gente alegre. Falta, por fim, da alegria que achava que sentiria sempre.

Um toque de Spinetta fez Lucrezia voltar ao presente. Empertigou-se, disse o amém do final da prece junto com as outras freiras e benzeu-se.

As freiras saíram em fila para o refeitório; a irmã Pureza ficou ao lado de Lucrezia e cumprimentou-a, amável:

— Querida irmã Lucrezia, tenho por obrigação cuidar do herbário e da enfermaria e preciso de alguém que me ajude. Meus ossos estão velhos e não tenho mais a energia de antes. Aqui no Santa Margherita, cada noviça fica sob as ordens de uma freira mais velha, e acho que você pode servir para esse trabalho.

Lucrezia era mais alta que a irmã Pureza. Olhou para baixo e viu que o velho rosto era pleno de uma suave sabedoria.

— A irmã Camilla cuida da nossa pequena biblioteca e da correspondência do convento. Os deveres dela exigem uma pessoa instruída, e ela também precisa de uma assistente. Talvez você se sinta melhor nessa tarefa. Mas vejo que sua irmã é delicada, enquanto você tem o porte de quem pode aceitar tarefas físicas.

Lucrezia respondeu devagar:

— Sempre acompanhei meu pai na loja de sedas. Desde pequena passava as manhãs no jardim, cuidando das plantas com ele. Mas claro que a senhora aqui não cultiva ervas para tingir sedas. Talvez seja melhor minha irmã poder respirar mais ar puro.

Irmã Pureza sorriu.

— Aqui no Santa Margherita temos a honra de fornecer ervas para as tintas de um grande pintor. Fiquei sobrecarregada com essa nova tarefa e, se você tem esse conhecimento, talvez o Senhor a tenha colocado no meu caminho.

— Então minha irmã estava certa. Há um pintor em Prato. — Lucrezia sentiu um leve ar de prazer.

— Sim, minha filha. Frei Filippo Lippi está conosco, fazendo uma série de afrescos na *pieve*, e há pouco passou a ser também o capelão do convento.

Irmã Pureza deu um risinho ao ver a expressão confusa de Lucrezia.

— Frei Filippo é pintor e frade, recebeu muitos dons de Nosso Pai Celeste — disse a idosa. — Mora numa casinha na praça, onde tem permissão especial para viver *in saeculum*, de modo a poder manter seu ateliê e ficar mais perto da igreja onde trabalha.

Irmã Pureza segurou Lucrezia pelo cotovelo e conduziu-a até uma porta nos fundos da igreja.

— Mesmo aqui, num lugar tão modesto, você descobrirá que há muita beleza — disse, ao entrarem numa capela estreita.

Lucrezia ficou no escuro até a velha freira abrir uma persiana de madeira. Uma nesga de sol iluminou as vigas lisas que sustentavam a capela, e surgiu um pequeno altar. Atrás dele havia uma linda pintura com dois estreitos painéis laterais.

— *A coroação da Virgem.* Frei Filippo presenteou o convento com esse retábulo — informou a irmã Pureza, com a voz suave, enquanto acendia duas velas.

Lucrezia se aproximou para examinar a miríade de anjos ao redor de um Cristo barbado, que colocava uma coroa de ouro brilhante numa recatada e jovem Virgem.

— Nunca vi quadro tão lindo, a não ser nas grandes catedrais de Florença. É obra de nosso capelão? — perguntou Lucrezia.

— É. Ouvi dizer que ele é conhecido em Nápoles, Milão e Florença — informou novamente a irmã Pureza, satisfeita com o deleite de Lucrezia e afastando os boatos desagradáveis que também tinha ouvido, sobre os instintos mais rudes do frei.

Lucrezia inclinou-se para ver melhor o manto da Santa Virgem e os anjos de rostos delicados que pairavam ao redor dela no céu, tocando harpas e trombetas. Ela nunca havia visto sedas tão brilhantes, com cores que pareciam mudar a cada movimento dos olhos. As figuras que esvoaçavam tinham uma energia graciosa, dançante. Quase dava para ouvir o som dos pequenos violinos e trompas, o coro de alegres anjos.

— Esta é Santa Catarina — disse a velha freira, fazendo o olhar de Lucrezia passar para um painel lateral enfeitado com uma mulher segurando um livro e olhando para o céu. — Ela também se manteve virgem em honra do Senhor.

Ao ver o rosto radiante da santa, Lucrezia lembrou tudo o que se esperava dela.

— Não é só isso o que temos aqui, minha cara — disse a irmã Pureza. — Você deve saber que o sagrado cinto da Virgem está guardado na Igreja de Santo Estêvão, onde nos protege dos demônios que infestam o mundo.

Lucrezia concordou com a cabeça. Desde pequena, conhecia a lenda do *Sagrado Cinto* da Madona, e uma vez amarrara na cintura uma faixa de seda verde no dia do Sagrado Cinto, depois ficara andando pelo jardim fingindo ser a Santa Mãe. O pai tinha achado muita graça.

— Você vai descobrir muitos pequenos milagres em Prato. Tenho certeza de que o Senhor colocou aqui algo que vai lhe agradar — disse a irmã Pureza, gentil.

∽

Como sempre, o frei Filippo estava atrasado. Pensava na Madona com o Menino encomendada por Ottavio de Valenti, que estava inacabada; por isso, não via direito a rua de pedra ao passar depressa pela Via Santa Margherita em direção ao convento. O pintor detestava sair do ateliê para cumprir seus deveres religiosos, mas não podia perder o posto de capelão. Justo na semana anterior tinha recebido uma carta do prior-geral Saviano, lembrando-lhe as dívidas que contraíra para seu parco sustento, sem falar na quantia que um vizinho exigia como compensação porque o galo do frei tinha entrado no galinheiro e, com sua arruaça, estragado ovos que as galinhas tinham posto em dois dias.

O prior-geral tinha escrito, no texto breve:

> *Frei Filippo Lippi,*
> *É fundamental que cumpra fielmente suas obrigações de capelão do convento Santa Margherita enquanto termina os afrescos de Santo Estevão, pois a pequena remuneração cobrirá as suas dívidas assumidas pela Ordem na última Quaresma e Páscoa. Insisto para que cumpra seus deveres com grande empenho e deixe de se render à vaidade, fazendo crer que seu talento artístico substitui suas obrigações com a Ordem, que são o primeiro dever de cada irmão ordenado em Cristo.*

Frei Filippo parou ao chegar ao pesado portão do convento, pegou a chave no cinto e entrou, sentindo calor e irritação. Não só estava atrasado como esquecera o breviário na capela e tinha de buscá-lo antes de começar a leitura do dia.

Para surpresa dele, a porta da capela estava aberta e havia alguém ajoelhado no altar. A figura desconhecida tinha no escapulário o debrum azul de noviça e, ao se aproximar, o frei viu que a freira olhava o retábulo pintado por ele.

Ouvindo os passos na porta, Lucrezia virou-se. Esperava ver a irmã Pureza e levou um susto com a batina branca do frei. Era um homem grande e sua silhueta escondia a única nesga de luz que vinha da janela.

— Desculpe — disse o frei Filippo.

As velas iluminaram o rosto de Lucrezia e o frei ficou impressionado com sua beleza. Nem os olhos cansados e o nariz vermelho prejudicavam a perfeição dos traços, que ela escondeu quando o frei se aproximou e pegou o livro de orações no altar.

Sem saber o que dizer, frei Filippo aprumou-se. Ficou mais um instante e sentiu o cheiro forte de camomila antes de ouvir o sino chamando as freiras para as orações.

*

Com o breviário embaixo do braço, o frei encontrou as freiras no jardim da capela, perto do chafariz. Tomou seu lugar à frente do pequeno grupo e viu a noviça que estava na capela ficar ao lado de outra jovem desconhecida. As freiras inclinaram a cabeça e o sino, tocado pela irmã Camilla, silenciou.

— Palavras de Nosso Senhor e Salvador Jesus Cristo — disse o frei, olhando por cima do breviário. — Hoje, leremos o salmo 66: "Que toda a terra exulte por Deus. Cante a glória de Seu nome..."

As freiras o acompanharam nos salmos do meio da manhã e ele passou os olhos pelo grupo. Como sempre, as irmãs Bernadetta e Antonia acompanhavam no ritmo certo, a irmã Isotta pronunciava errado as palavras e a irmã Pureza mantinha as mãos na frente do rosto. As noviças desconhecidas estavam de cabeça baixa, mas a ergueram quando a recitação terminou, e ele viu quanto eram bonitas, de pele bem clara, rostos que nunca haviam tomado vento ou sol. A mais nova, que ele tinha visto na capela, era ainda mais linda do que a luz da vela mostrara.

— Capelão, Deus abençoou nosso convento com duas recém-chegadas — anunciou a madre Bartolommea, depois que as outras freiras saíram em fila para o jardim. — Quero lhe apresentar a irmã Lucrezia e a irmã Spinetta, vindas de Florença.

Ladeadas pelas irmãs Pureza e Camilla, as noviças o cumprimentaram discretamente, de cabeça baixa. Lucrezia ficou olhando os pés do frei, que usava sandálias grossas e tinha manchas de tintas verdes e douradas na barra do hábito.

— *Benvenute* — saudou o frei. — Sejam bem-vindas.

Estendeu as mãos, colocando uma sobre a cabeça inclinada de Lucrezia e outra sobre a de Spinetta, abençoando-as. Ao retirar as mãos, sentiu novamente o cheiro de camomila.

— É uma bênção tê-las conosco, irmãs Spinetta e Lucrezia. — O frei reparou nas mãos macias das irmãs, tão diferentes das mãos calosas das outras, e desejou que Lucrezia olhasse para ele. — Tenho certeza de que as boas irmãs do Santa Margherita vão lhes ensinar as muitas formas de devoção ao Senhor — disse ele.

As irmãs concordaram com a cabeça.

— Eu vi... — Lucrezia quebrou o silêncio, e calou-se ao ver todos os hábitos em volta pararem. Não olhou para cima. — Vi seu lindo trabalho na capela, *fratello*.

Irmã Pureza colocou a mão de leve no ombro da noviça.

— Esta manhã, nossa jovem irmã apreciou sua pintura da *Coroação*. E pôde ver os ricos talentos que Deus nos concedeu aqui no Santa Margherita — disse a irmã Pureza.

O frei, mudo num raro ataque de modéstia, mal conseguiu concordar com a cabeça.

— Que Deus abençoe sua estada aqui. Ficarei honrado em atender às suas necessidades espirituais — disse ele, por fim.

Preparava-se para ir embora quando Lucrezia levantou a cabeça e ele viu que tinha olhos muito azuis, um lápis-lazúli tão maravilhoso quanto o céu sobre o Vale do Bisenzio.

Ela sorriu para ele de forma quase imperceptível.

— Obrigada, *fratello* — murmurou.

Ela mexeu os lábios e os pensamentos do frei voaram para o mundo da fantasia de onde vinham seus quadros. A voz da intuição mandou que ele gravasse cada detalhe daquele rosto.

As orações matinais deram lugar às da sexta, e o frei permaneceu no convento. Ofereceu seus serviços à priora e olhava Lucrezia sempre que podia. Após a refeição do meio do dia, quando não tinha mais desculpas para ficar, voltou depressa para o ateliê com o rosto dela ainda ardendo na cabeça. Estava quase na praça quando ouviu os cumprimentos de Gemignano Inghirami, reitor e chefe da Irmandade de Santo Estêvão. O reitor quase não deixava os corredores sombrios de sua igreja e o frei Filippo tinha certeza de que havia saído de lá só para vê-lo.

— Chegou, *fratello* — rangeu a voz do reitor.

O frei tratou de arrumar a expressão e sorriu.

— *Buongiorno*, que Deus o abençoe. — O frei abriu os braços enquanto Inghirami arrastava a batina vermelha pelo chão de terra.

O reitor era magro, tinha nariz comprido como um bico e olhar atento. Sorriu de leve para o frei e esquivou-se do abraço.

— Acabo de vir da igreja — disse Inghirami com frieza. — Parece que nada mais foi feito depois que você colocou a base ocre. O gesso também não tem marcações de onde ficarão as cenas de São João. A menos que só poucos escolhidos possam ver. — Ele, riu, agressivo.

Sendo reitor e chefe de Santo Estêvão, Inghirami era a figura eclesiástica mais importante da cidade. Além de seus deveres religiosos, ele guardava o Sagrado Cinto da Virgem, que diziam ter o dom de fazer milagres. A relíquia era visitada todos os anos por milhares de peregrinos, cujos generosos donativos enriqueciam os cofres da irmandade e lhe permitiam encomendar obras e adornos caros, dentre os quais os maiores eram os afrescos do frei Filippo para a *cappella maggiore* da igreja.

— Estava ansioso para mostrar os acréscimos que fiz — disse o frei, colocando o braço ao redor do outro e virando-o para a *piazza*.

— Acréscimos? Não vi nada — resmungou Inghirami.

— Então vai me desculpar, padre, mas não olhou direito.

Frei Filippo tinha recebido 500 florins de ouro pelo afresco e receberia outro tanto quando terminasse. Mas, em vez de terminar em três anos, como combinado, havia aceitado outra encomenda para um vitral na capela maior da igreja. E ainda tinha diversas outras encomendas da família Médici e a madona para antes que a mulher de Valenti sentisse as dores do parto.

— Vamos olhar juntos, assim mostro os acréscimos — disse o frei.

Mantendo a mão firme nos ombros frágeis de Inghirami, frei Filippo conduziu-o rápido pela Piazza della Pieve. Naquele dia quente de verão, a praça principal da cidade estava cheia de criadas e mensageiros vindos do grande *palazzi* no bairro de Santa Trinità, gordas esposas de comerciantes indo de um lado para outro do mercado e monges arrastando as sandálias pela praça.

Dentro da *pieve* de Santo Estêvão o cheiro era de incenso e velas, mas o lugar estava bem mais fresco que a rua. Os dois religiosos percorreram a nave sob as altas colunas coríntias, fizeram uma genuflexão em direção ao altar, subiram a escada *alberese* por trás dele e entraram na capela principal, a *cappella maggiore*.

A capela, com uma grande janela aberta ao fundo, estava cheia de andaimes e fervilhava com a presença dos aprendizes de pintor e de dois artesãos de vitrais vindos do ateliê florentino do frei Lorenzo da Pélago. Sobre uma grande mesa, os artesãos estudavam o desenho do frei Filippo para o vitral que substituiria o que Inghirami mandara tirar.

— Está vendo, vai ficar tudo conforme o seu pedido. — Frei Filippo conversava com Inghirami ao mesmo tempo que cumprimentava os jovens aprendizes e avaliava o complicado esboço da janela. — O vitral em semicírculo vai homenagear o Cinto da Virgem e, por extensão, homenagear o senhor por guardá-lo há tantos anos.

Inghirami franziu o cenho e concordou com a cabeça, enquanto o pintor descrevia em detalhes o vitral colorido que mostraria a Virgem entregando o Cinto a São Tomé.

— A janela vai demorar anos para ficar pronta, mas os meus afrescos já estão quase terminados — acrescentou o frei, alto, como se fosse uma vantagem.

Ainda com a mão no ombro de Inghirami, ele transferiu sua atenção para os seis afrescos que ocupariam as altas paredes da capela principal. A série ilustrava as vidas de São João Batista e Santo Estêvão, em cuja homenagem aquela igreja havia sido erguida, e mostrava no alto cenas do nascimento deles, terminando, embaixo, com o fim da vida de cada santo.

Com uma rica paleta de verde e dourado, uma perspectiva ousada e expressões animadas que davam vida às figuras, o frei Filippo queria que os afrescos fossem sua obra mais importante até então. Mas, depois de três anos, só a cena de São João deixando a casa dos pais continha uma *giornata* completa, que marcava o ritmo da vida do pintor do afresco. Tudo o mais estava na cabeça dele.

— Está vendo aqui, neste pedaço de *arriccio*? — O pintor atraiu o olhar do reitor para o centro, coberto com uma camada de gesso. Estava cheia de corcovas e precisava ser alisada. — Aqui vou colocar a cena da discussão de Santo Estêvão na sinagoga. Dá para ver onde a dobra da túnica do santo tocará o chão.

O frei fez um gesto e era como se visse o manto preto e vermelho do santo e sua careca coberta por um rico *berretto* de seda.

— Os degraus da sinagoga ficarão aqui. — Frei Filippo olhou a parede até achar uma mancha quase do tamanho de uma cabeça masculina. — E o senhor vai ficar aqui: na sinagoga, como merece. Rezei muito para que aceitasse, mas não quis começar antes de ter sua autorização.

— Eu, no afresco? — O reitor ficou boquiaberto.

Era comum um pintor incluir um mecenas em sua obra. Mas Inghirami ficou surpreso por ser homenageado no afresco que tinha sido encomendado por seu antecessor, não por ele.

— Se for do seu agrado, caríssimo reitor — disse frei Filippo, com uma leve mesura. — Claro que vai querer estudar a proposta religiosamente antes de responder. — O frei fez um gesto para a parede.

— Naturalmente, não prosseguirei até que o senhor tenha chegado a uma conclusão.

Inghirami apertou os olhos e avaliou o perfil forte do pintor. Nos registros da igreja, ele tinha um aposto muito ilustre: *frate dipintore*, irmão pintor. O grande Médici e todos os que diziam conhecer tais temas garantiam que os anjos e santos criados pelo frei Filippo tinham mais vida do que os do frei dominicano Giovanni, e que suas figuras tinham mais presença do que as de Piero della Francesca. Inghirami não via diferença entre um quadro e outro, um artista morto de fome e outro. Mas confiava no que diziam em Florença e Roma.

— Pois que seja. Vou pensar na sua sugestão — disse o reitor, erguendo o queixo.

O frei deixou Inghirami olhando a parede quase vazia e apertou o passo, rindo em silêncio.

Finalmente a sós em seu ateliê, frei Filippo sentou-se num banco e descansou o rosto nas mãos. Sabia reconhecer algo belo, e a beleza de Lucrezia Buti era tão real e certa quanto as chagas do Cristo. Deus tinha ouvido suas preces e mandara-lhe o rosto mais delicado que já tinha visto. Um rosto cuja expressão estava entre a inocência da criança e a beleza da mulher. Um rosto prestes a sentir amor, alegria e tristeza.

O pintor levantou a cabeça, pegou um toco de creiom vermelho e uma folha macia de pergaminho e desenhou os traços simples da noviça. Fez uma linha graciosa para o rosto, outra para o queixo, o comprido pescoço.

Frei Filippo Lippi era filho de açougueiro, conhecia a forma do crânio, a proporção de braços e pernas, os delicados ossos das mãos. Durante anos, vira o pai desmembrar bezerros, vacas, ovelhas e carneiros. Sabia que primeiro vinham os ossos; depois, os ligamentos, tendões, músculos, veias, carne. E que acima de tudo isso estavam a vida e a beleza.

Desenhou os lábios de Lucrezia, os ombros, os braços sob o hábito. E as costelas, a delicada clavícula, a coluna que serpenteava e ligava o torso ao pescoço e às nádegas. Viu cada membro e cada músculo e compreendeu como estavam interligados, vindos do mesmo centro. Outros pintores pintavam rostos; frei Filippo criava homens e mulheres com um sopro de vida.

O dia já perdia suas cores e a mão do pintor ficava mais segura. Lembrou-se de quando era menino de calças curtas e maltrapilhas, no açougue sujo do pai, comendo um pedaço de bife. Viu a mãe olhando para ele com uma casca de pão, abaixando para dar-lhe um beijo de boa-noite na cabana de colmo onde moravam, perto da ponte Vecchio. Ouviu o som do rio Arno correndo, os gritos dos vizinhos, a voz do pai, o baque surdo de uma carcaça de ovelha sendo jogada no rio.

Lembrou-se dos meses que se seguiram à morte dos pais, quando perambulou pelas ruas de Florença com o irmão, ambos famintos e assustados. Os monges de Santa Maria del Carmine os acolheram, alimentaram e educaram, apesar da resistência do jovem Filippo. Com o tempo, os monges deram a Filippo o que ele mais gostava: permitiram-no sentir um pincel nas mãos, o cheiro calcário do gesso, ter a oportunidade de ver o mestre pintor Masaccio criar afrescos sobre a vida de São Pedro na capela Brancacci.

Ter dons artísticos era ótimo, mas tinha seu preço. Para ser artista, ele havia feito os votos de pobreza e castidade e fora ordenado frade. Morava sozinho e tinha apenas a pequena moradia ao lado do ateliê, que era alugado; até as batinas brancas que usava pertenciam à Ordem dos Carmelitas. Sendo membro da Ordem, era obrigado a levar uma vida muito rigorosa e castigado quando não obedecia as regras. Impetuoso, já tinha sido preso, chicoteado e passado por muita vergonha devido a lascívia, ganância e tentação. Acreditava que era o preço que Deus cobrava pelos dons que lhe dera. Quando o trabalho o levava a lugares de fantasia e sensibilidade, ou quando os Médici o elogiavam e lhe concediam riquezas, parecia um preço baixo. Mas nos dias em que o espírito da criação não vinha e nas noites em que desejava uma mulher em sua cama, frei Filippo achava o preço alto demais.

Com os esboços nas mãos, o frei acendeu duas lamparinas a óleo e ficou na frente da pequena *Madona com o Menino* encomendada por Ottavio de Valenti. Tinha gastado todo um creiom vermelho, metade de um estilete macio e uma dúzia de pergaminhos. No oval vazio do rosto da Virgem, o pintor podia ver naquele momento os olhos da noviça, podia sentir seu rosto suave. Já sabia o quanto de pigmento vermelho ia precisar para reproduzir o rosado dos lábios.

As sombras da noite caíam sobre o ateliê quando o frei foi até a tora de madeira que servia de mesa para colocar suas facas, raspadores, tigelas e pedaços de pano amassados. Com cuidado, triturou óxido verde para fazer o pigmento e colocou a última gema de ovo no almofariz. Preparou uma porção de *verdaccio* e uma pequena quantidade de têmpera ocre. Então arrastou um banco para o cavalete e ficou observando seu trabalho. Olhou do esboço do rosto de Lucrezia para o espaço oval na tela e começou a passar o desenho para o painel.

Capítulo Três

*Sábado da quarta semana depois de Pentecostes,
ano do Senhor de 1456*

— Não choveu o bastante — constatou a irmã Pureza, baixo. — A manjerona e os limões precisam de muita água, senão morrem.

Lucrezia concordou com a cabeça, embora o dia ainda estivesse escuro e ela não soubesse se a irmã falava com ela ou consigo mesma.

— Vamos precisar da manjerona — continuou a irmã Pureza —, e do estrelamim também. A criança vai nascer no *palazzo* de Valenti e a Sra. Teresa já tem bem mais de 25 anos.

Lucrezia acompanhou a velha freira até a igreja, achou um lugar ao lado da gorda irmã Bernadetta e de Spinetta e ajoelhou-se. Era sábado e a quinta manhã das irmãs Buti no convento. Estavam se reunindo para a confissão, preparando-se para a missa e para a santa comunhão em homenagem ao Dia de São Lourenço. Ainda estava escuro, mas o dia já era quente e úmido.

— Vai chover logo — disse Lucrezia, baixo.

— Pssiu. — Spinetta abriu levemente os olhos. Ao ver a irmã, sua voz ficou mais suave. — Lembre-se Lucrezia, sem conversa; não podemos falar durante a confissão e a comunhão.

Mais uma vez, Lucrezia invejou a facilidade com que a irmã aceitava a vida no claustro, como as palavras e o ritmo das orações fluíam de sua boca.

Fechando os olhos, Lucrezia pensou no macio genuflexório da Igreja de Santa Maria del Carmine, onde a mãe a levara para conhecer a capela

Brancacci e se confessar antes de entrar para o convento. Lá, Lucrezia não se cansara de olhar os grandes afrescos de Masaccio, mostrando a vida de São Pedro, os rostos angustiados de Adão e Eva ao serem expulsos do paraíso... e ela havia implorado ao monsenhor que não fosse mandada para o convento.

"Não quero entregar minha vida à Igreja. Imploro que o senhor interceda por mim", tinha dito ela.

"Sua vida já pertence a Deus", dissera com firmeza o monsenhor. "É apenas pela misericórdia e generosidade Dele que estamos aqui, falando. Seu destino está nas mãos do Senhor e nelas repousará."

Agora, na pequena igreja do convento, Lucrezia entrava no abafado confessionário, ajoelhava-se na tábua áspera e olhava a cortina preta que a separava do capelão.

— Sim, minha filha? — Frei Filippo Lippi esperava, impaciente. Tinha trabalhado até tarde da noite, revendo com fúria os esboços para o reitor da igreja Santo Estêvão, que atrapalhara seus planos de incluí-lo numa cena e pedira um esboço para aprovação da Comuna de Prato.

— Capelão, estou muito atormentada — disse Lucrezia.

A voz chamou a atenção do frei. A manhã inteira ele tinha ouvido a gasta e pueril tagarelice das freiras confessando o pequeno pecado de comer mais um bolinho no café da manhã ou de ter sentido uma ponta de inveja. Claro que ele conhecia as vozes, sabia que era sempre a gorda irmã Bernadetta quem pecava pegando guloseimas na despensa e que a magra irmã Simona sofria por não ter compaixão pelos mais fracos. Só a priora às vezes o surpreendia com seu desejo de que o pequeno convento fosse mais famoso, enviando petições a homens importantes que não pertenciam ao seu mundo e se irritando quando não concediam mais recursos financeiros ou não a chamavam para integrar o conselho de conventos mais importantes.

— Desde que cheguei ao convento, estou desesperada — confessou Lucrezia, com muito mais ênfase do que pretendia. — Acordo cada manhã me sentindo amarga, velha. E com raiva.

O frei se aproximou da pequena cortina que separava os dois. Olhou para o chão e viu a ponta de uma bota limpa. A voz da jovem ecoou novamente, não antes de o frei reconhecê-la:

— Foi tudo muito repentino e inesperado. Primeiro, meu pai morreu. Depois, esvaziaram a loja para saldar as dívidas e, antes que eu pudesse entender, meu dote tinha acabado. — Lucrezia se esforçava para manter a voz firme.

— Continue — disse ele. Tinha vontade de abrir a cortina e olhar o rosto que enchia o ateliê dele, os olhos que o observavam do pergaminho, o sorriso triste que agora adornava o painel de sua *Madona com o Menino*.

— Nunca quis ser freira. Esperava ter a vida de uma *signora* florentina — disse Lucrezia, e calou-se.

Frei Filippo tinha ouvido muitas noviças lamentarem a entrada no convento e sempre pensava em sua relutante iniciação na Ordem: a entrega de todos os bens, o voto de celibato, a vigilância contra as tentações.

— Relutar não é pecado — disse ele, por fim. A voz era grave e consolou Lucrezia.

— Renunciei a tudo apenas nas palavras; no coração, eu ainda quero muito. Desejo, quero e meus pensamentos jamais são humildes nem puros — disse ela, com cuidado.

Por um instante, o frei se calou.

— Continue, irmã. Fale desse desejo, dessa vontade.

— É pecado, eu sei. Mas sinto falta das lindas sedas da loja de meu pai. Sinto falta do jardim que via da janela do meu quarto. *Fratello*, eu queria um manto de casamento da melhor *seta leale*. Queria que meus filhos dormissem em lençóis bordados por mim. Não posso ser piedosa ou bondosa depois de perder tantas coisas.

Calou-se, esperando a reação do capelão.

— Continue — insistiu ele.

— Sinto falta do meu mundo. — Lucrezia conseguiu falar o que vinha sufocando havia dias. — Quero minha pulseira de pérolas que ganhei no batizado. Quero o jarro azul da casa da minha mãe. Quero minha mãe. Quero meu pai.

Continuou, a voz falhando:

— Por que Deus me pede devoção e sacrifício sem me mostrar como consegui-los?

A pergunta atingiu o coração do frei, certeira. Não tinha ele perguntado quase a mesma coisa, algumas horas antes de ver o rosto dela pela primeira vez?

— Sou apenas um caminho para chegar aos ouvidos do Senhor — disse ele, pensativo. — Mas creio que Deus entende aqueles que desejam a beleza. Não é pecado desejar essas coisas. E, mesmo aqui, na vida monástica, temos beleza, arte e prazer — ele disse, cauteloso.

Alguma coisa tinha mudado na voz do capelão. Lucrezia inclinou-se para a frente.

— Deus fez o mundo muito belo. — Frei Filippo fechou os olhos, imaginando aquela cortina se abrindo e ele vendo o rosto dela. Não é vergonha achar o mundo lindo e festejar essa beleza. — Ele buscava as palavras adequadas. — Até os homens mais santos sabiam que o mundo é um *speculum majus*, um espelho do reino do Senhor. A beleza que encontramos aqui e a que fazemos aqui agradam a Deus, pois tornam o nosso mundo mais próximo do Dele.

Lucrezia esperou.

— Filha, Deus tem um plano para cada um de nós. Não tenho a pretensão de saber qual é esse plano, mas sei que devemos confiar Nele e rezar para que nos mostre a beleza da qual fazemos parte. Confie no Senhor. Ele tudo vê e tudo sabe.

Frei Filippo fez uma pausa; Lucrezia permaneceu em silêncio.

— Lembre o que disse São Paulo, sobre haver santidade na entrega. Aqui, entre as irmãs do convento, sua vida será boa — disse ele.

Ela continuou calada. O frei ouviu Spinetta tossir no piso frio da capela, enquanto aguardava sua vez no confessionário.

— Como penitência, reze vinte ave-marias.

— Sim, *fratello*.

— Reze-as quando estiver no jardim, com o sol forte. Enquanto rezar, procure o brilho do Senhor no mundo que Ele criou.

Ela esperou o capelão dar a bênção final.

— Em nome da Igreja, que Deus a perdoe e lhe dê a paz. Seus pecados estão perdoados, em nome do Pai, do Filho e do Espírito Santo.

Lucrezia passou rápido por Spinetta e foi para o jardim. A umidade tinha sumido e o sol estava forte, mas não demais. Por cima do muro do jardim viam-se as colinas verdes, e ela se ajoelhou na palha sob uma moita de malvas-rosa.

— Ave Maria, *gratia plena*.

Esquecendo a ordem de manter silêncio, Lucrezia rezou o ato de contrição baixinho. Virou o rosto para o céu.

— Bendito o fruto do vosso ventre, Jesus — rezou, pensando no próprio ventre, que ficaria infecundo para sempre. — Santa Maria, mãe de Deus, rogai por nós, pecadores.

Quando terminou a penitência, levantou-se e esticou os braços.

A irmã Pureza saiu da densa folhagem do jardim como se estivesse olhando havia algum tempo. Entregou à jovem uma faca afiada e uma espátula de ferro e fez sinal para Lucrezia segui-la até um modesto arbusto, onde mostrou como colher as amoras-pretas e flores perfumadas. Mais tarde, as amoras seriam trituradas com urtiga para fazer uma tintura capaz de aliviar fraqueza e dor nos membros; já as flores seriam secas para fazer sachês.

— Você trouxe um sachê de camomila quando chegou — disse a irmã Pureza, vendo as mãos da jovem trabalharem. Lucrezia olhou para cima, surpresa. — Achei no meio das suas roupas e guardei-o.

Lucrezia sentiu a medalha de prata escondida e morna na barra da roupa de baixo e concordou com a cabeça.

— O sachê pertence ao convento agora — informou a freira, sabendo que era mais importante alcançar Lucrezia na tristeza em que se encontrava do que respeitar a Lei do Silêncio antes da comunhão. — Mas isso não significa que você não pode usufruir do que fez com as próprias mãos. O sachê está na *infermeria*, onde pode se refugiar sempre que preciso.

Lucrezia teve uma sensação agradável, cortando ao meio os simples galhos da amora, deixando as pétalas caírem num saco de aniagem e as amoras no cesto fundo. Logo as mãos estavam trabalhando sozinhas, a mente da freira nas palavras do capelão. Não seria mesmo pecado querer prazer e beleza ali, no convento? Não era o que a irmã Pureza tinha acabado de dizer também ao conservar o sachê de camomila e fazê-la lembrar-se do frei naquele instante?

Desde que chegara ao convento, Lucrezia passava a semana seguindo a rotina. Tinha se ajoelhado junto com as outras, rezado quando rezaram, seguido a irmã Bernadetta quando as freiras iam da igreja para o refeitório e, depois, para o trabalho. À noite, caía no catre duro quase adormecida e despertava dos sonhos antes do amanhecer.

Naquele instante, no calor do jardim e no silêncio do longo dia, após receber a Santa Eucaristia, alguma coisa começava a crescer no coração de Lucrezia.

Era como uma flor tímida abrindo caminho na terra dura. E quando a irmã Pureza, que começava a colocar os vasos de barro na sombra, olhou do outro lado do jardim e viu o rosto atormentado de Lucrezia se tranquilizar, rezou para que a jovem se entregasse à vida no claustro para aguentar o peso do hábito.

Capítulo Quatro

Festa de São Lourenço, ano do Senhor de 1456

Longe da tranquilidade do jardim do convento e atrás das paredes rústicas do *palazzo* Médici, no centro de Florença, o dia não era silencioso nem calmo. A Itália inteira estava envolvida num embate entre os grandes estados de Milão, Veneza e Nápoles, a República de Florença e a cidade pontifícia de Roma. Naquela mesma manhã, um mensageiro vindo de Nápoles trouxera uma carta do rei Alfonso para Cosimo de Médici. Nela, o rei pedia que o poder florentino declarasse fidelidade à corte de Nápoles. Florença tinha todo o interesse em formar essa aliança, pois assim ela se alinharia ao lado de Nápoles e Milão contra o papa Callisto III e os líderes de Veneza. O papa estava doente, mas a aliança seria feita e as riquezas de Roma e Veneza somadas seriam fantásticas. Florença precisava se fortalecer logo.

Em seus aposentos, Cosimo de Médici estava sentado na cadeira de espaldar alto à mesa de mogno e dava ordens aos brados para seu emissário, Francesco Cantansanti.

— Diga a Lippi que quero resultados já — disse Cosimo, batendo na mesa para enfatizar. — Seja bem claro com ele.

Cosimo de Médici era chefe da grande família de banqueiros e o verdadeiro governador de Florença. O pai dele, Giovanni di Bicci, fizera fortuna no novo mundo do comércio florentino e fora nomeado *gonfaliere* do estado. Por três décadas, os Médici adquiriram poder por meio da astúcia e da influência financeira, e Cosimo aumentara essa influência muito mais do que seu pai esperava. Agora ele queria que o filho Giovanni fosse a

Nápoles para garantir a relação deles com o rei Alfonso. Giovanni levaria um espetacular retábulo pintado por frei Filippo Lippi e, se o rei aceitasse o presente, estaria confirmada a aliança entre Florença e Nápoles.

— Já pagamos 30 florins ao pintor e você usou minhas liras para comprar lápis e ouro à vontade — cobrou Cosimo. — Esse quadro deve ser a melhor obra que ele já fez. E o mais belo que Alfonso já viu.

O banqueiro havia confiado a missão ao filho, mas Giovanni era jovem e inseguro sobre como exercer seu poder, e Cosimo era enérgico. Um facho de luz brilhava no grosso anel de ouro do gordo dedo mínimo de Cosimo, que deixou bem claro esperar que Francesco Cantansanti exercesse o poder e a vontade da família Médici naquela situação, como certamente tinha exercido no passado.

— O papa Calisto não vai mexer na lealdade de Roma a Veneza e ao doge — considerou Cosimo. — Milão já é aliada de Nápoles, e precisamos garantir nossa posição ao lado delas. Não iremos até elas sem levar o quadro.

Com um gesto, pediu para seu secretário trazer o esboço do retábulo que o frei Filippo tinha enviado com o contrato de maio de 1456, garantindo o acordo. Cosimo espalhou os documentos sobre a mesa de madeira escura.

— Temos de chegar a Nápoles antes que os Sforza de Milão fiquem contra nós. Sei que tentarão isso. O quadro foi prometido no prazo de um ano; estamos quase no final do verão e Lippi não mandou mais nada — considerou Cosimo.

Cosimo conhecia melhor que ninguém o poder da pena — e do pincel — para mudar a opinião pública. Tinha garantido sua influência na República de Florença transformando-a na maior cidade desde que os imperadores romanos apareceram no mundo. Sob o comando dele, a poesia, a filosofia, a ciência, o humanismo e as artes floresceram: Brunelleschi tinha terminado o fantástico domo da Catedral de Florença, e as portas de bronze feitas por Ghiberti eram a mais bela entrada de batistério que já se vira. Os palácios de Michelozzo enfeitavam as ruas da cidade e os espetaculares afrescos de Ghirlandaio adornavam as paredes do palácio Médici. Sob o mecenato de Cosimo, frei Giovanni e frei Filippo tinham se tornado grandes artistas.

O banqueiro realmente colocava em prática seu lema *Operare non meno l'ingegno che la forza* — exercer tanto a criação quanto a força — e, quanto mais rico ficava, mais generoso se tornava com a cidade. A fidelidade a Alfonso de Nápoles garantiria o futuro dos Médici contra a dupla ameaça de Roma e Veneza. Mas não era fácil impressionar Alfonso, o Magnânimo.

— Lembre a ele que podíamos encomendar a frei Giovanni — disse Cosimo, referindo-se ao frade dominicano ao qual pagara regiamente para completar uma famosa série de afrescos no Convento de São Marcos. — O piedoso frade ficaria bem contente com mais mil florins por essa encomenda.

Cosimo olhou para o pergaminho à frente, onde frei Filippo Lippi tinha esboçado o desenho do tríptico. O artista tinha temperamento difícil, e era preciso estar sempre atrás dele. Mas sua obra tinha belas moças e fortes rapazes das ruas de Florença e usava a perspectiva e o estilo adotados nos novos tratados de arte para criar quadros plenos de paixões terrenas. Cosimo encomendara para o rei de Nápoles uma cena de adoração do menino Jesus no estilo em voga, cheia do espírito progressista da época: uma linda madona ajoelhada na grama, olhando o bebê adormecido. Era para ser uma obra cheia do misticismo da Encarnação, um retábulo que mostrasse a mão de Deus na vegetação, nas pedras e nos riachos. Só esse seria um presente à altura do rei Alfonso.

— Eu o encarreguei da encomenda — o grande Cosimo advertiu seu emissário. — E o que você fez três meses atrás, quando foi a Prato levar o contrato? Não deixou claro que nossa honra depende deste trabalho?

— Claro, Excelência. O frei é muito grato ao senhor por tê-lo em suas graças — Francesco Cantansanti respondeu com toda a deferência.
— Esteja certo de que o pintor não esqueceu quantas vezes o senhor usou sua influência para protegê-lo dos padres.

Os dois homens lembraram-se então do ano anterior, quando o frei Filippo, que costumava ser uma pessoa afável, estava angustiado por ter caído em desgraça nos tribunais da Cúria romana.

— Seu desejo será atendido, Excelência — garantiu Cantansanti.
— Com a graça de Deus, voltarei com a prova de que a obra está bem adiantada.

Cosimo concordou com a cabeça e dispensou o emissário com um gesto.

Depois que saiu do aposento, Cantansanti balançou a cabeça. Compreendia a impaciência de Cosimo e transmitiria o pedido ao pintor. Mas tinha de admitir que admirava o talento do frei e seu espírito indomável. Por sua habilidade, ele era um dos artistas mais procurados de Florença, e, quisesse ou não, Cantansanti tinha de ficar no encalço do pintor.

Capítulo Cinco

Segunda-feira da décima semana depois de Pentecostes, ano do Senhor de 1456

Sob a janela de seu ateliê, o frei Filippo observava o quadro *Madona com o Menino*, que estava quase terminado e era encomenda de Ottavio de Valenti. A semelhança era incrível. Ele sabia que deveria disfarçar os traços da irmã Lucrezia, mas a expressão da Virgem era perfeita, as feições requintadas. Mesmo sua testa grande, como cabia a uma mulher muito inteligente, não podia ser modificada, pois mudaria o rosto que deixava transparecer tudo que a Virgem sabia e compreendia. Ele precisava apenas colocar um pouco mais de vermelho nos lábios da Virgem e nas joias da coroa, talvez um pequeno toque de lápis-lazúli para destacar o tom dos olhos. No mais, a madona estava perfeita.

Frei Filippo prendeu a gasta sacola de couro no cinto de corda e foi para o convento. Caminhando em direção à Via Santa Margherita, passou por uma velha prostituta com o braço torto dependurado numa tipoia e que agora só era procurada pelos homens mais sórdidos. O frei fez uma prece silenciosa pela velha pecadora e pensou no Destino, que levava algumas mulheres para Deus e outras para o demônio.

※

— Conheço essa planta do jardim de meu pai — disse Lucrezia à irmã Pureza, segurando macias folhas de endro na palma da mão. — E essa eu conheço do pão de Beatrice — continuou, mostrando os brotos pontudos de rosmaninho.

Lucrezia cheirou um ramo. Tudo recendia a ervas amassadas. O calor tinha chegado e era muito agradável ficar no jardim.

— Usamos o rosmaninho tanto na enfermaria quanto na cozinha — ensinou a irmã Pureza, abaixando-se para arrancar um ramo da moita viçosa. — Serve para tirar a fraqueza e a dor de cabeça; também ameniza dores se esfregada com força nas mãos e nos pés. Mas as mulheres casadas devem tomar cuidado, pois, se a planta for usada em excesso, pode retirar do ventre seu abençoado fruto.

A velha senhora olhava a moita da erva enquanto Lucrezia sentia uma calma inveja. Desde que chegara ao convento, Lucrezia não havia tido o sangramento e pensou várias vezes que a Virgem, em Sua sabedoria, tinha-a poupado da maldição mensal para, assim, torná-la prematuramente uma plácida senhora como a irmã Pureza.

A irmã estava sempre no jardim de ervas, exceto na hora das orações e das refeições, ou quando alguém precisava de seus cuidados na enfermaria. Olhava as plantas que serviam para o corpo, o coração e a mente. Como naquele momento, ficava totalmente absorta em sua tarefa.

— Muitas ervas têm mais de uma utilidade e nossa obrigação é encontrar a intenção de Deus para cada planta e obedecer à vontade Dele — considerou a Irmã Pureza.

Quase todas as flores estavam abertas naquele final de verão. Os marmeleiros estavam carregados e as lavandas roxas tinham acabado de florir. O bebedouro de pedra dos passarinhos estava cheio de pardais; os girassóis exibiam sua corola alegre sobre o muro do jardim e beija-flores coloridos pairavam no ar para colher o restante do néctar da malva-rosa. Do outro lado dos portões do convento, havia uma cidade com mais de 4 mil almas, mas ali dentro elas desfrutavam a calma solidão de um jardim campestre. Seu perfume fazia Lucrezia se lembrar dos verões despreocupados na pequena fazenda da família, nas colinas de Lucca. Na época, sua vida era cheia de alegrias simples: plantar vagens e pimentas vermelhas, colocar compotas de frutas em jarros de barro e subir no pequeno *vignetto* com seus cachos de uvas escuras.

— O espinheiro é usado principalmente pelos artesãos, para obter um verde forte — disse a irmã Pureza, enquanto mostrava como pegar com cuidado cada galho e descobrir onde estava enrolado. Podava com cuidado, transformando a moita disforme numa bola redonda. Deu então para Lucrezia outra tesoura de ferro e as duas ficaram trabalhando lado a lado até a irmã Simona aparecer no final da cerca do jardim, pálida e calada sob o sol forte.

— Continue o trabalho, vou atender a nossa irmã Simona — avisou a irmã Pureza.

Lucrezia viu a irmã Simona levantar o braço e mostrar a pele inchada, com pústulas.

— Você não está com febre — conferiu a freira idosa, colocando a mão na testa da outra, magra. —Talvez seja alguma coisa no sabão ou na cinza que usamos para lavar as roupas e panelas. Garanto que tenho um creme para isso.

E levou a irmã Simona para a fresca enfermaria, deixando Lucrezia a sós no jardim.

※

O frei escancarou o portão baixo do herbário e viu o hábito negro de uma freira, de costas. Só ao notar a mão delicada podando as folhas do canteiro de madeira percebeu que era Lucrezia.

Ela virou-se ao ouvir o portão se abrir.

— *Benedicte*, irmã Lucrezia. Minha presença a incomoda, nesta linda manhã?

Embora estivesse trabalhando havia horas, Lucrezia parecia fresca como o alvorecer, ajoelhada junto à moita. Ao lado dela, havia uma cesta cheia de folhas.

— *Buongiorno*, irmão Filippo, que a graça de Deus esteja com o senhor — respondeu Lucrezia, inclinando a cabeça, respeitosa, e levantando-se. Mesmo de longe, ela sentia a energia que ele irradiava. — Acho que a irmã Pureza está preparando um remédio.

— Quem está doente?

— A irmã Simona arranhou o braço, não é nada sério. Quer esperar? Lucrezia olhou o banco no muro do jardim.

— Posso achar o que preciso — disse o frei. Era um homem ousado, mas ficava sem ação na presença daquela jovem. — Preciso perguntar à irmã Pureza o que compro na botica, pois ela tem muito ciúme de sua cuidadosa coleção de ervas.

Lucrezia olhou para o frei sem encará-lo, observando a batina branca e a bolsa de couro que se parecia com a do mestre tintureiro do pai. Lembrou como apreciara a pintura *Coroação* feita por ele, naquela primeira manhã no convento, e encolheu-se ao lembrar a intimidade de sua lacrimosa confissão poucos dias antes. O frei já sabia bastante sobre ela, por isso Lucrezia teve vontade de mandá-lo sair do jardim.

— Talvez eu possa ajudá-lo, *fratello*. O que quer esta manhã? — perguntou, gentil.

Frei Filippo parou e sorriu. Sim, achava que o quadro tinha captado bem o rosto da noviça. Encarou-a rapidamente, satisfeito ao conferir que os olhos eram como lembrava, com vários tons de azul e um toque de verde brilhando à luz do sol.

— Preciso de lavanda. E de ísatis para hoje, já que ela demora a fermentar.

— Demora mesmo — concordou Lucrezia, corando um pouco ao pensar no processo de fermentação.

O frei notou que ela mordia o lábio.

— Não sei por que, acho que a senhora deve saber um pouco sobre a ísatis, irmã Lucrezia.

Era verdade. Lucrezia sabia que era preciso colocar urina para a ísatis fermentar até atingir o lindo tom de azul e lembrou que todos os anos os criados do pai bebiam cerveja e vinho quando chegava o carregamento de ísatis. Ela ouvira dizer que o álcool que eles expeliam junto com a dourada e espumosa urina era o líquido perfeito no qual mergulhar a ísatis e para deixar o líquido azul-escuro.

— Meu pai usava ísatis para tingir as sedas na loja — contou Lucrezia, sem jeito.

Claro que o frei lembrava que o pai dela era comerciante de sedas. Aliás, lembrava tudo sobre ela.

— Ah, sim. E a senhora conhece outras ervas? — perguntou ele.

— Conheço. Meu pai me ensinou tudo sobre tingimento, era um grande especialista — respondeu Lucrezia.

— Também preciso de uma erva para fazer a cor amarela — disse ele, querendo ver o que mais ela sabia.

— Lá em casa, usávamos açafrão. — A resposta veio fácil, pois o pai costumava testá-la num jogo parecido. — Mas custa caro e o lírio-dos-tintureiros também dá um bom amarelo. Posso colher um pouco para o senhor, ou melhor, um pouco de *margherita* — completou, rápida, pois tinha de admitir que estava gostando de mostrar seus conhecimentos.

Os dois olharam para as fartas moitas de *margheritas* douradas, no canto sul do jardim, e seus olhares se encontraram. *Margherita.* Santa Margherita. Embora jamais tivesse visto os cabelos de Lucrezia, teve de repente certeza de que eram da mesma cor da margarida.

— À margem do riacho, tem muito dente-de-leão. Se o senhor deixá-los bastante tempo na água, dão uma cor quase tão forte quanto a do *cinabrese* — ensinou Lucrezia. De repente, sentia-se à vontade, as palavras saíam quase com a mesma facilidade que em casa, quando mostrava folhas e plantas.

Ouvindo a adorável voz de Lucrezia, o frei foi tomado por um desejo de tirar o véu que usava e pintá-la exatamente como estava naquele instante, uma linda virgem num jardim de clausura.

— Buxo dá um ótimo verde, *fratello*, e nós podamos essa planta hoje. O senhor quer algumas folhas? — Lucrezia olhou o frei, que estava distraído. — Já falei demais, irmão Filippo, desculpe, fiquei empolgada. Vou arrumar o que queria. — Ela se inclinou, canhestra, para pegar um galho de lavanda.

— Não, *per piacere*. Continue, estou impressionado com seus conhecimentos.

— É mesmo? — perguntou ela, ansiosa. — Lembro que o senhor me disse que o mundo é um *speculum majus*, um espelho do reino de Deus. Quando trabalho, gosto de pensar nisso e rezo imaginando que tudo é um espelho dos milagres Dele.

Lucrezia abriu as mãos num pequeno gesto para incluir o jardim, o céu, a modesta uva e até as pesadas tesouras que usava para podar as plantas. Pela primeira vez, sorriu de verdade e encarou os olhos azuis do frei.

— Frei Filippo — disse, baixo demais para ele ouvir. Mais alto, acrescentou: — Fico muito honrada de, humildemente, ajudá-lo.

O frei viu-a sorrir e, aliviado e melancólico, pensou em como captar aquela expressão. Nesse momento, tocou o sino, chamando as freiras para as orações.

— Já é hora! — exclamou ele, olhando o sol e retirando-se. — Terei de voltar aqui após as orações. Não consegui o que precisava.

Saiu depressa do jardim, ao mesmo tempo que a irmã Pureza voltava da enfermaria para junto de Lucrezia.

— O frei Filippo deve estar precisando de muita coisa hoje — disse a freira, baixo.

— É, estava esperando pela senhora. Disse que a senhora cuida muito bem das ervas — elogiou Lucrezia, contendo-se para não olhar para a freira.

— É verdade, cuido deste jardim e de tudo nele com muito carinho. Uma jardineira precisa garantir que as plantas não sejam maltratadas por mãos descuidadas. — A freira olhou para Lucrezia e a jovem notou que disfarçava o olhar.

O sino continuou tocando. Irmã Pureza pegou a tesoura de Lucrezia e colocou-a com cuidado na cesta de galhos de buxo.

— *Andiamo*, está na hora — chamou a idosa, saindo do jardim.

Capítulo Seis

Terça-feira da décima semana depois de Pentecostes, ano do Senhor de 1456

Ao ver o belo corcel amarrado bem embaixo de sua janela, frei Filippo confirmou seu temor: Francesco Cantansanti tinha chegado.

O pintor deu uma rápida olhada no ateliê e pensou em arrumar aquela confusão. Mas o emissário tinha vindo ver o andamento do retábulo do rei Alfonso de Nápoles, e não adiantava mostrar ordem para disfarçar o atraso.

— Senhor Francesco, veio para a festa! — exclamou o frei Filippo, escancarando a porta e cumprimentando o emissário com um sorriso.

— Irmão Lippi, *buongiorno* — cumprimentou Cantansanti, com um aceno de cabeça. Estava elegante, de *farsetto*, *calze* claros e meias de seda.

Tirando a capa, Francesco entrou no ateliê. Deu um leve sorriso ao se lembrar do ano em que o grande Cosimo mandara trancar frei Filippo em seu ateliê no campo, para terminar uma encomenda, em vez de ficar pela noite atrás de prostitutas.

— Como está o retábulo? Adiantado? Cosimo quer marcar data para levá-lo a Nápoles — foi dizendo logo ao frei.

— Sim, sim, temos muito tempo para falar nisso. Antes, tomamos um vinho, amigo?

O frei segurou um caneco de vinho, mas o emissário recusou com um gesto de cabeça. O frei deu um gole e limpou a boca nas costas da mão.

— E então? — insistiu Cantansanti, dando uma olhada no ateliê atulhado. — Aguardam notícias em Florença. Onde está o retábulo?

Não adiantava enganar. Frei Filippo sabia que isso só irritaria o emissário.

— Ainda não posso mostrar.

— Ainda não? Por quê? Acha que os Médici vão esperar a vida inteira? — perguntou Cantansanti, mais alto.

— Comecei a pintar as asas — disse o frei, e, para sua própria surpresa, parecia calmo. Notou que Cantansanti olhava pela sala, procurando algum sinal do quadro. — Vou mostrá-las — acrescentou o frei.

Puxou os tecidos que cobriam dois painéis retangulares, cada um quase da altura de um homem.

— Veja, fiz como Giovanni e Cosimo mandaram. Os cabelos dourados e a armadura prateada de São Miguel brilham como as de um soldado grego — descreveu o pintor.

— Lindo. — O emissário apertou os lábios enquanto observava o esmerado quadro de São Miguel e o retrato do bondoso Santo Antônio Abade. — *Molto bene*. E a Santa Virgem? Você certamente já passou o esboço para a tela, não?

— Ainda não. Mas passei os esboços para o painel central e o desenho está pronto — admitiu o frei.

— *Per l'amore de Dio*, Filippo, pare de tentar me enganar. Não quero levar más notícias para Florença.

O emissário encarou o frei. Lá fora, o sol tinha surgido entre a bruma matinal e os dois ouviram os cavalos relinchando.

— Estou hospedado na casa de Ottavio de Valenti até a *Festa della Cintola*. Acompanharei de perto seu trabalho.

Cantansanti andou lentamente pelo ateliê e parou na frente da *Madona com o Menino* encomendada por Valenti.

— Belíssimo quadro — elogiou, aproximando-se para apreciar as linhas do rosto, os olhos azul-claros. — Uma madona excepcional, você tem de fazer algo assim para os Médici, *fratello*. Lembre que são seus maiores mecenas!

Frei Filippo sentou-se num banco, a batina formando uma mancha branca no chão, levantou o caneco e bebeu todo o vinho.

Sentiu o horrível peso de suas obrigações e reconheceu aquela sensação: era o mesmo peso de um ano antes, quando ficara sobrecarregado de encomendas e devendo ao assistente a enorme quantia de mil liras.

Sem ter como pagar Giovanni di Francesco de Cervelliera, o frei havia feito um recibo de pagamento e foi acusado de falsificação pelo assistente indignado. Em maio, numa segunda-feira de manhã, quando se preparava para terminar uma pequena *Natividade*, soldados do tribunal da Cúria foram buscá-lo. Dois homens o seguraram pelos braços e o puxaram até estar na presença de Antonino, o Bom, bispo de Florença, que considerou o frei culpado antes mesmo que ele pudesse reclamar. Foi condenado a trinta chibatadas.

Pasmo, foi levado direto para uma cela e despido. Seus pedidos de misericórdia não foram ouvidos e o chicote cortou suas costas sem dó. Depois, jogado na cela, pensou, para afastar o desespero, em detalhados retábulos e sonhou com o rosto da mãe, colocando-a como a Virgem dos retábulos, a Madona de seu céu particular. No quarto dia de prisão, acordou de um pesadelo, com o carcereiro jogando em cima dele um pergaminho com a assinatura e o lacre de Cosimo de Médici.

"Levante, você foi solto", disse o carcereiro.

Frei Filippo ficou eternamente grato a Cosimo. O poderoso mecenas o salvou e ainda pagou a dívida. Conseguiu que o pintor voltasse aos afrescos de Prato e o ajudou a ser indicado capelão do convento Santa Margherita.

Naquele momento, Cosimo e o filho, Giovanni, queriam resultados. E que o frei cumprisse a promessa: pintar uma nova e gloriosa composição da Madona adorando seu filho na natureza, na floresta, como nunca havia sido feito. Os esboços estavam prontos. Mas o restante exigia inspiração e o quadro para o rei de Nápoles tinha de ser grandioso para garantir o futuro de Florença.

Frei Filippo sentiu o estômago roncar e pensou numa restauradora infusão de ervas do jardim do convento. Agitado, olhou pela janela e viu um pequeno painel com o rosto da madona de olhos azuis.

— Lucrezia — sussurrou.

Viu o rosto dela no retábulo: a pele de marfim, os cabelos dourados sob a delicada *benda*. Viu a Virgem ajoelhada na floresta, com o sol salpicando de luz o lugar onde a criança estava deitada.

A imagem era tão viva que ele quase conseguia ouvir os pássaros nas árvores e sentir o cheiro dos cítrus e eucaliptos nos densos bosques ao redor da virgem Lucrezia. Claro, ela era a resposta para suas preces. O pintor sabia que, se ela pudesse ornar o painel central do retábulo dos Médici, poderia completá-lo com toda a glória que um rei merecia.

Mas, enquanto pensava, a cena pareceu despencar num precipício.

Para pintar a Virgem na floresta como pensava, precisaria olhar o rosto de Lucrezia à luz do dia. Precisaria também que ela posasse como uma modelo no ateliê de um mestre da pintura, onde suas tintas, pigmentos e as pesadas telas de madeira estavam à disposição ao sol da manhã. Ele precisaria do impossível, pois aquilo não seria só difícil, mas inadequado. A menos que ele pedisse à priora e oferecesse algo fantástico em troca, uma noviça jamais teria autorização para ir ao ateliê dele.

⸎

A priora Bartolommea de Bovacchiesi estava numa semana ruim. Chovera pouco, o sol de fim de verão tostara a terra e ela temia que a colheita na horta do convento fosse fraca. Para completar, soubera que o prior-geral Saviano ficaria hospedado oito noites no convento, antes e depois da festa do Sagrado Cinto, e era preciso cuidar dos preparativos. Além disso, a irmã Simona estava com umas pústulas esquisitas e fora substituída na cozinha pela irmã Bernadetta, que não tinha talento nem paciência para preparar bolos perfeitos e saborosos pães pretos.

A priora mergulhou a pena no vidro de tinta, olhou pela pequena janela do escritório e viu uma figura grande e branca chegando.

— *Benedicte*, madre. Espero não incomodar — disse o frei Filippo, abrindo a porta com cuidado.

Madre Bartolommea deu uma olhada no artista. Estava com a barba meio grisalha, o cinto de corda torto acima da cintura e, embora fosse quase meio-dia, parecia ter acabado de se vestir às pressas.

— Irmão Filippo, claro que o senhor pode entrar.

Ao contrário das noviças, a priora fazia questão de encarar os homens que entravam no convento Santa Margherita.

— *Per piacere*, pode dizer — ela ajudou, com um toque de impaciência.

— Obrigado, madre. Vim fazer um pedido bem incomum — preveniu ele, sentando-se devagar numa cadeira estreita, de onde seu corpo imponente transbordou.

A priora franziu as negras sobrancelhas, o que fez seu véu se mexer.

— Claro que não peço para mim, mas em nome de Sua Excelência, Cosimo de Médici, abençoado seja ele pelo bondoso Senhor Jesus Cristo.

A priora concordou com a cabeça.

— Como a senhora sabe, os Médici me encomendaram um retábulo para ser presenteado ao rei Alfonso de Nápoles. — Frei Filippo fez uma pausa para os nomes impressionarem a priora. — Atualmente, está em uso pintar direto de modelos vivos. Dizem que daqui a pouco todos os melhores pintores exigirão modelos posando para eles. Só com a beleza dos filhos de Deus sob os nossos olhos podemos captar a vida com fidelidade.

Cauteloso, o frei observou a surpresa no rosto da priora antes de continuar:

— Na imagem que fez da Santa Virgem, São Lucas a retrata jovem, com uma expressão suave. É o que quero no meu quadro, priora. Claro que, quando se encontra o rosto adequado, a tarefa fica muito mais fácil, basta o pintor copiar a obra de Deus.

Prevendo uma recusa, falou mais depressa:

— Peço humildemente sua permissão para copiar o rosto da noviça irmã Lucrezia. É jovem, bonita e seria uma modelo perfeita para a Madona. A senhora sabe, claro, que trabalho em meu ateliê, onde estão as tintas e apetrechos, como fizeram todos os grandes mestres que prepararam o caminho para mim. Creio que Cosimo ficaria satisfeito...

— O quê? — perguntou a priora, arregalando os olhos.

— Imploro sua permissão, madre. Quero apenas criar a mais bela obra para a glória de Florença. Com uma modelo, meu trabalho seria rápido. Meu ateliê...

— *Per l'amore de Dio!* — esbravejou a priora. — Acha que eu iria violar as leis do claustro, de modéstia e santidade, estabelecidas pelo próprio Santo Agostinho? — A priora elevou a voz. — Frei Filippo, aqui, no convento, não obedecemos a Cosimo de Médici nem ao rei de Nápoles. Nosso único chefe é Jesus Cristo, Senhor e Rei. Não permitirei que o amor por riquezas terrenas destrua o bom nome deste convento!

Frei Filippo insistiu. Já tinha visto a priora irritada muitas vezes e não iria se deixar intimidar por ela.

— Perturbei a senhora, mas, por Deus, acredite que só quero uma glória maior para a cidade de Prato e para este convento, do qual sou um humilde servo. Posso pagar bem e, como nas orações e leituras que faço aqui, pretendo glorificar a Deus por meio de meu quadro. Talvez eu tenha sido mal-entendido.

— Parece que o senhor está sempre sendo mal-entendido, frei, como nos tribunais do bispo Antonino — a priora respondeu, tão rápido que mal notou a menção a um bom pagamento.

Ao ouvir aquela observação agressiva, o frei se levantou. Imediatamente, a priora notou o tamanho dele e lembrou-se da força de sua ira.

— Desculpe, capelão, falei sem querer — conseguiu se explicar mais devagar. — A preocupação com o pedido soltou minha língua. Nos tempos horríveis que vivemos, uma noviça não pode manchar seu nome.

— Não se preocupe, madre. A senhora foi perfeitamente clara — disse o frei, contido.

※

Ao chegar ao grande *palazzo* de Ottavio de Valenti, onde Francesco Cantansanti estava hospedado, o pintor parou para tomar fôlego. As lindas telhas laranja e azuis reluziam sob a luz fusca, e o frei admirava seu brilho enquanto batia a aldraba de bronze e aguardava um criado abrir a porta.

— Traz boas novas, amigo? — perguntou Valenti. O comerciante usava uma luxuosa túnica negra debruada de seda e abriu os braços ao descer a imensa escadaria.

— *Si, si*, seu quadro está pronto, os últimos toques de *cinabrese* estão secando — garantiu o frei.

— Ótimo, mestre. — O comerciante, de fartos cabelos, colocou a mão coberta de joias sobre a do pintor. — Minha esposa vai gostar de ver sua requintada obra. Eu estava prestes a fazer a refeição do meio-dia. Aceita vir à mesa conosco?

Frei Filippo ficou feliz ao reconhecer Francesco Cantansanti à mesa no pátio interno do palácio, que era cercado de limoeiros plantados em vasos, flores e um chafariz borbulhante. Cumprimentou Francesco com a reverência obrigatória, a que o outro respondeu erguendo as sobrancelhas.

— Um dia se passou. Certamente ainda não terminou o retábulo — insinuou Cantansanti.

— Não, mas tive uma ideia, senhor emissário. Vai ser uma obra de arte digna de um rei.

A grande mesa oferecia frango assado, frutas frescas, alcachofras, queijos e tigelas com uma sopa grossa. O frei sentou-se à mesa com os dois, tomou um vinho bem melhor do que qualquer um que pudesse ter e falou de negócios em Florença e Roma.

— O mundo inteiro aguarda o substituto do papa Calisto III, agora que a gravidade de sua doença ficou evidente — considerou Valenti, olhando para o emissário, a quem serviu mais vinho.

— Em Florença, a família Médici prepara o bispo de Siena, Enea Silvio Piccolomini, para ocupar o cargo — revelou Cantansanti, levando a taça de vinho aos lábios. — Eles esperam que os opositores sugiram o nome do arcebispo de Ruão, mas é um candidato fraco.

Frei Filippo ouviu atento os comentários da política para eleger um papa. Quem assumisse o poder de Roma assumiria também as chaves dos ricos cofres da Igreja. Era sabido que o atual papa Calisto III não se interessava por arte, mas um papa com apoio dos Médici certamente privilegiaria os amados artistas da família, entre os quais o frei Filippo.

— E o que comentam as carmelitas, irmão Filippo? — Simpático, Cantansanti olhou do outro lado da mesa e o frei respondeu de forma a não agredir ninguém.

— Ouço apenas a tagarelice da priora — respondeu ele, abaixando o cinto de corda sob a barriga cheia. — Só sei de preocupações das freiras que são as mesmas trivialidades e ciumeiras de mulheres de qualquer lugar. Meus caros, podem estar certos de que a vaidade entra junto com elas no convento.

Os homens riram.

— Claro que ouço também as reclamações diárias do reitor — contou frei Filippo, mostrando insatisfação. Sabia que Valenti não gostava de Inghirami e que Cantansanti também não admirava muito aquele sujeito esquivo. — Reclama sempre que os fiéis não são generosos o suficiente, que meus afrescos não ficam prontos rápido o suficiente e, claro, seus preparativos para a Festa do Sagrado Cinto são cada vez mais exigentes.

— O homem é um verdadeiro pústula — definiu Valenti, e todos riram com vontade.

Percebendo que a ocasião era propícia, frei Filippo tocou no assunto que o interessava com Cantansanti. Falou rapidamente do retábulo para o rei Alfonso, descrevendo como imaginava fazer a Madona ajoelhada na floresta e o rosto que completaria o plano.

— Certo, é como deve ser o presente para o rei de Nápoles — concordou Cantansanti, pensativo, enquanto ouvia o frei.

Animado, o frei descreveu o rosto de uma jovem que estava no convento Santa Margherita cuja beleza ia além do melhor quadro já pintado.

— Pois então é isso, meus amigos — terminou o frei Filippo. — Uma jovem pura enclausurada: pode haver algo mais adequado para representar a Madona? Poucas coisas estão entre nós e essa maravilha a ser entregue a Sua Excelência Cosimo de Médici, que o Senhor Jesus Cristo lhe conceda força e saúde sempre.

— Há muitas coisas valiosas em Prato. Tenho certeza de que convenceremos a priora a fazer o que é melhor para todos — disse Cantansanti, levantando a taça para o frei.

~※~

*D*ois dias depois, após a Nona, a irmã Camilla tomava uma xícara de caldo ralo quando achou que havia entendido errado o que a priora dissera. Não podia ser. Talvez a fumaça do caldo quente tivesse truncado as palavras.

— Desculpe, madre, não ouvi direito.

— Eu disse que a noviça Lucrezia vai posar para o retábulo de frei Filippo, uma obra importante que terá muita repercussão; foi encomendada pelos Médici. Se a situação fosse diferente, eu jamais permitiria — repetiu a priora, aproximando-se mais da irmã Camilla. — Mas como ele é um religioso e nosso capelão, não é uma concessão tão grande como poderia parecer. Afinal, o ateliê dele é quase uma extensão do nosso convento.

A irmã Camilla olhou sem dizer nada e a priora prosseguiu, num sussurro:

— Graças aos problemas que temos enfrentado e à nossa generosidade, teremos a honra de receber o Sagrado Cinto no convento! Ficará sob minha guarda, em segredo, imagine! — exclamou. — Pense nas graças que a Santa Mãe nos concederá pelo fato de o Sagrado Cinto estar conosco!

A priora olhou para a irmã Camilla, aguardando uma reação. Inclinou-se para a frente e repetiu:

— Irmã Camilla, eu disse que vamos receber o Sagrado Cinto aqui, no convento, a relíquia sagrada da Virgem Maria. Claro, ele ficará guardado comigo e ninguém além de nós duas saberá.

A irmã Camilla colocou a xícara sobre a mesa e olhou bem para a priora. Achou que a boa freira estava fazendo graça.

— Conto para você, caso aconteça alguma coisa. Mas com o Cinto aqui conosco, que mal poderíamos sofrer? — perguntou a priora.

A irmã Camilla ficou sem saber o que dizer. Era respeitada por sua calma sabedoria e não era de fazer observações agressivas.

— E mais: consegui também um lindo retábulo novo para o convento — contou a priora, enchendo o peito de orgulho. — Mostrará a Madona entregando o Sagrado Cinto a São Tomé. Estarei retratada no quadro, como uma mecenas ajoelhada em frente à Santa Virgem.

A priora soltou o ar do peito e seu corpo pareceu encolher.

— Eu não devia ficar tão orgulhosa, é contra a Ordem — resmungou, arrumando o véu.

Apesar de negar, a priora estava muito envaidecida por ser retratada para todo o sempre num quadro do frei Filippo Lippi. Como os famosos Médici, a poderosa família milanesa Sforza e os elogiados santos cujas feições adornavam as igrejas do lugar, o rosto da priora Bartolommea de Bovacchiesi seria retratado e ficaria preservado para a posteridade. Todos poderiam ver como era íntima do universo dos santos, e sua entrada no céu estaria praticamente garantida por essa única indulgência.

— Tenho certeza de que a senhora refletiu muito sobre isso e pediu conselho aos céus — observou a irmã Camilla, sem jeito. — Lucrezia está sob a orientação da caridosa irmã Pureza e não negligenciará seus deveres e obrigações de noviça.

— Isso mesmo, irmã Camilla. Fiz bem, não? — A priora balançou a cabeça, muito satisfeita. — Lucrezia só irá ao ateliê do pintor às terças e quintas, após as orações da sexta, e voltará antes das vésperas. Será acompanhada por uma freira e levará sempre um livro de orações e a Regra de Santo Agostinho, para estudar e meditar enquanto posa. Pensei em tudo com atenção. As palavras de Santo Agostinho ajudarão a noviça a ter o claustro na mente e no espírito, se não no corpo.

A irmã Camilla concordou com a cabeça.

— Quanto tempo demora o quadro? — perguntou a secretária, sem jeito.

— Só teremos a abençoada relíquia aqui durante a Festa do Sagrado Cinto. De certa forma, o tesouro da Santa Mãe ficará sob nossa proteção como uma troca. O Cinto aqui, e a irmã Lucrezia no ateliê do pintor. Nada poderá nos acontecer — desejou ela novamente.

— É, nada — concordou a irmã Camilla, segurando a xícara de caldo.

— Resolvi que *você*, irmã Camilla, vai acompanhar a jovem.

A irmã franziu o cenho e ficou novamente sem saber o que dizer, mas a priora segurou sua mão:

— Não precisa agradecer, irmã, por favor — disse, baixando o olhar e achando que finalmente conseguira o tom certo de modéstia.

Capítulo Sete

*Terça-feira da 11ª semana depois de Pentecostes,
ano do Senhor de 1456*

Na terça-feira, um mensageiro uniformizado dos Médici entrou no pátio do convento quando as freiras terminavam as preces da sexta. A priora Bartolommea fechou o livro de orações e saiu logo da capela. O mensageiro fez uma reverência, sua espada de prata reluzindo ao sol.

— Boa-tarde, priora, venho por ordem de Ser Francesco Cantansanti, emissário do grande Cosimo de Médici.

— Sim, eu o aguardava — disse a priora, séria.

Percebendo o cavalariço a encará-la, a freira lhe lançou um olhar incisivo. Ele rapidamente voltou a escovar o rabo do cavalo.

— Imagino que o senhor tenha algo para me entregar — sugeriu ela com toda a delicadeza.

O mensageiro tirou do bolso uma saco de veludo e entregou-o.

— Peço que tenha paciência enquanto as freiras se arrumam para a viagem — disse, colocando a sacola sob a manga do hábito antes de virar-se para chamar a irmã Pureza.

Ao sinal de sua superiora, a irmã Pureza ajudou as noviças nos preparativos finais para o dia que iam passar fora dos muros do convento. Levou-as para a sacristia e deu um manto preto e áspero para cada uma, com capuz. Entregou a Lucrezia um breviário muito gasto e uma cópia da Regra de Santo Agostinho, escrita em tinta preta, simples. A irmã Spinetta recebeu um rolo de pergaminho em que deveria copiar a Regra a tinta, que encontraria nos arquivos do ateliê do frei Filippo.

— Fora do convento, vocês precisam estar sempre atentas — aconselhou a irmã Pureza, séria, para Lucrezia. Tinha sido contra a saída das noviças, mas não podia impedi-la. — Nossa honra está acima de tudo. Se você tem o rosto que o pintor deseja copiar, esse rosto veio de Deus e deve ser usado apenas para glorificá-lo. A vaidade é uma grande fraqueza, irmã Lucrezia, a máscara do diabo. Não a use.

A priora Bartolommea observou a freira curvada se aproximar do mensageiro, ladeado pelas graciosas irmãs Buti, e tentou não pensar no terrível acerto que tinha feito. O Sagrado Cinto estava sob sua guarda, e isso mais do que compensava o sacrifício do convento. Em pouco tempo um novo retábulo, com o respeitável perfil dela, adornaria a capela principal da Igreja de Santa Margherita e, esperava ela, a caixa de metal onde guardava as moedas de prata e ouro voltaria a ficar pesada. Certamente, o Sagrado Cinto tinha poder para isso.

Ao saírem do convento, Lucrezia sentiu uma brisa vindo do rio Bisenzio. Suas botas pisavam nas ásperas pedras e ela quase riu ao ouvir o som familiar dos saltos no chão. Respirou fundo e olhou para cima. Acima dos muros da cidade, viu as colinas luxuriantes da Toscana.

O mensageiro seguia dois passos à frente delas, mostrando o caminho. Spinetta ficou de braços dados com a irmã. Sob o capuz, os olhos de Spinetta também brilhavam.

— Como isto é bom! — cochichou Lucrezia.

O sol batia nos mantos escuros, mas o calor não abafava o ânimo das irmãs.

— É estranho *eu* ficar cuidando de *você*, mas estou muito contente! — disse Spinetta, pensando nos muitos anos em que as irmãs mais velhas cuidaram dela.

Lucrezia sorriu para a irmã, cuja lealdade tinha aumentado nas últimas semanas.

— Ainda bem que minha companhia não foi a irmã Camilla, tão rígida — comentou Lucrezia, e as duas riram.

— Você viu hoje de manhã? A priora disse para ela ficar ajudando na cozinha porque as irmãs Simona e Bernadetta estão com urticária, e pensei que a irmã Camilla fosse explodir.

— Seria enfadonho demais aguentá-la. Estou contente por você ter vindo.

Seguindo devagar pela Via Santa Margherita, as noviças olhavam, tímidas, as mulheres passando em roupas de trabalho. Uma delas vinha curvada sob o peso de dois baldes cheios de água; outra andava depressa carregando nos braços grossos uma cabeça de porco embrulhada em papel pardo.

— Olha, é Paolo, o pastor de nossos cabritos — disse Lucrezia, mostrando um *ragazzo* que sorriu ao vê-las. — Paolo, *buongiorno, garzone* — saudou ela. O menino estava descalço. Lucrezia vacilou um segundo antes de dar a ele uma parte do pão de trigo e amêndoas que a irmã Maria tinha enrolado num pano para elas comerem ao meio-dia.

À direita, as irmãs ouviram um resmungo vindo de uma porta escura e viram uma mendiga com um braço na tipoia e o outro estendido, pedindo esmolas. As duas pararam e ficaram sérias.

— *Venite, sorelle* — chamou o mensageiro, empurrando-as com jeito.

As irmãs apressaram o passo, mas ficaram tristes com aquelas cenas.

— A priora disse que tenho de posar para o capelão a serviço de todos os habitantes de Florença — disse Lucrezia, inclinando a cabeça para a irmã. — Mas avisou para não deixar ele se aproximar muito quando estiver trabalhando.

— Ouvi a priora conversar sobre o pintor com a irmã Camilla — disse Spinetta, cautelosa. — Disseram que ele teve muitos problemas com o bispo de Florença e que é famoso por se ligar a mulheres de má índole.

Lucrezia ficou indecisa, pensando na energia que sentia na presença do frei.

— Mas ele é muito admirado, a priora deve estar com ciúme porque ele mora fora do convento e tem a atenção e o mecenato do grande Cosimo de Médici.

— Pode ser — disse Spinetta. Ela sabia que a priora estava preocupada com as finanças do convento e dava muita importância aos donativos que recebiam graças à presença do pintor. Disse isso à irmã.

— E você, o que acha do nosso capelão? — perguntou Lucrezia, sem olhar para a irmã.

— Acho-o ótimo. Quando ele entra no convento, parece que traz um sopro de vida.

— É — concordou Lucrezia. — Para criar quadros tão belos como o irmão Filippo, é preciso agradar o Senhor, não? — perguntou, prendendo a respiração. — Ajudar o pintor é uma honra para mim, não acha?

— Você está apenas fazendo o que lhe foi pedido — observou Spinetta.

Viraram a esquina e apareceu o alto e famoso campanário da Igreja de Santo Estêvão. Cavalos passavam trotando rápido pela praça, carroças de vendedores estrondavam no piso de pedras e mulheres chamavam os filhos. Sob a aparência plácida, Lucrezia sentia uma grande animação. Na verdade, estava ansiosa para ver o frei.

— Olhe, aquela deve ser a *pieve* de Santo Estêvão — disse Spinetta, apontando para o campanário verde e branco por cima dos telhados.

A poucos passos da Piazza della Pieve, o acompanhante entrou num pequeno caminho que dava numa construção simples, de estuque, coberta de colmo.

— Chegamos — disse Lucrezia, baixo.

O frei olhava de uma janela alta. Sorriu e correu para recebê-las, enquanto o acompanhante batia à porta.

— Sejam bem-vindos — saudou o frei. As noviças inclinaram a cabeça, o acompanhante fez uma reverência. — Espero que a caminhada tenha sido agradável.

Lucrezia ficou tímida de repente. Gostaria de estar com uma linda *cotta* e um lenço, não com aquele hábito negro e severo com um véu branco. Surpreendeu-se ao ver a irmã, sempre tão recatada, falar primeiro:

— Ah, frei Filippo, adoramos a caminhada — exclamou. — O ar fresco, as paisagens novas. Que sorte um dia tão lindo, Deus seja louvado!

Frei Filippo riu.

— Espero que sintam o mesmo ao conhecer meu ateliê. Teremos de ficar aqui dentro, e talvez achem o lugar muito sem graça — disse ele.

— Nem um pouco. — Spinetta deu um largo sorriso, mostrando os lindos dentes. — Vim com o encargo de copiar em pergaminho a Regra de Santo Agostinho. E preciso lhe pedir tinta de escrever — disse ela, abaixando o olhar e pegando o livro com a irmã.

Em geral, o frei detestava os pedidos da priora, pois não gostava de emprestar seus apetrechos, mas, nesse dia, teve a impressão de que ela podia pedir qualquer coisa.

— Claro — disse ele.

Um silêncio esquisito se instalou entre os quatro. Da rua vinham sons de carrinhos de mão e o tinir de arreios de cavalo amarrados aos postes na frente da fileira de lojas.

— *Fratello* — chamou o acompanhante. — Fui instruído a trazer as abençoadas irmãs em segurança para seu ateliê. Retornarei antes das vésperas para levá-las de volta.

— *Si, scusi!* — O monge piscou como se acordasse de um sonho.

— Por favor, irmãs — disse ele, fazendo sinal para que entrassem.

As noviças seguiram o frei pela pequena antecâmara, que tinha uma escrivaninha baixa, de madeira, sob uma pequena janela.

— Sente-se aqui, irmã Spinetta, é mais agradável — disse ele, tirando uma pilha de lençóis usados, separados para a lavadeira. — A luz aqui é muito boa e dura bastante.

Frei Filippo colocou um vidro de tinta e alguns panos recém-lavados sobre a mesa. Do outro lado, um jarro de barro com água e um pequeno prato com queijo.

— Perdoe por eu não ter nada melhor a oferecer — desculpou-se o frei.

— É muito atencioso de sua parte, *fratello* — elogiou Spinetta.

Lucrezia ficou de lado, em silêncio, ainda de manto. Sentia-se fraca por causa do calor.

— *Allora!* — exclamou o frei, como se ouvisse o que ela estava pensando. — O dia está esquentando. Por favor, tirem seus mantos. Depois, se quiserem, posso mostrar o ateliê.

O pintor tinha guardado os vários esboços de Lucrezia e virara para a parede o *Madona com o Menino* de Valenti. Ele varrera o ateliê, espanara as mesas e tirara as teias de aranha. Colocara também uma cortina no canto do ateliê para esconder um pouco a bagunça.

— Estou com vários projetos, claro. Os afrescos de Santo Estêvão estão encaminhados, mas ainda falta muito — explicou.

Começou a usar a linguagem de sua arte e ficou seguro outra vez. Há anos era um mestre e se sentia bem no ateliê, qualquer que fosse a visita.

— Aqui estão os esboços da vida de Santo Estêvão, que ficarão na parede norte da capela.

Mostrou o discreto cômodo onde o santo nascera e onde a mãe ficaria deitada, coberta por uma linda colcha de veludo, e os degraus da sinagoga onde rabinos irritados questionariam o santo.

Ao ver as escadas ocultas e a complexa arquitetura dos esboços, Lucrezia falou pela primeira vez:

— Parece bem difícil fazer isso, frei Filippo. Há tantas linhas e paredes, um cômodo dentro de outro.

— É verdade.

O frei ficou satisfeito por ela notar tão depressa o que era importante no trabalho dele. Uma geração de pintores aprendera perspectiva graças às obras de Brunelleschi e Alberti, mas o frei Filippo fora além. Ele mostrou às noviças o lugar onde o afresco cobriria uma quina da capela.

— Vejam, vai parecer que as figuras saem da parede e entram na capela.

O entusiasmo dele pela obra era contagiante. As irmãs se sentiram à vontade e Lucrezia relaxou.

— Preciso ter várias encomendas ao mesmo tempo, pois tenho de agradar a todos os meus mecenas, senão eles procuram outro pintor. Mas claro que o retábulo encomendado pelos Médici é o mais importante. O emissário deles conseguiu que você viesse aqui para eu pintá-la à luz do dia.

Ousou olhar para Lucrezia, mas ela observava o ateliê cheio de coisas.

Encostadas nas paredes havia telas de diversos tamanhos, algumas revestidas de uma fina camada de gesso, outras quase prontas. Na parede em frente, as estantes tinham inúmeros vidros e ampolas cheias de líquidos que lembravam as boticas onde Lucrezia estivera, em Florença. Pedaços de hematita e de malaquita estavam sobre um pergaminho, prontas para serem trituradas e misturadas para formar pigmentos. Uma série de pincéis, facas e outros objetos pontudos estavam espalhados sobre a mesa. Lucrezia notou cores de tinta que combinavam com as manchas que tinha visto nas mãos do pintor durante a semana. Para disfarçar o cheiro forte, o frei tinha colocado maços de lavanda e bálsamo de limão por todos os cantos, que espalhavam seu perfume pelo ateliê.

— Irmão Filippo, que maravilha é este lugar! Deve ser difícil deixá-lo todas as manhãs — exclamou Lucrezia, esquecendo o recato.

— Sorte nossa termos o senhor no convento — Spinetta acrescentou em seguida.

— A sorte é minha, irmãs — retribuiu o frei, enquanto notava um facho de luz bater no rosto de Lucrezia. — Vejam, o sol já chegou, temos de começar logo.

Colocou Spinetta na mesinha que havia antecâmara e Lucrezia ficou na frente da grande janela que abria para a praça movimentada.

Ao voltar para o ateliê, o frei notou que Lucrezia afastava uma mecha de cabelo. Sentiu vivo cada músculo de seu corpo, embriagado pela luz dourada que enchia o ateliê e salpicava de cor o manto de Lucrezia.

— Irmã Lucrezia, é realmente uma bênção tê-las aqui quando preciso de algo realmente fantástico e belo para o meu mecenas.

— Fico contente de poder ajudar. Estou pronta para começar — disse ela, firme e baixo. Não conseguia olhar para o frei.

Ele pegou uma ponta de metal e uma folha de pergaminho na escrivaninha. Achou o estilo para encaixar a pena e conferiu seu tamanho. Levou algum tempo fazendo isso. O rosto da jovem, emoldurado pelo véu branco, estava pálido.

— Vamos acompanhar a luz. Você vai sentar aqui, depois aqui — indicou ele. Arrumou um tripé para si e uma cadeira de espaldar alto com confortável assento de palha para ela, em frente à janela. Lucrezia ficou onde estava.

— Frei Filippo, eu às vezes penso... — começou ela.

Talvez Lucrezia falasse por nervosismo. Talvez ela quisesse que o frei negasse os inquietantes boatos que a irmã tinha contado pouco antes. Ou talvez, ainda, ela apenas quisesse ouvir a voz reconfortante do frei.

— Às vezes penso na mistura da tinta, que algumas pessoas chamam de alquimia — disse ela.

O frei estreitou levemente os olhos.

— Não é muito diferente da mistura para colorir a seda — ele respondeu, com um pequeno movimento da cabeça.

— Desculpe, mas na minha cidade as pessoas, mesmo as instruídas e piedosas, são contra os pintores que misturam coisas estranhas para fazerem tintas. Dizem que eles tentam o demônio — disse ela.

— Você é muito interessante — disse o frei, o elogio amaciando sua voz.

— Desculpe — disse Lucrezia, rápido. O pai só deixava que fizesse perguntas com muita humildade. — Não tive a intenção de questionar sua fé, só gostaria de saber o que acha dessa ideia e se as pessoas ainda pensam assim.

— Sim, eu preparo minhas tintas usando as novas técnicas dos mestres — disse ele, satisfeito de compartilhar seu conhecimento com ela. — Mas foi Deus, não o demônio, quem nos passou esse conhecimento secreto, para que pudéssemos fazer o mundo Dele ainda mais belo. Muitas grandes obras de arte que enfeitam nossas igrejas têm as cores mais brilhantes graças ao que alguns tolamente consideram uma tentação do diabo.

Lucrezia viu que tocara num tema que interessava a ele. As feições simpáticas e calorosas, até o toque de tristeza nos olhos dele, faziam-na sentir-se diferente.

— Sim, de certa forma é como as tintas que os tintureiros misturam nos tonéis, claro que eu devia saber disso. Desculpe novamente, irmão.

— Não precisa se desculpar. Talvez seja melhor mostrar como preparo as tintas. Não se trata de magia negra, apenas uma mistura de materiais fornecidos pelo Senhor. Frei Filippo tirou um conjunto de vasos e receptáculos das estantes. Segurou um frasco âmbar e tirou a rolha.

— Sinta o cheiro.

Ela cheirou; seus olhos lacrimejaram e as narinas pareceram queimar.

— É amônia.

— O padre colocou a rolha e deixou o frasco no lugar onde estava. Depois, abriu uma vasilha de barro com um pouco de líquido amarelo-terra.

— Cuidado, este cheiro é mais forte que o outro — disse ele, esticando a vasilha para Lucrezia.

Sem jeito, Lucrezia fechou os olhos e esticou a mão para canalizar o cheiro para o nariz.

— Horrível! — ela gritou, batendo a mão no rosto e fazendo o frei achar graça.

— É enxofre. Agora, vamos juntar esses dois líquidos horríveis.

— Ele pegou uma pitada de cada e colocou num vaso limpo.

— Juntamos mercúrio, depois uma pitada de estanho — disse, pingando algumas gotas de um líquido grosso. — Mexemos e levamos ao fogo.

Acendeu uma vela grossa e colocou o jarro sobre a chama até as substâncias começarem a derreter. Tirou o jarro do fogo e mexeu: surgiu um lindo e brilhante amarelo. Segurou o jarro para Lucrezia ver.

— Fazer isto não é pecado?

Sob a pergunta simples, ela sabia que havia um questionamento que ia além da alquimia.

— Não, isto é beleza. E beleza não é pecado. Este dourado será a cor da sua coroa — disse o frei, com um olhar caloroso.

— A coroa não é minha, é da Virgem — observou Lucrezia, evitando olhar para ele.

Ouviram um passo para trás deles, viraram-se: Spinetta estava à porta.

— É lindo, irmão, mas não é só Deus que pode mudar a natureza das coisas? — perguntou ela, se aproximando da mesa e olhando o dourado no jarro.

Lucrezia deu um passo atrás, se afastando do frei. Estava pasma com a desibinição da irmã, mas ele não parecia estranhar. Respondia com prazer, embora sem a mesma intimidade que Lucrezia sentia quando ele falava com ela.

— Sim, irmã Spinetta, só Deus transforma todas as coisas. Sabemos que transformou uma costela de Adão na linda figura de Eva, ao ver que ele estava só. Mas Deus não esconde essa mágica de nós.

Ao ouvir os nomes de Adão e Eva, Lucrezia lembrou-se dos rostos agoniados no afresco de Masaccio. Não sabia que, quando menino, frei Filippo tinha visto o mestre pintor fazer aquela cena na capela Brancacci.

— Da mesma forma que Jesus transformou a água em vinho, nós transformamos o casulo do bicho-da-seda em lindos tecidos — prosseguiu o frei. — Tiramos substâncias da terra e as transformamos em cores para adornar nossas igrejas. Do jardim do convento às paredes da igreja, a beleza não se perde, apenas se transforma. O mundo é assim.

O frei foi até uma bacia, lavou as mãos e secou-as num pano. Pegou um pequeno pergaminho numa das escrivaninhas e o desenrolou para mostrar os esboços do retábulo em tinta marrom.

— Vou mostrar o que vamos fazer — anunciou.

Descreveu seus planos para o retábulo e, como tinha feito com Ser Francesco, pegou os painéis de Santo Antônio Abade e São Miguel para as irmãs admirarem. Descreveu em detalhes a cena da *Adoração*, com a Madona ajoelhada nos férteis campos, rodeada de flores e árvores viçosas e o Cristo Menino brilhando como uma vela votiva na noite escura.

— Em Nápoles há muitos limoeiros, e os ciprestes margeiam o rio que passa por Prato — disse o monge. — Vou incluir um cervo e também um lobo dos montes Apeninos, dócil, aos pés do Cristo.

Lá fora, tocaram os sinos da Igreja de Santo Estêvão.

— O dia está passando, preciso deixar vocês começarem — lembrou Spinetta, gentil.

O frei e a noviça observaram-na voltar para a antecâmara.

— Podemos começar, irmã Lucrezia. Por favor, sente-se — disse ele, mostrando a cadeira pesada que tinha colocado ao lado da janela.

— O senhor não disse que ia pintar a Santa Mãe ajoelhada no chão?

— Disse, mas não vou pedir que a senhora se ajoelhe no chão do ateliê.

— A Madona se ajoelhou por humildade — ela observou, pensando no sacrifício da Virgem e em sua modéstia.

Frei Filippo não resistiu: segurou o queixo de Lucrezia com dois dedos e virou o rosto dela para cima. Ela sentiu o calor do toque se espalhar pelo rosto.

— Você é tão humilde quanto a Virgem em sua glória. Certamente, se quiser, irmã Lucrezia, a senhora pode se ajoelhar.

Ele recuou e ela se ajoelhou. Juntou as mãos como se rezasse, fazendo a pose da Madona que ela conhecia bem. Depois, o único som que ouviu foi da ponta de metal de frei Filippo no pergaminho.

Capítulo Oito

Terça-feira da 12ª semana depois de Pentecostes, ano do Senhor de 1456

Frei Filippo exultou de alegria ao ver o sol entrar pela janela de seu ateliê. Significava que Lucrezia não ia demorar.

Desde quinta-feira, ele passara muitas horas fazendo o esboço do rosto, imaginando o corpo delicado da noviça usando trajes suntuosos e pensando com cuidado nas cores que usaria na madona. Claro que ele tinha escolhido algo que complementaria a pele impecável de Lucrezia: um brilhante *morello* roxo para a túnica com gola debruada de seda branca e, na cabeça, uma *benda* bordada com pequenas pérolas. Após resolver isso, estivera no convento apenas para cumprir suas obrigações e, escondido, observar Lucrezia rezando ajoelhada ou trabalhando no jardim sob o olhar atento da irmã Pureza. Ele se deu ao trabalho de agradar a enrugada madre Bartolommea, dizendo a ela que Deus recebia com alegria em Seu reino os que por meio homenageavam da arte. E prometera que, assim que terminasse o retábulo dos Médici, iniciaria o dela, ajoelhada aos pés da Virgem, ladeada por Santa Margarida e São Tomé.

"*Fratello*, estou mais preocupada em ser correta do que em aparecer no quadro", dissera a priora, sorrindo. E lembrara a ele que, certamente, muitas pessoas haviam notado as noviças indo ao ateliê duas vezes na semana anterior e que a reputação delas era a maior responsabilidade que pesava sobre seus ombros.

"A senhora pode ter certeza de que a honra de suas noviças está garantida. Até convidei o venerável frei Piero d'Antonio di ser Vannozzi para visitá-las na quinta-feira, enquanto faço o quadro", dissera ele.

"O administrador do convento?" A priora arregalara os olhos, surpresa, pois achava que ele ainda estava em visita a um novo convento em Montepulciano.

"Sim, mas voltou para a Festa do Sagrado Cinto e prometeu me dar a honra da visita. Caso a senhora não faça objeções, madre."

Naturalmente, a priora não fazia, pois o administrador estava acima dela na hierarquia da Igreja.

Após essa conversa, o frei havia voltado para a penumbra de seu ateliê e refeito a curva do rosto de Lucrezia e a linda linha ao redor dos seus olhos. Trabalhou até que a beleza da jovem parecesse respirar no pergaminho e desenhou então o campo onde a Virgem estava ajoelhada, usando uma ponta de metal para fazer a textura da grama, a profusão de flores e os graciosos ciprestes.

Trabalhou como em transe, o talento aceso e a todo vapor. Frei Filippo tinha se relacionado com algumas mulheres: Magdalena di Rosetta Ciopri, de quem fora amante e que morava nas colinas próximas de Pádua, e a esposa de um comerciante de lã em Florença, que o convidara para sua cama várias vezes. Tais mulheres, além de outras às quais pagara, tinham lhe dado muito prazer. Mas não conseguiram que ele visse o mundo com outras cores, nem que considerasse as tarefas mais simples um grande prazer intelectual. Só Lucrezia tinha conseguido isso, e a segurança dos traços que ele fazia provava a força dela.

Os sinos de Santo Estêvão repicaram; as irmãs e o acompanhante chegaram. Como sempre, as jovens entraram discretamente, trazendo com elas o perfume suave dos jardins do convento.

— *Belissima* — exclamou Spinetta ao ver os novos esboços. — O senhor captou algo em minha irmã que está dentro dela.

O frei olhou o esboço do retábulo que estava encostado ao lado do grande painel central. Tirou os olhos de sua obra e passou-os para a obra de Deus: do pergaminho para o rosto de Lucrezia. E ficou satisfeito.

— É difícil reconhecer meu rosto no seu desenho, *fratello* — disse Lucrezia, tirando os olhos da imagem. Embora muitas vezes tivesse curiosidade por saber como era seu rosto, a vontade de se ver refletida num espelho ou nas águas de um rio era criticada asperamente pela mãe, que considerava isso uma vaidade.

— A semelhança é incrível, Lucrezia — garantiu Spinetta, animada, olhando do frei para a irmã. — Posso garantir.

Lucrezia ajeitou o véu com a mão. Olhou de novo o desenho, ornado de um halo.

— Mas não é para ser um retrato meu, e sim da Santa Mãe — observou ela.

— Isso mesmo — concordou logo o frei. — Você apenas emprestou sua beleza para glorificarmos juntos a Santa Mãe.

O frei observou o rosto das irmãs examinando o desenho e ficou encantado com as observações pertinentes de Spinetta sobre detalhes na luxuriante vegetação ao redor da Madona.

— No mês passado, antes mesmo de saber onde encontrar o rosto da minha madona, andei pela margem do Bisenzio para observar os ciprestes e as nuvens que estão sob os olhos de Deus — disse ele, calmo.

Olhos de Deus. Lucrezia olhou para o frei e pensou se estava zombando dela. Seria um aviso de que Deus os estava vigiando até ali, naquele momento? Será que o pintor sabia o que ela sentia na presença dele?

Ela tossiu e virou o rosto para o lado.

— Está doente? — perguntou o frei.

— Não, graças a Deus, só preciso de um pouco de água — disse Lucrezia, benzendo-se ao ouvir falar em doença, como tinham lhe ensinado a fazer. Não olhou para o frei.

Ele trouxe uma concha de água e notou que Lucrezia estava tensa.

— Precisa descansar, irmã?

— Talvez — concordou ela, ainda sem olhá-lo. — Estarei bem quando posar.

Foram interrompidos por uma batida na porta, e entrou no ateliê, ágil, um homem de capa.

— Piero! — O pintor correu para abraçar o amigo e dar dois beijos no rosto dele.

Piero d'Antonio di ser Vannozzi, administrador de uma dúzia de conventos na Toscana, olhou com admiração o ateliê arrumado às pressas e os lindos rostos das noviças florentinas. Sorriu, afetuoso.

— Frei Filippo, Deus foi generoso com o senhor — exclamou o recém-chegado. Olhou bem para Spinetta, depois para Lucrezia. As noviças desviaram o olhar até serem apresentadas, o que foi feito com toda a formalidade.

— Soube que duas novas almas integravam nossa congregação no convento Santa Margherita. Mas como as senhoras chegaram depois de Pentecostes, não imaginei que, em tão pouco tempo, criassem um elo tão forte com nosso caro capelão — observou o frei administrador.

Lucrezia enrubesceu.

— Não quis ofendê-las, boas irmãs. É uma bênção termos o frei Filippo conosco em Prato, e tudo o que pudermos fazer para ajudá-lo em seu trabalho é uma honra — acrescentou o administrador.

Tratava-se de um homem do mundo, tão gentil e compreensivo com os pecados dos outros como com suas próprias fraquezas carnais. Admirava o trabalho do frei havia muito tempo e fizera com que ele se sentisse bem na cidade, apresentando-o aos homens mais ricos e ajudando-o a conseguir encomendas. O pintor contava com que o amigo visse com bons olhos sua amizade com as noviças.

— Gostaria de ficar mais tempo, mas tenho um assunto importante a tratar — avisou o frei Piero, após tomar uma taça de vinho. — Além dos preparativos para a Festa do Sagrado Cinto, preciso abençoar o filho recém-nascido de Massimo di Corona. A criança está bem, mas a mãe luta para viver — disse, com expressão pesarosa.

— Coitada! Rezarei por ela — ofereceu Spinetta.

— Por favor, irmã Spinetta — pediu o administrador, cujo sorriso muito cheio de dentes lhe conferia um ar levemente diabólico. — Se tiver a gentileza de me acompanhar, suas orações e suas maneiras suaves farão muito bem à criança e à mãe doente.

Spinetta passou os olhos nos esboços que o frei Filippo tinha espalhado sobre a mesa.

— Certamente, o frei Filippo pode lhe conceder algum tempo. Não vamos demorar — apressou-se a dizer o administrador.

Spinetta lançou um olhar interrogativo para a irmã, que concordou levemente com a cabeça.

— É verdade, irmã. Nenhum mal vai me acontecer enquanto o frei Filippo estiver desenhando.

— Se não for problema, eu gostaria de ir. A cópia da Regra de Santo Agostinho está bem adiantada — explicou Spinetta ao pintor.

O pintor olhou para Spinetta, cujos olhos redondos eram a versão em castanho dos olhos azuis de Lucrezia, e fez uma silenciosa prece de agradecimento.

— Ótimo, filha. Pode ir com a minha bênção, irmã Spinetta.

A porta do ateliê se fechou e Lucrezia ficou tensa. Estava a sós com o pintor.

— Gostaria de ver alguma coisa, ou posso lhe oferecer algo, irmã Lucrezia?

— Obrigada, irmão — ela respondeu, tão rápido que o assustou, fazendo com que indagasse:

— Irmã, a senhora está bem? Alguma coisa a perturba?

— Ah, não, *fratello*. — Estava contente, apesar de nervosa, por ficar a sós com o pintor. — Gosto muito de vir aqui e participar do seu trabalho. Só que...

A voz sumiu. Não queria ofendê-lo, mas, se fosse mesmo culpado das acusações que ela ouvira de Spinetta, Lucrezia precisava confirmar. Engoliu em seco e prosseguiu:

— Ouvi muitas coisas a seu respeito e estou confusa. Por favor, não me julgue insolente, frei, tenho muito apreço pelo senhor.

Frei Filippo olhou aquele rosto perturbado.

— As pessoas falam muitas coisas a meu respeito, e a senhora tem o direito de saber o que é verdade. Não é vergonha querer isso, sobretudo quando não se tem maldade. Sente-se, irmã Lucrezia, e responderei ao que quiser.

O frei lhe indicou a cadeira ao lado da janela e pegou outra para ele. O sol ficou atrás dos dois, iluminando o rosto de Lucrezia e lançando uma luz suave à testa do padre. A janela era bem alta, os pedestres não poderiam vê-los da rua.

— Se a senhora ouviu dizer que desrespeitei a lei de Deus, é verdade — confessou o frei.

Apoiou as mãos abertas sobre os joelhos afastados. Estava tão perto que Lucrezia sentia o cheiro do sabão que ele havia usado para fazer a barba naquela manhã.

— Mas eu era pobre, estava desesperado e por isso caí na tentação de ser desonesto.

Hesitante, descreveu os meses posteriores à morte do pai, quando fora obrigado a pegar restos de comida nas ruas de Florença. Contou a ela que aquelas noites solitárias da infância ainda o assombravam.

— Os freis carmelitas me criaram e, em retribuição, entrei para o convento. Entende, irmã Lucrezia, como o sacerdócio veio a mim e eu fui até Deus?

— Sim, frei Filippo — disse ela, baixo.

— Sinceramente, não quis enganar meu assistente Giovanni di Francesco. Não podia pagá-lo, mas planejava acertar tudo assim que tivesse condições. — Balançou a cabeça. — Manchei o meu nome, não agi como um homem honrado. Ou um homem de Deus.

Ela havia tocado no assunto e se sentia culpada pelo arrependimento que marcava o rosto do frei.

— Até os melhores homens às vezes são acusados injustamente e mancham o próprio nome — disse ela.

Seus olhos se encheram de lágrimas ao lembrar-se do orgulhoso pai.

— A guilda da seda acusou meu pai de produzir *strazze de seda filada*, seda de qualidade inferior, o que não era verdade. As sedas dele sempre foram as melhores.

Ela se inclinou para a frente. O frei segurou a mão dela. Ela não se mexeu, mas lembrou o aviso da priora.

— Seu pai devia ficar feliz por tê-la a seu lado nas lojas. E as sedas que ele fabricava deviam ser lindas — elogiou o frei, gentil.

— Lindas mesmo — confirmou ela.

A delicadeza dele lhe dava coragem para prosseguir.

— Foi com meu pai que aprendi a apreciar o que é belo — lembrou ela, pensativa.

— Sim, a beleza do mundo reflete o céu de Deus — definiu o frei, suas palavras cheias de significados.

Eles se entreolharam e ela puxou a mão. Mas o que havia se passado entre eles destravou alguma coisa dentro de Lucrezia, que despejou uma torrente de palavras:

— Meu pai usava diversas palavras para descrever a cor azul: *azzurro, celeste, blu scuro*. Para ele, duas peças de seda nunca eram iguais.

Comentou sobre o florido *appicciolata* e o vermelho forte *baldacchino*, a *beche* com rendas douradas que o pai tinha encomendado para o enxoval da filha Isabella.

— Era tão linda que me dói lembrar — disse ela.

Descreveu então as delicadas texturas de seus vestidos com mangas *bredoni* e seu primeiro vestido de verão, de brocado *damaschino* branco com flores douradas. O padre imaginou a jovem Lucrezia dançando no jardim como um anjo.

— E hoje só o que tenho é este hábito — disse, olhando para seu traje simples e negro.

Frei Filippo sorriu.

— Cara irmã Lucrezia — disse ele, mal escondendo seu deleite. Estava quase tão encantando por ela quanto por si mesmo —, não posso pintar uma Virgem de hábito negro para o ilustre Alfonso de Nápoles, que espera seda, pérolas e veludos.

Lucrezia olhou para ele incrédula.

— Por que o senhor está sorrindo?

— Se lhe agradar e não ofender a sua modéstia, gostaria que posasse com roupas finas, adequadas à rainha Celeste. Para mim, seria bem mais fácil copiar as dobras da seda e o brilho de pérolas verdadeiras, em vez de imaginá-las.

— Mas é impossível, doei todas as minhas roupas — exclamou ela.

— Não é impossível. Tenho lindos trajes no ateliê, cortesia do meu grande mecenas, Cosimo de Médici.

O frei notou que a noviça empalidecia.

— Isso é costume, as modelos que posam para os grandes mestres usam os trajes adequados — explicou ele, contendo o entusiasmo.

— Que roupas a Virgem usaria? E como o senhor tem certeza que estarão à altura dela?

Lucrezia ficou muito animada ao ver o frei ir até um pequeno baú no fundo do ateliê e retirar delicados enfeites adequados a uma nobre florentina. Viu-o pegar uma *cotta* de *morello* roxo com mangas enfeitadas de pequenas flores e forradas de seda, além de uma *faixa* bordada com pérolas e um fino véu de gaze.

— Lindo — exclamou, emocionada por sentir mais uma vez a seda roçar em seus braços, um delicado *frenello* voejando em seus cabelos.

O frei não ousou olhar para ela.

— Estará me ajudando muito, irmã Lucrezia, se puder usar essas roupas.

Ela pegou com cuidado a *cotta* e colocou-a sobre o braço. Desajeitada, segurou a faixa na palma da mão.

— Desculpe por eu não dispor de um vestiário melhor. A senhora pode trocar de roupas ali — disse o frei, mostrando a cortina que tinha dependurado em volta da bagunça nos fundos do ateliê.

Rápido, antes que perdesse a calma, Lucrezia entrou atrás da cortina e tirou o hábito. Vestida apenas em *panni di gamba*, sentiu a leve medalha de prata de São João Batista costurada na barra e teve muitas dúvidas. Por trás da cortina, ouvia o frei arrastando alguma coisa no chão e imaginou o pai se dirigindo a ela, com os negros olhos gélidos de desaprovação.

"Pare com isso, *disgraziata*", ordenava o pai, sério.

Lucrezia sentiu um aperto no coração.

— Obedeci suas ordens, pai, e olhe o que aconteceu — sussurrou para si mesma.

Lucrezia se calou ao ouvir o pintor pigarrear alto.

Sou uma noviça dedicada ao Senhor e estou apenas posando por ordem de madre Bartolommea para agradar os Médici e ao rei de Nápoles — argumentou para si mesma. Passou os dedos nos laços de veludo das mangas que pareceram acalmá-la. *Não posso ser uma dama, mas posso fingir que sou. Não é pecado fingir.*

Vestiu a *cotta*.

Ao ouvir o suave abrir da cortina, frei Filippo olhou de trás do cavalete. O sol do entardecer iluminava os cabelos dourados de Lucrezia, presos num coque. A faixa parecia uma coroa de seda com as pequenas pérolas brilhando.

A *cotta* de seda apertava os ombros e o peito, com as mangas bufantes parecendo asas de um anjo, o corpete cingindo a cintura e caindo em pregas pesadas sobre os pés calçados com meias.

— Lucrezia. — O frei sussurrou o nome com tanta emoção e incredulidade que não precisou dizer mais nada.

Lucrezia fechou os olhos, temendo desmaiar. O pintor pegou rápido o lápis.

— Pare, por favor. Fique onde está — disse ele.

Lucrezia gelou. O ateliê pareceu silenciar junto com a agitação das ruas de Prato. O frei não tirou os olhos dela, nem disse nada até captar a expressão, a curva suave da boca, a faixa, perfeita na cabeça. Quando o sol passou pelos telhados das casas vizinhas, ele pegou um creiom vermelho para marcar os lábios da Virgem.

— Basta. Pode vestir seu hábito de monja — disse ele, ríspido.

Lucrezia não disse uma palavra. Tinha ficado parada tanto tempo que quase esquecera onde estava. Seus músculos estavam duros, doíam. Mas o pintor tinha uma expressão muito satisfeita.

— A senhora me fez ver o que imaginei — disse ele. — Agora, ande rápido.

Atrás da cortina, os dedos de Lucrezia tremiam ao desabotoar a *cotta*. Tirou a *benda*. Era uma boba, mais boba ainda do que quando menina em Lucca, boba por fingir que era uma noiva com a grinalda feita em casa. Era blasfêmia imaginar que o frei a tinha visto mais do que com os olhos de um pintor formando sua cena celestial, um horrível pecado de orgulho e vaidade. Devia ser o demônio se apoderando dela.

Lucrezia enfiou o hábito e apertou o véu na cabeça. Não tinha espelho, mas, ao sair de trás da cortina, sabia que a Lucrezia esplendorosa tinha desaparecido, e ficou amargamente grata.

Quando o administrador e Spinetta voltaram, ela estava sentada na antecâmara, esperando. Alisou o hábito amassado e viu a irmã entrar, triste.

— Ah, Lucrezia, queria ter ajudado mais a pobre mulher, mas acho que ela irá logo para o lado do Senhor — disse, suspirando.

Lucrezia ia falar, abriu a boca, mas a voz do frei se adiantou:

— Irmã Spinetta, tenho certeza de que a senhora confortou muito a mãe. Agora precisam voltar para o convento. O acompanhante já vai chegar — avisou frei Filippo.

Fora do ateliê, o céu estava ficando azul-escuro. O criado dos Valenti chegou e as irmãs se despediram apressadamente, seguindo-o pela Via Santa Margherita na breve caminhada até o convento.

— Temos muita sorte, há tanto sofrimento no mundo que ignoramos — admitiu Spinetta, quando respiraram o ar fresco da tarde.

— É verdade, Spinetta, há muita coisa que ignoramos — concordou Lucrezia, satisfeita por estarem andando e não precisar encarar a irmã.

Capítulo Nove

Festa de São Bartolomeu, ano do Senhor de 1456

Quando o céu da tarde passou do azul-escuro para o negro da noite, Lucrezia ainda estava agitada no estreito catre de sua cela.

Desde que posara para o frei com o lindo vestido de dama, ficara tomada por uma fantasia impossível. De dia, quando se ocupava do jardim, conseguia manter a aparência de obediência. Mas quando ficava a sós, pensava no rosto do frei. Quando ele a vira no vestido de seda, parecera olhá-la não como freira, mas como mulher. Claro que ele era um frade e ela, uma noviça, e qualquer emoção que houvesse entre eles ficara subjugada pela batina e pelo hábito que usavam. Ela sabia que o afeto dele devia ser apenas o de um pastor por seu rebanho. Mas não parava de pensar nas mãos dele em seu rosto e de fazer de conta que os dois poderiam ter o impossível.

Lucrezia ouviu uma coruja na árvore do outro lado dos muros do convento e passou a mão nos músculos doloridos do ombro. Desde a última vez que estivera no ateliê, tinha trabalhado muito no jardim, cortando ervas e arrancando raízes, que depois triturava e fervia para as poções curativas da irmã Pureza. Naquela manhã mesmo, tinha calçado botas duras e cavado uma amoreira com a pá. Cavara bastante, ficara com calos nas mãos e gotas de suor escorrendo da testa. Esse trabalho vigoroso fez bem para seu corpo jovem; satisfeita, ela levou as raízes para o poço e as lavou bem. Depois, colocou-as num carrinho de mão e foi até a construção ao lado da enfermaria. Um enorme caldeirão de ferro na cozinha do convento estava no fogo e as raízes de amora ainda ferviam.

Após tanto trabalho, esperava dormir bem. Mesmo assim, seus pensamentos voavam. Nunca tinha conhecido um homem como frei Filippo. A concentração e a determinação no trabalho lembravam o pai dela. Mas o pintor não a olhava como um pai olha para a filha, mas como ela imaginava que um homem olhasse para uma linda mulher. Talvez, até, uma mulher que ele amasse.

Tinha lido escondido o *Decamerão*, os contos eróticos de Bocaccio que falavam na febre que um homem e uma mulher podem sentir quando próximos um do outro. Mas não imaginava como devia ser essa febre, nem tinha provado disso na vida. Certa vez, o noivo roubara-lhe um beijo, mas a única reação que causara fora um calor cáustico no rosto devido ao roçar de sua barba. Mas quando pensava no frei Filippo e sentia seu cheiro mundano, Lucrezia tinha vontade de encostar o rosto no peito dele, deixar que a abraçasse e dissesse baixinho tudo o que sabia sobre arte e beleza. E amor.

Até a morte do pai, Lucrezia percebia agora, ela havia sido uma menina. Porém, sob a sombra do véu que a tornaria esposa do Senhor, estava virando mulher. E não tinha ninguém com quem pudesse comentar essas coisas. A mãe nunca fora uma confidente. A irmã Isabella, com quem poderia falar se estivessem próximas, tinha obedecido à orientação do monsenhor da igreja e não escrevia para ela. Spinetta era jovem e devota demais. De qualquer forma, era impossível falar. Lucrezia sabia que muitos padres largaram a batina e se casaram com prostitutas, ou tinham amantes cujos nomes desgraçavam pelo simples fato de se entregarem a eles. E sabia também que uma noviça que sentisse algo por um padre estava atraindo o olho do demônio.

Sem uma mulher no mundo para quem pudesse contar suas confidências, Lucrezia procurou a Virgem. Em sua cela, depois que as outras freiras fecharam as portas e apagaram as velas, rezou. Passou duas noites ajoelhada nas duras pedras e contou baixinho o que pensava. Tão baixo que dava para ouvir os ratos correndo pela escada.

— Santa Mãe, perdoai-me por vestir lindas roupas quando prometi seguir seu exemplo. Perdoai-me por desejar o que não posso ter. Perdoai-me pelo que sinto quando o pintor me olha. Ajudai-me, ajudai-me por favor, Santa Mãe.

Rezou a noite toda, com o rosto do frei pairando na lembrança. As mãos do pai, sempre ocupadas no trabalho, permeavam suas preces. Viu seu próprio rosto partido sob a coroa da Virgem e o corpo ardendo de vergonha.

— Os que entendem disso dizem que a arte do pintor é para Sua glória e a de Seu filho. Mãe Maria, suplico humildemente que me guie. Suplico que me ponha no bom caminho.

Quando a lua surgiu no céu, Lucrezia continuava de joelhos. E ainda rezava quando as freiras encarregadas das matinas fecharam a porta do dormitório com um baque surdo. Ela então subiu com dificuldade para o catre, se enrolou nas cobertas e ficou agitada. Despertada pelo sino chamando para as orações da prima, sentiu os olhos pesados e os braços doloridos. Estava triste e, ao mesmo tempo, numa alegre expectativa. Era quinta-feira e ela veria o frei após a sexta.

Na igreja iluminada por velas, vultos passavam em silêncio enquanto Lucrezia e Spinetta se ajoelhavam em seus lugares. As jovens noviças inclinaram a cabeça, parecendo estar na mesma posição humilde de sempre, e oraram com a mesma calma atenção. Mas as internas do convento Santa Margherita sabiam que o acompanhante tinha levado as irmãs três vezes ao ateliê do pintor e as freiras mais próximas garantiam que as noviças estavam diferentes. Algumas achavam que aquilo era vaidade; outras, orgulho, e outras, ainda, generosas em sua avaliação da fraqueza humana, achavam que as irmãs estavam se sentindo culpadas por saírem do convento para visitar o pintor.

Ajoelhada, a irmã Pureza olhou para madre Bartolommea e esperou que a priora se virasse na direção dela.

— O que foi, irmã Pureza? — perguntou, com voz rouca, já que era a primeira vez que falava naquele dia.

— A irmã Lucrezia parece muito abatida. Acho que está sobrecarregada pelas muitas horas que fica posando para o frei — respondeu.

— Qual é o problema de ficar sentada o dia todo enquanto o pintor copia sua imagem? — disse, ríspida, a priora Bartolommea.

— Nunca passei por isso, então não sei o que pode causar — disse a irmã Pureza. — Mas já fiquei contemplando o Senhor um dia todo e sei que pode ser exaustivo. Rezar o dia inteiro é outra coisa, pelo menos alimenta o espírito. Mas posar para um pintor deve alimentar a vaidade e o orgulho. Talvez a irmã Lucrezia esteja fazendo um esforço muito grande para conseguir rezar.

A priora conhecia bem o pecado do orgulho e como ele poderia prejudicar a alma.

— Não é a primeira nem será a última noviça que se esforça para se adaptar à vida na clausura. Se ela está com problemas de consciência ou com suas obrigações, falará durante a confissão e vai se esclarecer.

— Talvez. Mas o frei é o confessor, e isso certamente tornará mais difícil para ela tirar o peso da alma.

Ao perceber que as outras freiras estavam olhando, a irmã Pureza se calou e terminou a contemplação matinal em silêncio. Quando Lucrezia passou, evitou olhá-la.

Durante o café da manhã, em vez dos usuais bolinhos, esperavam pelas irmãs uma deliciosa torta de figo e ovos cozidos num prato de cobre.

— Torta de figo! — exclamou a irmã Bernadetta, colocando em seguida a mão sobre a boca para disfarçar o entusiasmo.

As outras não se furtaram a demonstrar apreço.

— Bendito seja o Senhor, que nos sustenta com todos os bons alimentos e nos manda o que precisamos para servir em Seu nome — disse a priora, da cabeceira da mesa. — Esta manhã, quando nos alimentamos da generosidade do Senhor, agradeçamos aos Médici, que enviaram essas delícias em homenagem ao Dia de São Bartolomeu. Agradeçamos, portanto, à generosa família de Florença e rezemos por sua prosperidade.

Quando a priora mencionou os Médici, todas as cabeças viraram em direção às noviças e, por baixo da mesa, Lucrezia segurou a mão da irmã. Apesar da comida especial, ela pegou uma fatia mínima da torta e foi a primeira a se levantar quando tiveram permissão para sair do refeitório.

— Certamente, hoje a senhora não mandará as irmãs ao ateliê do frei Filippo — disse a irmã Pureza à priora, depois que as freiras saíram. — A irmã Lucrezia está pálida e não podemos esquecer que ainda está de luto pelo pai, que há poucos meses partiu ao encontro do Senhor.

A priora ficou séria. A irmã Pureza tinha razão. Mas ela também sabia que tinha combinado de as irmãs irem ao ateliê todas as terças e quintas até a semana da Festa do Sagrado Cinto. Ela aceitara os presentes dos Médici sem questionar e, já que o Sagrado Cinto estava guardado debaixo da cama dela, não podia dispensar o acompanhante quando viesse buscar as noviças.

— A irmã Lucrezia está indisposta — prosseguiu a irmã Pureza. — Talvez seja melhor que fique no convento hoje. Posso fazer uma infusão que a fará melhorar. E, se nosso bom capelão passar o dia em contemplação, como deveria, não sentirá nenhuma falta dela.

Madre Bartolommea concordou, contida. Sabia que sua velha amiga estava certa. Quando o acompanhante chegasse, mandaria um bilhete para o frei dizendo que Lucrezia não poderia sair do convento naquele dia.

Os sinos tocaram enquanto Lucrezia esperava pela irmã Pureza no jardim. Olhou a monarda florida e o coentro já com semente. Abaixou-se no estreito caminho de tijolos e pegou uma folha de verbena para sentir o perfume.

— Bom-dia, irmã.

A noviça se levantou e a outra respondeu o cumprimento com um sinal de cabeça. Tinha olhos profundos e gentis, mas que também sabiam ser autoritários.

— Irmã Lucrezia, acho que nos precipitamos ao lhe dar tantas obrigações assim que veio para o convento — disse, segurando com carinho o braço da noviça. — A priora notou seu cansaço e acha melhor que não saia hoje.

Lucrezia prendeu a respiração. Tinha medo de ter dito algo que revelasse seus sentimentos contraditórios em relação ao frei.

— Estou muito cansada, irmã, mas nosso capelão disse que o grande Cosimo de Médici quer levar o retábulo para o rei de Nápoles daqui a menos de um ano. Se exigem tanto do capelão, posso cumprir a pequena parte que me cabe na tarefa — disse Lucrezia, sem olhar para a freira.

— Problemas terrenos não são da nossa conta — considerou a irmã Pureza, fazendo Lucrezia sentar-se ao lado dela no banco do jardim. — O mundo dos homens tem sempre grandes temas que pressionam as obrigações deles. É o mundo feito por Deus, e é assim que os homens vivem nele. Quando você morava com seu pai em Florença, tenho certeza de que via o trabalho ser feito com muita pressa.

A velha freira esperou Lucrezia concordar com a cabeça antes de continuar:

— Eu também passei a juventude entre luxos e os que vivem em função deles. Poucos sabem que usei lindos trajes e frequentei festas maravilhosas na residência de homens importantes. Mas vivi isso, filha, e sei como é difícil deixar esse mundo para trás.

A irmã Pureza escolhia as palavras com cuidado.

— A cidade de Prato é animada, e, embora algumas irmãs façam um bom trabalho fora do convento, sair daqui tão pouco tempo depois de entrar para o claustro pode ter lhe parecido uma escolha do destino. Sou idosa, mas lembro como fiquei confusa ao vir para o interior de nossos muros. Cheguei a desejar que houvesse um outro caminho para mim.

Lucrezia viu a freira ficar muito triste; parecia lembrar-se de uma dor imensa.

— A senhora entrou para o convento por causa de alguma tragédia, como aconteceu comigo e com minha irmã? — perguntou Lucrezia.

— Sim, uma tragédia atingiu minha família e me refugiei aqui com as boas irmãs de Santa Margherita. No começo, resisti. Mas quando recebemos o chamado de Deus para o claustro, é melhor aceitar a proteção Dele. Só quando se esquece o mundo que existe fora dos muros é possível sentir como é grande a vida espiritual.

Lucrezia inclinou a cabeça.

— Você ficou sobrecarregada indo ao ateliê do padre. Espero que não volte lá — disse a velha freira.

— Mas a priora prometeu ao frei Filippo. Não posso ir contra uma decisão dela. Tenho de fazer o que mandam e ir aonde o Senhor me envia, não é assim? — Lucrezia ficou apavorada ao pensar que talvez nunca mais fosse ao ateliê do pintor.

A irmã Pureza notou a palidez da noviça. Qualquer que fosse a vontade de Deus, ela não ia deixar que a jovem ficasse fraca e doente.

— Venha, irmã Lucrezia. Você dedicou muitos dias ao jardim, mas não aproveitou as vantagens do nosso trabalho.

A irmã Pureza levou a noviça até uma pedra que marcava a entrada da enfermaria e caminhou até um dos pequenos catres encostados na parede.

— Sente-se — disse a irmã, e Lucrezia obedeceu. Momentos depois, a freira voltou com um líquido grosso dentro de um frasco.

— Estou com a cabeça confusa, irmã. Não sei por que Deus me mandou para cá — disse Lucrezia, encostando-se no catre.

— É preciso crer que Deus sabe o que é melhor para você. Está tudo nas mãos Dele — disse a freira, entregando o frasco para Lucrezia. — Isso é raiz de verbena e valeriana. Vai curá-la.

Lucrezia bebeu o líquido e fez uma careta. A irmã entregou-lhe uma concha de água, que a noviça bebeu também.

— Você precisa descansar, Lucrezia. Não pode ficar fraca, pois a fraqueza é uma oportunidade para o demônio nos tentar.

Lucrezia queria perguntar se a freira algum dia tinha sido tentada pelo demônio, mas fechou os olhos e se calou. Estava mesmo muito cansada.

A irmã Pureza viu a noviça ressonar e lembrou-se de muitos anos antes, quando chegara ao convento. Tinha um filho no ventre e quase só fazia dormir, dia e noite. Como Lucrezia, ela lutara contra a vontade de Deus. Mas acabara enxergando a sabedoria Dele e aceitando-a. Depois de perder o filho, o que tinha sido terrível, passara a exercer a função de parteira, que aprendera em segredo com uma criada na infância, e a estudar as obras médicas de Trotula di Ruggerio, para aumentar seus conhecimentos. Quando a peste negra dizimou as melhores parteiras do vale, a jovem irmã Pureza descobriu que tinha sido muito dotada na arte de trazer uma criança ao mundo. E ficou muito grata ao Senhor por esse dom.

Inclinando-se para soltar o véu de Lucrezia, sentiu o cheiro da camomila. Empurrou o véu para trás na cabeça da jovem e enxugou as gotas de suor da testa. Queria poder dizer à noviça como ela também tinha lutado ferozmente e em vão — e sofrido com o destino que lhe coube. Mas a vergonha secreta de Pasqualina di Fiesole tinha sido enterrada havia muito tempo e sua alma renascera na sensata irmã Pureza. Só a priora sabia os segredos do passado da irmã Pureza, e ela esperava que assim continuasse sendo.

Capítulo Dez

Segunda-feira da 13ª semana depois de Pentecostes, ano do Senhor de 1456

Sentado no confessionário, o frei Filippo reconhecia muitas freiras pelo cheiro: a irmã Camilla recendia a terra e cânfora; a irmã Maria, a trigo e rosmaninho; a irmã Pureza, às folhas de sálvia que usava para afastar as impurezas. A irmã Simona estava sempre com dor de dentes, por isso ele a reconhecia pelo cravo que mastigava; quanto à priora, tinha cheiro do enxofre da vela que ficava acesa enquanto estudava os livros do convento.

O cheiro de camomila encheu o pequeno confessionário, e o frei Filippo imediatamente soube que era Lucrezia. Esforçou-se para ver o rosto dela por trás da cortina dependurada entre eles.

— *Fratello*, por favor, desculpe não ter ido ao seu ateliê — disse ela, assim que se ajoelhou. — Queria lhe mandar um recado, mas não pude. A irmã Pureza insistiu para que eu descansasse, e tinha razão. Eu estava confusa, frei Filippo, e ainda estou.

Por trás da cortina, ela via a batina do padre e as sandálias de couro áspero. Antes que ele pudesse dizer qualquer coisa, ela continuou:

— Creio que foi um grande erro usar aqueles trajes ricos. Não porque o senhor os deu para mim, frei Filippo, mas pelo que senti e pelos pensamentos fúteis que tive ao vesti-los. Por favor, *fratello*, tenho medo de termos pecado, mesmo sendo em nome da Virgem.

Frei Filippo pigarreou. Estava decidido a representar seu papel em nome da alma de Lucrezia.

— Minha cara irmã, em primeiro lugar, absolvo-a de seus pecados em nome do Pai, do Filho e do Espírito Santo — disse, levantando a mão direita e fazendo o sinal da cruz. Após isso, continuou a falar, mais calmo: — Certamente, o Senhor faz coisas que não compreendemos Irmã Lucrezia, eu também estou dividido.

O frei falava com ternura. Lucrezia estava com a boca seca.

— Não posso fingir que sua beleza não me emociona. Acho até que não tenho condições de lhe dar uma orientação.

Lucrezia fechou os olhos e viu riscas vermelhas.

— O que está dizendo, irmão? Que errei ao posar para o senhor em trajes finos?

— De forma alguma — o frei apressou-se a corrigir. — Outras já usaram trajes adequados para que eu pudesse pintá-las representando a Virgem.

— Houve outras modelos? — perguntou Lucrezia, arregalando os olhos e sentindo uma pequena repulsa ao ver os pés de unhas grossas.

— Nunca houve outra como a senhora, Lucrezia. — Ele vacilou, mas prosseguiu: — Não confio em meus sentimentos, meu coração está inseguro. Por isso não posso, de boa-fé, ouvir sua confissão. Pedirei ao frei administrador para fazer isso daqui por diante. É melhor, irmã. Por favor, não continuemos.

Lucrezia piscou, sua visão ficou turva.

— Perdoe-me, faço isso na melhor das intenções. Agora, vá em paz.

Em silêncio, Lucrezia abriu a cortina preta e saiu rápido do confessionário, sem olhar para trás.

❦

O administrador estava ao lado da cama do frei Filippo, segurando um esboço de retrato de Lucrezia.

— Vejo que caiu em tentação, Filippo. Acorde, precisamos conversar — disse ele.

O frei abriu os olhos e olhou o rosto cansado do frei Piero. Na parede, um crucifixo pairava acima da pequena cama.

— Droga, saia daqui — resmungou Filippo.

— Ande, Filippo, levante — mandou o frei Piero, batendo no colchão e mostrando o pergaminho com o esboço. — Você não pode negar o que meus olhos veem. Você deseja a noviça.

O administrador olhava o esboço com atenção, examinando a luminosa beleza de Lucrezia.

— Vejo como está usando seu tempo, acariciando a moça com a sua ponta de metal, seduzindo-a a cada toque do carvão no pergaminho.

Frei Filippo saiu da cama aos trancos, urinou no penico, pegou a batina dependurada num gancho na parede e se vestiu.

— Basta eu me ausentar dois meses da cidade para você fazer isso — ralhou o frei Piero. — Talvez tenha esquecido a vergonha que passou, mas eu não. Estive em Florença e em Legnaia de novo. Se está sedento de carne jovem, deixe eu lhe arrumar uma mulher menos visada, menos arriscada.

O frei passou a mão no rosto, rápido.

— Não quero uma prostituta — disse o frei Filippo, quase agressivo. — Como pode comparar a virgem de Prato com uma prostituta de Pádua ou uma *puttana* das ruas de Florença?

— Calma, Filippo. Somos homens e temos necessidades. Eu viajo muito por toda parte, conheço capelães e padres que se envolvem com camponesas e cortesãs, até alguns que se divertem com rapazes.

Frei Filippo deu um sorriso amargo. Sabia que havia padres que preferiam o corpo de outro homem à pele suave de uma mulher, mas, felizmente, não conhecia nenhum que confessasse isso.

— Vejo como você desenha o rosto dela; se não quer negar essa atração, então ao menos disfarce-a melhor — sugeriu o frei Piero, girando nos calcanhares.

— O problema é esse, *amico mio*: temo que seja bem mais do que uma atração — disse o frei.

Frei Piero estava acostumado a ouvir os exageros do pintor. Não deu importância à observação e passou da cozinha ao ateliê, que estava inundado pela luz matinal. Era cedo, a criada ainda não tinha chegado para ajudar nas tarefas domésticas. Havia trapos sujos no chão, potes de tinta espalhados e esboços por toda parte.

De frente para um grande painel de madeira, o frei Piero observou um esplêndido trono e luminosas asas de anjos. Balançou a cabeça: mesmo as elogiadas obras do frei dominicano Giovanni, amado pelos Médici e por muitos nas ordens religiosas, não tinham o mesmo nível na celebração da beleza terrena.

— É este o quadro para os Médici? Foi por isso que nosso amigo Ser Francesco voltou aqui?

Frei Filippo concordou com a cabeça.

— Você se superou, Filippo. Mas, se não tomar cuidado, vai nos causar muita preocupação. Cuidado, mestre!

O pintor olhou para o esboço na mão do frei e lembrou-se da neve de quimera que costumava associar com sua melhor obra.

— Lucrezia Buti. Jamais encontrei uma mulher que conseguisse me elevar a tais alturas — admitiu o frei.

— É uma noviça, Filippo — lembrou o frei Piero.

— Não sou idiota! Já pedi a ela que não se confesse mais comigo. Você me substitui, Piero.

O administrador conteve a respiração.

— Então eu tinha razão.

— É bem pior. Quando estou perto dela, até o ar e a luz parecem mudar. Vejo o rosto dela em tudo o que olho.

— Pelo amor de Deus, tome cuidado! Se precisa de mulher, Filippo, não escolha uma noviça. Por favor, não a veja mais. Pelo menos aqui, você tem muito a perder.

Frei Filippo olhou zangado para o amigo.

— Ontem mesmo o reitor reclamou da demora dos seus afrescos — falou Piero. — Inghirami pode ter seus desejos esquisitos, mas, quando se trata da política da Igreja, é sensato. Sugiro que você o acalme, em vez de ficar se entretendo com o rosto atraente de jovens virgens.

— Que desejos esquisitos? Nunca ouvi nada a respeito do reitor, a não ser que é mesquinho na distribuição de comida às crianças carentes.

— Pois eu ouvi pela primeira vez em Montepulciano. Vários homens disseram que o reitor olhava para eles como um homem olha uma mulher. É apenas um boato, mas você sabe que boatos também podem causar problemas. Portanto, tome cuidado, Filippo. Preveni-lo é só o que posso fazer. Os Médici também.

Balançando a cabeça, frei Piero parou num pequeno painel que não tinha percebido. Estava virado para a parede, com a inscrição O. de V. no verso.

— Esta é a encomenda de Valenti? Ontem mesmo, Ottavio me disse que estava ansioso para dar este quadro à esposa.

O administrador virou a tela e lá estava outra vez o rosto da noviça, com um capuz vermelho destacando sua bela boca.

— Magnífico. Luminoso. Mas por que ainda está aqui? Por que não entregou?

— Não consigo me desfazer dele, não consigo — admitiu o padre.

— Ah, meu amigo, temo por você. Por favor, não receba mais essa moça aqui.

※

Naquela tarde, o frei Filippo seguiu para o convento repensando todos os motivos para Lucrezia não ir mais ao ateliê: era uma noviça e ele, um frade; Deus havia escolhido o caminho dela e ele não podia mudá-lo; era uma jovem honrada e, se ficasse sozinho com ela outra vez, não sabia se podia confiar em si mesmo.

Frei Filippo entrou no convento e fechou o portão; sua ida lá, logo após o término da oração da nona, era para comunicar a Lucrezia a decisão que tomara. Seria delicado mas inflexível.

Com o coração pesado, o frei chamou as irmãs para a sala de reunião e viu-as chegar uma a uma, os rostos cansados devido ao calor do dia. Até a priora Bartolommea deu um suspiro ao sentar-se. Porém Lucrezia não apareceu.

— Em nome do Pai, do Filho e do Espírito Santo — ele iniciou as preces.

Fez as orações, deu a bênção e sugeriu que as freiras ficassem ali o quanto quisessem, aproveitando o frescor repousante da sala. Olhou cada uma para garantir que Lucrezia não tinha vindo e saiu, decidido a procurá-la.

— *Fratello*. — Ouviu a voz ao passar pelo chafariz do jardim. Virou-se e viu que Lucrezia estava com os lábios tensos, os olhos fundos.

— Irmã, não participou das preces, está doente?

— Não. — Ela olhou para baixo e tentou encontrar palavras. — Acredito que eu ainda vá ao seu ateliê mais uma vez e tenho muita vontade de ver tudo o que fez. Eu...

— Irmã Lucrezia — tentou interrompê-la, mas ela estendeu a mão e continuou:

— Acho que não atrapalhei o seu trabalho — conseguiu dizer e, de soslaio, viu Spinetta se aproximando. — *Fratello*, rezo para que não me afaste de toda a beleza que me mostrou — disse, num rompante. — No seu trabalho para o Senhor.

Ela sabia que os dois estavam consagrados a Deus e que não podia haver nada entre eles. Mas todo o encanto e beleza que descobrira desde que entrara para o convento vinham dele. Até a tarefa de cuidar das plantas com a irmã Pureza lembrava as cores que eram trituradas com o cadinho e o pilão. O ânimo dela estava sustentado pelas maravilhas que ele havia lhe mostrado.

— Por favor. A beleza não é pecado, o senhor mesmo disse.

Frei Filippo piscou; estava impressionado com o movimento dos lábios dela.

— Não tire isso de mim, por favor — pediu ela, baixo.

— Irmã Lucrezia, atendo o seu pedido — disse o padre, delicado.

— Então, posso ir lá de novo?

Ele queria responder que não. Mas concordou com a cabeça.

⁓⁓

Na tarde seguinte, quando Lucrezia e Spinetta chegaram, o frei Filippo as recebeu à porta.

— Hoje, *sorelle mie*, vou fazer um pequeno passeio com as senhoras — ele anunciou, forçando um sorriso. Observou Lucrezia de soslaio, cujos olhos azuis estavam radiantes em sua beleza triste. — Só posso continuar o retábulo depois que alguns pigmentos e apetrechos forem entregues, e o dia está bonito demais para ficarmos no ateliê.

Se Lucrezia queria ver arte e beleza, ele mostraria tudo o que pudesse. Assim, atenderia ao aviso do frei Piero e, ao mesmo tempo, ao pedido de Lucrezia.

— Se concordarem, vamos à *pieve* de Santo Estêvão ver como estão os afrescos. — Ele inclinou a cabeça, esperando que Lucrezia entendesse que isso era um presente para ela. — Quero dizer, caso seja do interesse das senhoras.

As duas irmãs se entreolharam, depois olharam para o frei, os véus voejando.

— *Si, fratello* — responderam juntas, e Spinetta riu, acrescentando: — Seria um enorme prazer para nós.

O frei fechou a porta do ateliê e os três seguiram rápido pela Piazza della Pieve. Juntos, eram como um estudo sobre contrastes: as sobrancelhas grossas e a barba escura do padre se destacavam na batina branca, enquanto o hábito das noviças parecia ainda mais negro junto a seus rostos pálidos.

Naquele dia, a praça estava agitada, muitos cavalos circulavam; um açougue perto do ateliê lançava no ar um cheiro de carnes salgadas; dois cachorros corriam atrás de uma galinha e latiam. Rodas de carroças e carruagens raspavam nas pedras da rua, o martelo de um ferreiro tinia e o passo leve de três meninos os levava pelas estreitas vielas. Homens e mulheres carregavam embrulhos, apressados, e falavam alto enquanto a igreja, com faixas verdes e brancas, se destacava acima de tudo e de todos.

— Linda, faz justiça à glória de Deus — exclamou Spinetta, admirando e protegendo os olhos do sol.

Frei Filippo mostrou o púlpito redondo na lateral da igreja, dominando a praça. Os anjinhos entalhados eram dourados e pareciam dançar ao sol.

— O púlpito do Sagrado Cinto foi projetado por Donatello e Michelozzo — ensinou o frei, sabendo que as irmãs conheciam os nomes de seus famosos conterrâneos. — O reitor Inghirami fica nesse púlpito durante a *Festa della Sacra Cintola*, para mostrar o Sagrado Cinto aos fiéis.

Passando pelas pesadas portas da igreja, os três se benzeram e esperaram que os olhos se adaptassem à penumbra do interior. O barulho e movimento da praça sumiram imediatamente, substituídos pelo cheiro de incenso.

— Olhem ali. — Frei Filippo apontou para a esquerda e as noviças viram uma capela delimitada por um portão de bronze decorado. Velas tremulavam em castiçais dependurados em correntes presas ao teto.

— Esta é a Capela do Sagrado Cinto — informou ele, solene.

— *La Sacra Cintola della Madonna* — repetiu Spinetta, que, como a irmã, tinha ouvido falar muito da festa na cidade, que acontecia todo 8 de setembro. As duas seguraram no portão alto, que tinha delicados trevos esculpidos em ferro, e olharam as cenas coloridas pintadas nas paredes da capela.

— Os afrescos são de Agnolo Gaddi, filho do artista florentino Taddeo Gaddi — informou o frei, mostrando um cofre dourado e decorado sobre o altar. — O relicário é uma bela peça.

Lucrezia conteve um suspiro.

— Dizem que o cinto protege e dá saúde às grávidas — disse ela, baixo, arrependida mais uma vez dos votos que a condenavam a um ventre vazio.

— Ouvi dizer que a Virgem abençoa todos os que tocam no cinto; podemos fazer isso no dia da festa — sugeriu Spinetta.

Os três ficaram em solene contemplação, rezando pelo que cada um mais desejava da Virgem naquele dia. Depois, as irmãs seguiram o frei para a frente da igreja, passaram por algumas almas solitárias que se ajoelhavam no chão de ladrilhos trabalhados e deram a volta num grande candelabro de bronze com muitas velas. O capelão parou aos pés de uma grande estátua de madeira da Virgem com o Menino, depois ao lado de outra, de Santa Isabel, subiu dois lances de degraus brancos no presbitério, fez a genuflexão na frente do altar-mor coberto de tecidos vermelhos para assinalar o período de Pentecostes e entrou para a capela onde ficava a maior parte de seus dias.

Quando pisaram no chão de madeira, precisaram novamente adaptar a vista, desta vez ao sol forte que inundava a *cappella maggiore*. As irmãs se surpreenderam com a confusão de andaimes cheios de artesãos, ferramentas e baldes de tinta, mas o frei, simpático, cumprimentou com a cabeça seus assistentes, que, por sua vez, saudaram as visitas sem interromper o trabalho. Num andaime baixo, Tomaso e o jovem Marco conversavam enquanto desenhavam com cuidado as folhas verde-escuras na cena de São João Batista em missão. Outro assistente, Giorgio, usava um pequeno pincel para dar toques brancos nas pedras empoeiradas da cena de Santo Estêvão.

Fazia vários dias que o frei Filippo não ia lá; por isso, o frei Diamante, seu principal assistente, supervisionava a aplicação do gesso nas cenas. Com a chegada do frei Filippo, o outro frei virou-se da mesa onde examinava os desenhos dos afrescos e abriu os braços para receber o pintor. Estava com o rosto animado e a batina marrom manchada de tinta.

— Quero mostrar tudo o que fizemos — disse o frei Diamante, indicando as linhas que havia acrescentado à cena de Santo Estêvão em missão.

Enquanto os dois confabulavam, Lucrezia se empertigou e olhou a capela. Passou os olhos pelos andaimes, o gesso grosso, as linhas desenhadas a giz nas paredes, os baldes de tinta e as velas enfileiradas no chão. Não sabia que o pintor comandava tantos artesãos, e a grandeza da obra serviu apenas para aumentar sua admiração por ele. Sorriu tímida, enquanto ele descia com cuidado os degraus de madeira do andaime e se aproximava das irmãs.

— Esta parede aqui mostra a vida de Santo Estêvão — informou o frei Filippo, tocando no cotovelo dela para fazê-la virar-se em direção à janela em semicírculo ao norte. — A cena começa no alto, com o nascimento, e termina em baixo, com o sepultamento.

Lucrezia olhou as figuras vívidas indicadas em ocre e se encantou com a vitalidade dos gestos, a perfeita proporção dos corpos.

— O que é isso? — perguntou Spinetta, movendo-se ágil entre os tocos de velas e as ferramentas espalhadas pelo chão, mostrando as linhas desenhadas a giz num pedaço de gesso.

— Esta parede é dedicada à vida de São João Batista — respondeu o frei, aproximando-se para ver o estágio do trabalho e notando que estava tudo conforme pedido. Mostrou com a mão um canto da capela onde as paredes a sul e leste se juntavam. — Aqui mostraremos São João ajoelhado, no momento da decapitação. A cena vai continuar na outra parede, onde a cabeça dele aparece numa bandeja e é levada para o banquete de Herodes, que ficará na parede sul.

Frei Filippo não conseguia conter o entusiasmo ao descrever como havia pensado a cena, como as figuras pareceriam reais em cada espaço onde o visitante as visse e como o final trágico do santo iria parecer quase uma encenação nas paredes da capela.

— O efeito é primoroso, irmão Lippi — foram as primeiras palavras de Lucrezia desde que entraram na capela. — Quase consigo ver o que o senhor descreve. — Ia comentar mais alguma coisa, mas levou um susto com uma tosse forte.

Virou-se, rápida, e viu um homem magro de batina vermelha saindo de trás do altar na direção deles. Parecia deslizar sobre pés invisíveis, com o manto arrastando no chão.

— *Buongiorno*, bom reitor — disse o frei Filippo, cumprimentando Inghirami. — Pensei que o senhor estivesse num funeral, encomendando uma alma.

Frei Filippo notou os vincos profundos na testa do reitor e a mão direita fechada. Pensou se os boatos de desejos desnaturados teriam fundamento.

— Já voltei — disse o outro, áspero.

— Estou vendo, e espero que o senhor esteja bem. Trouxe duas noviças de Santa Margherita para verem a beleza de sua igreja. Acabo de mostrar onde vai ficar seu retrato.

Virando-se, o reitor deu um sorriso zombeteiro e perguntou:

— Por que trouxe as noviças aqui?

— Reverência, perdoe-me, mas foi tudo cuidadosamente combinado com a madre Bartolommea. Ela autorizou, principalmente porque a sugestão foi dada pelo emissário dos Médici. — Frei Filippo pronunciou com firmeza o nome de seu poderoso mecenas. — A ajuda das noviças foi indispensável para terminar uma importante encomenda dos Médici, e, em retribuição, ofereci mostrar sua magnífica capela.

— Sei.

Claro que o reitor sabia que o emissário dos Médici estava na cidade. Porém, até aquele momento, ignorava por que chegara direto de Roma a carta lacrada que o mandava entregar o Sagrado Cinto ao emissário. Começou então a perceber a força da mão que tinha despojado sua igreja da relíquia mais preciosa. O Sagrado Cinto não ficaria longe dali por muito tempo, e mesmo assim o reitor estava muito perturbado. Retirar o cinto da igreja seria colocá-lo em perigo e, por extensão, a ele também.

Quando o reitor Inghirami voltou a falar, foi com uma voz hostil:

— Pelo que sei, as noviças devem ter sempre um acompanhante e só sair do convento a serviço do Senhor — disse.

Sob as dobras de seu véu, Lucrezia olhou os lábios finos e as mãos crispadas do reitor. As mãos eram pequenas e lisas, muito diferentes das grandes e gastas mãos do pintor. De soslaio, notou que a irmã estava constrangida e olhava para baixo, ruborizada. Sentiu o coração falhar ao ouvir a voz ríspida do reitor entoar em sua direção:

— Vocês não podem ficar mais aqui. Noviças devem ficar enclausuradas, pois o mundo é perigoso, como sabem. Não é sem motivos que o convento é cercado de muros.

— O senhor tem razão, Reverência — concordou o pintor, colocando-se na frente das irmãs como se para protegê-las do olhar do outro. Amaldiçoou-se em silêncio: mais uma vez, tinha sido imprudente. Podia até ouvir o aviso do frei Piero ecoando em seus ouvidos e redobrou o esforço para acalmar o reitor: — Temos de ir, o acompanhante já vai chegar para levar as irmãs para o convento. Com a sua licença.

Inghirami deu passagem para o frei e as noviças. Lucrezia sentiu o olhar acompanhá-la até depois de molhar o indicador na pia de água benta, fazer o sinal da cruz e sair da igreja.

Ao chegarem ao ateliê, o acompanhante já estava à espera, inquieto em sua túnica larga. Spinetta se postou ao lado dele, pronta para voltar ao convento o mais rápido possível. Mas Lucrezia demorou mais um pouco. Frei Filippo ficou tão perto que ela sentiu o cheiro de álcool e sabão simples que ele tinha usado para lavar as mãos.

— *Arrivederci* — ele se despediu.

Ela sorriu de leve.

— *Grazie* — mal conseguiu dizer, antes de se virar e seguir o acompanhante.

Evitando o olhar da irmã, Lucrezia bateu a poeira de calcário dos dedos. Os sinos de Santo Estêvão tocaram quando eles saíram da Piazza della Pieve, e logo todos os sinos da cidade também repicavam enquanto Lucrezia ia, devagar e em silêncio, ao lado da irmã.

Capítulo Onze

Quinta-feira da 13ª semana depois de Pentecostes, ano do Senhor de 1456

A apenas dois dias da Festa do Sagrado Cinto, a cidade de Prato se agitava com os preparativos. Padeiros amassavam rosquinhas e faziam bolos em forma de cinto trançado, açougueiros cortavam carnes defumadas, jovens aprontavam os trajes e ensaiavam as danças, fabricantes de velas usavam suas melhores ceras de abelha e comerciantes duplicavam a oferta de produtos para os visitantes que lotariam as ruas estreitas.

O Cinto era festejado em mais quatro dias do ano, mas nunca com a grandeza da *Festa della Sacra Cintola*, no dia 8 de setembro, consagrado à Virgem Maria. Nessa data, o relicário de ouro era aberto, a relíquia era exposta do púlpito de Santo Estêvão e os olhares de toda a Toscana se viravam para a cidade. Havia jogos e orações e todos os padres e freiras de Prato elevavam suas vozes em louvor da Santa Virgem.

No convento Santa Margherita, a irmã Maria cortava queijo e passas para fazer os tradicionais ovos recheados, as outras freiras ensaiavam os salmos que iam cantar e, numa rara visita à cozinha, a irmã Pureza preparava as ervas que entrariam nos saborosos bolos que as freiras comeriam após a festa.

Sozinha em seus aposentos, enquanto as demais trabalhavam sem parar, a priora Bartolommea pegou debaixo do catre a caixa de madeira com o Sagrado Cinto e se ajoelhou diante dele.

— Santa Mãe, sorria para nós em reconhecimento por tudo o que eu... e as outras irmãs fizemos em seu Santo Nome — rezou, com voz aguda.

A priora ficara ajoelhada a manhã toda, sem atender ao chamado para as orações, as batidas na porta e tampouco à voz áspera da irmã Pureza perguntando se precisava de uma infusão para se reanimar.

"Não, preciso ficar sozinha para fazer minhas preces", respondera a priora, passando os dedos pelos cabelos grisalhos.

Também não tinha ouvido o sino no portão, tocando sem parar, com o leiteiro trazendo novas remessas de creme e muitas outras mercadorias para a cozinha. A priora tinha só mais dois dias até devolver o Cinto em segredo para o relicário da igreja e ainda precisava receber as bênçãos que diziam ser concedidas por ele.

Temendo que a tivessem enganado com uma imitação do Cinto, a boa freira esperou até ouvir a oração da nona. Abriu então a caixa de madeira e segurou com cuidado o macio Cinto entre os dedos. Sentiu o gasto couro de cabrito e observou as costuras em ouro que tinham adornado a cintura da Santa Mãe. Parecia uma peça autêntica, pensou a freira. Mesmo assim, não sentiu nenhuma revelação especial.

⚜

Lucrezia trabalhava triste no jardim, colhendo o rosmaninho que arranhava seus dedos. Ouvia as freiras treinando o coral para a procissão da festa e alegrava-se por ser tarde demais para aprender as canções. Preferia ficar sozinha com seus pensamentos no jardim, onde tenros brotos de samambaia surgiam entre os tijolos e tudo o que se exigia dela era colocar uma estaca de arrimo ou podar um galho.

Estava, justamente, cortando um ramo de rosmaninho quando a sombra da priora marcou o chão onde estava abaixada.

— Irmã Lucrezia, quero lhe apresentar o prior-geral Ludovico di Saviano, superior da Ordem Agostiniana.

Lucrezia bateu as mãos no hábito e se levantou. O sol iluminava a priora por trás formando uma silhueta, e, ao lado dela, Lucrezia mal conseguiu distinguir o rosto do homem alto. Mas viu que era vaidoso, devido à batina negra muito bem cortada e ao chapéu que usava. Lucrezia olhou para baixo.

— O Senhor o abençoe, prior-geral — cumprimentou ela, baixo.

— É a noviça que esteve no ateliê do frei Filippo? — perguntou o homem, ríspido.

Assustada, Lucrezia olhou para a priora, cujo rosto estava oculto pelo véu.

— Não precisa olhar para a madre Bartolommea — disse o prior-geral Saviano. — Ela me contou tudo, e só quero confirmar que a senhora concordou em ir, não precisou fazer concessões.

Enquanto falava, o homem virava a cabeça de um lado para outro. Em certo momento, ficou na frente do sol e ela pode ver o rosto dele e seu olhar irritado. Não se parecia em nada com o pintor; era um homem duro, de modos arrogantes. Lucrezia concordou com a cabeça.

— Deseja declarar alguma coisa sobre o frei ou as visitas a ele?

Em rápida sequência, ela viu imagens do ateliê: o halo dourado da Virgem, o pincel do pintor passando na tela, o som macio do lápis sobre o pergaminho. E negou de leve com a cabeça.

— Nada? — repetiu o homem, agora um pouco mais impaciente, talvez.

Ela ficou calada, tentando esconder o nervosismo. O homem voltou a falar com voz clara e ela reconheceu em sua dicção os anos de treinamento no seminário.

— Bem-vinda ao convento, irmã Lucrezia. Vou-me lembrar de incluí-la em minhas preces.

Virou-se, e a priora correu para acompanhar os passos largos do prior-geral ao sair do jardim e entrar na trilha gramada atrás da capela.

— Priora Bartolommea. Não aprovo os costumes pouco convencionais que a senhora adota no convento — disse o prior-geral, frio. — Se o reitor

Inghirami não tivesse me avisado, eu não saberia que a senhora havia autorizado as noviças a irem a Prato.

A priora olhou o perfil do prior-geral, mas só viu o retábulo que lhe fora prometido e a caixinha de madeira escondida sob seu catre.

— Garanto que estava fora da minha alçada, tudo foi combinado diretamente com os Médici — ela gaguejou.

— A senhora deveria ter me comunicado.

— Claro, peço desculpas, prior-geral — disse a madre.

— Espero que tenha terminado seus acordos com os Médici sobre o assunto — disse o prior.

— Talvez — disse a priora, insegura. — Claro que temos negócios com os Médici, reverendo — disse, pois sabia que o mensageiro deles iria na manhã seguinte pegar o Cinto.

— Que outros negócios a senhora pode ter com os Médici de Florença? Este convento é o menos importante da nossa Ordem — disse o prior, ríspido.

— Temos rezado pelos interesses dos Médici pela cidade de Prato, sobretudo os de Ser Cantansanti.

O prior-geral olhou bem para a madre, que explicou:

— Temos rezado para que o frei Filippo entregue no prazo o retábulo do rei de Nápoles e para que a paz reine entre os homens.

O prior balançou a cabeça, contrafeito, e chamou sua carruagem.

— Reze para que as almas que estão a seus cuidados continuem assim. Reze por *isso* — mandou.

Frei Filippo se assustou com as três batidas fortes na porta de seu ateliê.

— *Aspetta!* — gritou o frei, limpando as mãos no avental e levantando-se do banco.

Aguardava Niccolo, o menino do açougue que ia trazer os ossos de boi a serem triturados para fazer tinta. Perturbado com a interrupção, o frei abriu a porta, sério. O prior-geral Ludovico di Saviano estava à entrada.

— Esperar? Esperar o quê? — perguntou Saviano, com voz gélida.

— Perdão, Reverência, e seja bem-vindo — desculpou-se o frei Filippo, recuperando-se da surpresa.

Deu passagem para o prior entrar e, ao se virar, ficou muito preocupado. Se soubesse da visita, teria guardado os desenhos de Lucrezia e coberto o esboço do retábulo.

— Estava imerso no trabalho, não esperava nenhuma visita, prior-geral. Claro que o senhor é sempre bem-vindo.

— Certo. E como anda seu trabalho, frei Filippo? — atalhou o prior-geral, impaciente.

— Suponho que o senhor se refira aos afrescos de Santo Estêvão, não? Ia um pouco devagar, mas com os dois novos assistentes, conseguimos adiantar nas duas últimas semanas. Graças a Deus.

— Novos assistentes? Tenho certeza de que o reitor disse que o orçamento permite apenas dois, Filippo. Você vai demitir os outros imediatamente.

Incluindo o jovem Marco e o frei Diamante, ele tinha quatro assistentes em Santo Estêvão, pagos diretamente pela Comuna da cidade, de acordo com o contrato. O frei abriu a boca para falar, mas Saviano fez sinal com a mão, irritado, e prosseguiu:

— Soube que há coisas muito interessantes ocorrendo em Santo Estêvão — disse o prior, passando a mão pela pesada mesa onde o pintor colocava potes de tintas e apetrechos. — Mas vejo que o senhor está muito ocupado aqui no seu ateliê.

O prior viu o pote com tinta verde e seca, os trapos sujos e as pilhas de pergaminhos. Observando a sala, viu também o esboço detalhado para o retábulo dos Médici e o rosto da noviça que tinha conhecido naquela manhã, no convento Santa Margherita. O esboço mostrava-a ajoelhada, vestida num belo traje que exibia seu lindo pescoço, as mangas do corpete cobertas de pequenas flores e os cabelos presos numa faixa. Cada centímetro do rosto tinha sido fielmente retratado, mas revestido de um clima tão amoroso que ela não parecia um ser mortal.

Frei Filippo notou o choque no rosto do prior-geral Saviano.

— Comecei o retábulo agora — disse o frei, rápido. — Os Médici estão me pressionando, e a priora fez a gentileza de mandar uma modelo para adiantar.

— Ora, frei Filippo, sei que a irmã Lucrezia esteve aqui várias vezes, andando pelas ruas da cidade à vista de todos.

O frei fez um gesto como se fosse falar, mas Saviano levantou a voz e prosseguiu:

— Hoje tive o prazer de conhecer a noviça.

— Então não se surpreende por eu pedir que ela pose para esses retratos. Ela faz uma ótima Virgem.

— Sem dúvida, mas recebê-la aqui não é adequado, além de ser um escárnio para minha Ordem. Não vou tolerar.

— Não fiz nada de errado. A pedido dos Médici, iniciei um magnífico retábulo em homenagem à Madona. Se ela é bonita, reflete a pureza e beleza da noviça e da Santa Mãe. — O frei se esforçava para não parecer culpado.

— Filippo, você é o único homem sobre o qual não pode pairar nenhum boato indiscreto. Não vou permitir.

Frei Filippo sabia que isso significava o fim das visitas de Lucrezia ao ateliê e que o prior estava apenas anunciando o inevitável. Embora sentisse que isso partiria seu coração, tinha de obedecer. Nem a influência dos Médici poderia garantir as visitas para posar, pois qualquer pessoa perceberia que ele já tinha mais do que captado a imagem da jovem.

— Sua ordem será obedecida, prior-geral. Não verei mais a noviça aqui.

Satisfeito e cansado pelas atividades que lhe tomaram a manhã toda, o prior se preparou para ir embora. Mas, ao se virar para a porta, a manga florida de uma *cotta* chamou sua atenção sob o tampo curvo de um baú de madeira. Sua batina farfalhou quando ele foi até a arca e abriu-a. Um vestido roxo forte, com flores nas mangas, estava amassado numa pilha de roupas. Desajeitado, o prior pegou o vestido. Uma faixa e um par de meias de seda caíram de dentro.

O prior virou-se e olhou o esboço de Lucrezia, depois a pilha de trajes amassados na arca. Um rubor, tão vermelho quanto o do vestido, se espalhou por seu rosto até o alto da testa.

— Ah, agora entendo — disse o prior, calmo. Levou a faixa até o rosto e sentiu o cheiro forte de camomila.

— O senhor entende o quê? — disse o frei sorrindo, preocupado.

O prior segurou a faixa na frente do esboço. Segurou a *cotta* acetinada e passou as mãos nela como se fosse a pele de uma mulher nua.

— Você é mais esperto do que eu pensava, frei Filippo. Espero que tenha aproveitado enquanto durou.

O frei se sentiu dominar pela raiva. Foi em direção às roupas.

— Retrato-a pela glória de Florença. É meu dever.

O prior inflou as narinas como um corcel ao iniciar uma corrida e apertou as roupas nas palmas grossas.

— O senhor se engana no que pensa — disse o frei Filippo, exaltado, ao mesmo tempo que arrancava as roupas das mãos do prior.

— A questão não é o que estou pensando, *fratello*, mas o que *você* está pensando. Vai ser castigado, posso lhe garantir — disse Saviano, ombro a ombro com o frei.

O prior-geral saiu irritado e bateu a porta com força. Um copo tombou do cavalete, e o frei Filippo tentou segurá-lo, mas ele se despedaçou no chão.

※

Lucrezia colheu o estrelamim pensando no frei e no homem que tinha ido ao jardim naquela manhã. Frei Filippo tinha enormes talentos e habilidades, o que fazia as pessoas se sentirem humildes na presença dele. Mas o homem que tinha estado lá naquela manhã parecia alguém cujo poder era capaz de oprimir amigos e inimigos.

— Vejo que o trabalho hoje vai bem — observou a irmã Pureza.

Lucrezia parou um instante para cumprimentar sua orientadora.

— Você tem sorte por não ter de cantar na festa. É difícil decorar novos salmos a cada ano para esquecê-los quando chega o Advento — disse a irmã.

A velha freira sentou-se no banco ao lado da noviça, pegou um punhado de estrelamim e foi separando as folhas dos caules. Tinha pulsos grossos e seus gestos eram mais ágeis que os de Lucrezia, os dedos sabendo exatamente onde tirar as folhas. As duas entraram em ritmo lado a lado, na tarefa de que a noviça tinha passado a gostar.

— Hoje é noite de lua cheia — informou a irmã Pureza, após um longo silêncio.

Lucrezia olhou para cima e acompanhou o olhar da freira. Da janela de sua cela, via apenas um pedaço da lua e se surpreendeu ao ver o céu azul a leste.

— Eu soube que o filho dos Valenti está para nascer.

— É?

— Antes de entrar para o convento, treinei um pouco para ser parteira. Depois da peste negra — a freira se benzeu ao mencionar a peste — sobraram poucas mulheres aqui em Prato que entendessem de parto, e fui chamada para fazer muitos nascimentos. Desde então, fiz vários partos difíceis.

Mantinha as mãos em movimento enquanto contava:

— A *signora* Teresa de Valenti e o marido são generosos amigos do convento. E este será o sétimo parto da boa senhora.

Lucrezia lembrou-se dos gritos de sua irmã durante o parto e se arrepiou.

— Vou precisar de estrelamim e raiz de alcaçuz, além de uma ajudante. Vou levar você — acrescentou a freira.

Lucrezia arquejou e deixou as folhas caírem no chão.

— Mas não sei fazer parto, não entendo nada disso — exclamou.

— Seu aprendizado já começou. Usamos o estrelamim para sangramentos, a verbena para os humores, a sálvia para purificar e a gaultéria para as dores.

— Mas não sei quase nada — admitiu Lucrezia.

— Você aprende. É um forte remédio para uma jovem acompanhar as dores do parto de uma mulher, mesmo se ela vai se dedicar à clausura — aconselhou a irmã Pureza.

Alguém vestido de branco passou do outro lado do jardim e olhou para Lucrezia. Ela tirou os olhos da irmã Pureza e esperou ver entre as arcadas um relance do frei Filippo. Percebendo o olhar da jovem, a irmã também se virou. Mas não era o frei Filippo: a batina era preta, enfeitada com um paramento branco que voava enquanto ele caminhava rápido para o refeitório.

— É o prior-geral. Eu já tinha visto o cavalo dele — informou a irmã Pureza, seguindo o prior do outro lado da cerca e do muro do celeiro, rumo ao escritório da priora.

— Sim, ele chegou de manhã, quando a senhora estava ensaiando os salmos com as outras. Madre Bartolommea trouxe-o aqui no jardim.

— O prior esteve aqui, no meu jardim?

A irmã Pureza ficava sempre perturbada na presença dele. Após as refeições, ele demorava muito à mesa, e ficava no quarto de hóspedes do convento mais que o necessário, ceando com comerciantes importantes de Prato. Em resumo, parecia bem mais interessado no poder do que na caridade.

— Esteve, e me perguntou sobre o capelão. — Lucrezia evitava usar o nome do frei para se poupar do nervosismo que sentiria. — Ele parecia muito agitado.

— Agitado? — A irmã se inclinou para a frente, com uma expressão intrigada.

Lucrezia viu o andar abrupto do prior ao atravessar o pátio e ficou apreensiva. Mas estava com a irmã Pureza, e a presença da velha senhora lhe trazia segurança, mesmo depois de o prior já haver sumido de vista.

— Não, irmã, eu me expressei mal — disse Lucrezia, balançando a cabeça. — Ele estava só apressado, falamos um instante e ele foi embora.

— Não tem importância, temos muito o que pensar, inclusive no nosso trabalho no *palazzo* Valenti. Após as orações da terça, arrume suas coisas e fique pronta para me acompanhar quando formos chamadas.

<hr>

A irmã Pureza chamou Lucrezia à noite e conduziu-a rapidamente à carruagem dos Valenti, que aguardava no pátio. As ruas da cidade estavam vazias e elas chegaram logo ao lindo *palazzo* de pedra que ocupava um quarteirão inteiro da Via Banchelli e, iluminado por lamparinas, fazia as pedras parecerem douradas.

Uma criada de capa azul recebeu as duas e levou-as por uma portinha nos fundos. Passaram por uma cozinha cheia de movimento, com as vigas ásperas pintadas com desenhos intricados em verde e vermelho. Embora fosse uma noite amena, o fogo estava aceso.

As freiras acompanharam a criada por uma escada estreita com uma fileira de candeeiros e entraram nos aposentos particulares da família Valenti e no luxuoso quarto onde a *signora* Teresa daria à luz.

— *Grazie*, Maria — exclamou a *signora* assim que viu as freiras. Estava com o rosto inchado, sentada na cama larga, encostada em almofadas e rodeada de cinco mulheres: duas criadas, duas parentes e uma parteira a quem a irmã Pureza viera substituir. Firme sob a *cuffia da parto* branca, a senhora gemeu:

— Comecem logo, as águas já saíram do meu corpo.

Lucrezia olhou ao redor: estava tudo preparado para o parto. Havia uma enorme arca entalhada com um brilhante jarro *maiolica* em cima; pesadas cortinas de seda dourada cobriam o dossel e fechavam as janelas. A cadeira de parto ficava em local de destaque, junto à lareira. Do outro lado do cômodo, estava aberta uma enorme arca decorada com imagens de Vênus e mostrando mais lençóis e linhos.

— Irmã Pureza... — disse a *signora*, sem completar a frase. Sentiu uma dor que a deixou sem ar.

A velha freira pegou na sacola um molho de sálvia seca e o acendeu. Entregou-o a Lucrezia e mandou que percorresse o quarto para limpar o ar com a fumaça. Assim ela fez, sem olhar para a mulher em trabalho de parto que exalava um suor malcheiroso sob o perfume de água de lavanda.

— Mãe de Deus — gemeu a mulher.

— Reze a ave-maria e pense só na prece — sugeriu a irmã Pureza.

As dores ficaram mais frequentes e a irmã Pureza se preocupou. A parteira mais jovem estava ajoelhada num canto do quarto, segurando um fórceps.

— Amada Mãe Celeste — gritou a *signora*, os cabelos desgrenhados e os dentes trincados.

A irmã Pureza viu o sangue escuro e coagulado entre as pernas da parturiente. Rápido, a velha freira pegou uma toalha e um frasco em sua sacola. Aqueceu as mãos na lareira, derramou nelas um pouco de unguento e as esfregou. Dentro da sacola, trazia também um exemplar de *Practica Secundum Trotam*, mas havia anos não precisava consultá-lo. Sabia onde colocar as mãos na parturiente, como passar o unguento no períneo e onde massagear o ventre para ajudar a criança a passar pelo canal de nascimento.

Com segurança, a freira mediu com os dedos a dilatação do canal, depois contou o intervalo entre as dores, mantendo as mãos dentro do corpo da parturiente. A *signora* gemeu de novo, seu ventre endureceu e ela levantou as mãos para segurar em alguma coisa. A irmã Pureza se dirigiu a Lucrezia com voz forte e imperiosa:

— Chegue perto e deixe ela segurar sua mão.

Lucrezia obedeceu rápido e se postou à cabeceira da cama, segurando a mão da *signora*, que agarrou com força e gritou. O grito assustou Lucrezia.

— Está tudo bem, estamos ao seu lado — disse Lucrezia, para consolar a mulher, e também a si mesma.

A *signora* olhou para o rosto acima dela. Era o rosto da Madona.

— *Bella Maria*, Santa Mãe. — Levantou a cabeça da almofada e curvou o rosto para a visão. Só podia ser um milagre, pois o rosto da Madona estava ali. E os dedos frios da Virgem seguravam suas mãos quentes.

— Ajude-me, mãe, ajude.

A irmã Pureza olhou firme para Lucrezia, de entre as pernas da parturiente. Às vezes diziam que os doentes ficavam com uma das mãos no céu e podiam ver o que os outros não viam.

— Deixe-me ficar mais um pouco no mundo, Mãe Maria, não me leve ainda.

A irmã Pureza franziu o cenho, temendo que a *signora* estivesse com delírios que só podiam ser causados por algum mal grave.

— Pense em seu filho, Teresa, feche os olhos e pense no filho — disse a velha parteira.

Um grito, seguido de outro, fez a irmã Pureza se abaixar sob as pernas dobradas da mulher. Fez sinal para a parteira mais jovem ficar ao lado, pronta para usar o fórceps.

— Faça força para baixo.

Ofegante, a *signora* fechou bem os olhos e fez força. Com esse grande esforço, arregalou os olhos e gritou, numa espécie de agonia e êxtase.

— Mãe Maria, Mãe Maria — gemeu. As lágrimas a deixavam cega, enquanto agarrava o braço de Lucrezia e cravava as unhas na pele da noviça. — Mãe Maria, livrai-me — gritou a *signora*. Seu corpo expeliu muco e sangue, e a cabeça da criança apareceu.

— Continue, Teresa, continue fazendo força para baixo, não pare — mandou a irmã Pureza, firme.

Lucrezia viu o véu da irmã Pureza se mexendo entre as pernas dobradas da mulher e sentiu o cheio forte de sangue encher o quarto. A parturiente ofegava de olhos fechados, suor escorrendo pela testa, os cabelos emaranhados. Abriu os olhos, gemeu, a cama estremeceu e Lucrezia sentiu que ia desmaiar.

Bateram à porta e a irmã Pureza, rude como um cavalariço, gritou:

— Agora não é hora. — Com a mesma voz, gritou para a *signora*: — Pronto, a criança está vindo, faça bastante força.

Colocou um pano com pó de mostarda sob as narinas da parturiente e soprou. A mulher arregalou os olhos e começou a espirrar. Isso fez seu útero se contrair, os ossos da bacia abrirem e surgir o espaço que faltava para o bebê passar do meio das pernas para o lençol branco e aquecido que a irmã Pureza segurava.

A velha freira sugou com a boca o muco que cobria o nariz e a boca do bebê, cuspiu tudo na bacia de madeira que estava ao lado da cama e examinou o bebê. Era perfeito e sadio, de rosto redondo.

A irmã Pureza passou o bebê para Lucrezia e mandou colocarem a bacia de água fora do quarto, perto da lareira acesa no corredor. As criadas imediatamente entraram em ação, levando a pesada bacia.

— Você precisa colocar as faixas de pano — disse a irmã Pureza, mostrando as pontas da *fascia* de linho onde havia enrolado a criança. — Deixe descoberta só a parte que vai lavar e enrole de novo para a criança não sentir frio. Depois que o bebê estiver limpo, entregue-o à ama-seca. Diga à *balia* para colocar a criança no seio e ver se ele mama.

Com a mesma pressa que dava ordens, a irmã Pureza voltou a atenção para a mãe. A criança era rosada e forte, mas a *signora* delirava, febril e transpirando. Continuava a chamar pela Virgem, mesmo depois de Lucrezia ter saído do quarto.

— *Dominus Spiritus Sanctus* — rezou a irmã Pureza. Espalmou as mãos sobre o peito da mãe. — *Veni creator spiritus, mentes tuorum visita, imple superna gratia, quae tu creasti pectora...*

Lucrezia saiu do quarto segurando a criança e viu a criada que as havia recebido na porta do *palazzo*. Estava tensa e pálida.

— É menino, um herdeiro — anunciou Lucrezia. Olhou o rosto enrugado e vermelho da criança, os olhos e as mãos fechados.

— E a minha senhora, como está? — A criada olhou para o rosto de Lucrezia, mas, antes que ela pudesse dizer qualquer coisa, a outra ficou boquiaberta, os lábios formando um grande círculo. — *Dio mio* — exclamou a criada, colocando a mão na testa e benzendo-se. — A senhora tem o rosto da Virgem.

A criada se virou e mostrou a parede em frente ao quarto, onde havia um quadro que Lucrezia não conhecia. Era a Madona em traje vermelho debruado de dourado, segurando o Menino Deus e sentada num trono verde, com uma delicada *benda* de pérolas prendendo os cabelos. O rosto da Virgem era igual ao dela, Lucrezia.

— De onde veio esse quadro?

— É presente do meu senhor para minha senhora. Foi entregue pelo frei Filippo, o pintor, esta semana.

A criada olhou do quadro para Lucrezia de novo.

— A semelhança é incrível — disse a criada, olhando outra vez para Lucrezia.

Segurando bem a criança, Lucrezia se aproximou do quadro. Sentiu-se estranha e tonta, a mesma sensação irreal de sempre que pensava no frei.

— Irmã Lucrezia, venha aqui já, preciso de você! — Era a voz aguda da irmã Pureza chamando do quarto, num tom que Lucrezia jamais tinha ouvido.

A mãe gemia e se contorcia. O bebê abria a boca e chorava. Lucrezia se sentiu tonta de cansaço e tensão.

— Estão me chamando! — disse ela à criada, que franziu o rosto, surpresa. Lucrezia entregou a criança para ela e correu para o quarto, onde a *signora* batia pernas e braços. Debruçada sobre ela, a irmã Pureza tentava impedir que a senhora caísse da cama. A outra parteira estava ajoelhada, rezando.

— Ache um pano para amarrá-la, não posso dar o remédio assim. Não consigo que beba nada para se acalmar — avisou a irmã.

Lucrezia hesitou.

— Faça o que eu disse, filha. Arrume um lençol grande e torça como uma corda.

Lucrezia pegou um lençol limpo de uma pilha no canto do quarto, torceu-o e levou-o para a irmã.

— Amarre-a antes que ela machuque você — mandou a irmã.

As mãos de Lucrezia tremiam tanto que o lençol enrolado caiu.

— Desculpe, não consigo fazer isso, irmã. Estou muito assustada — disse Lucrezia.

A irmã Pureza olhou a noviça dos pés à cabeça e disse:

— Então segure as mãos dela enquanto eu amarro.

A febre fazia a *signora* sentir que ia desmaiar. Ela teve medo. Virou-se para a luz da vela e viu o mesmo rosto de antes.

— É a senhora? A Santa Virgem? Veio me buscar?

— Sou a irmã Lucrezia, não tenha medo — disse a noviça. Sentia-se estranha e sensata como nunca. — A semelhança do meu rosto com o do quadro é apenas uma coincidência. Não sou a Virgem, não vim buscá-la. A senhora tem um menino forte e saudável. Está com a criada, tomando banho para mamar.

A *signora* Teresa, devota da Santa Virgem, ouviu a voz de Lucrezia e se acalmou. Estava tudo bem. Respirou fundo e parou de se debater. Quando a irmã Pureza colocou a xícara de camomila e verbena em seus lábios, ela bebeu tranquilamente. Pouco depois, a febre diminuiu e a senhora dormiu coberta por dois lençóis, enquanto as mulheres da família preparavam o rico *desco da parto*, o prato pintado em comemoração ao nascimento, cheio de laranjas e doces. O *signor* Ottavio bebeu uma taça de vinho em homenagem ao novo filho, Ascanio di Ottavio de Valenti. No corredor fora do quarto, a irmã Pureza ficou olhando o quadro *Madona com o Menino*, do frei Filippo.

— A senhora estava morrendo, quase no céu — disse a parteira mais jovem, ao lado da irmã Pureza. — Sua noviça tem a bênção da Virgem, boa irmã.

Capítulo Doze

*Sexta-feira da 13ª semana depois de Pentecostes,
ano do Senhor de 1456*

A lua parecia seguir a irmã Pureza e Lucrezia no caminho de volta ao convento. As duas estavam exaustas, a carruagem corria e embalava-as como o berço ninava o recém-nascido para dormir sob o telhado de terracota, no *palazzo* de sua família.

De olhos fechados, a irmã Pureza via o estado da *signora* Teresa, o milagroso fim da febre e a calma que dominara seu espírito. As ervas do jardim do convento nunca pareceram tão curativas como naquela noite. Quando a mãe parecia entrar no delírio que atingia tantas parturientes, a *signora* olhou para o rosto calmo de Lucrezia e o sangue, a agitação e até a febre diminuíram.

Claro que as criadas viram a transformação, assim como a cunhada da *signora* Teresa. "Milagre", concluíram elas, até Lucrezia virar-se e dizer:

"Não é milagre. Por favor, não digam uma coisa dessas."

Todas concordaram, claro, mas se benzeram antes de sair do quarto. As duas freiras juntaram seus pertences e se preparavam para voltar ao convento quando foram interrompidas pelo *signor* Ottavio se despedindo:

— Disponham de toda e qualquer coisa que eu puder fazer pelas senhoras — prometeu o rico senhor, apertando a mão enrugada da irmã Pureza.

Na carruagem, a irmã Pureza suspirou, sem perceber que estava agitada.

— Desculpe, irmã, não sei o que dizer sobre o quadro. Só esta noite soube da existência dele — disse Lucrezia, baixo, tocando no hábito da freira.

A irmã virou-se para a noviça: mesmo após uma noite aflitiva, a beleza da jovem se fazia notar.

— Não deve ser fácil ser tão bonita — disse a irmã, afetuosa.

Lucrezia ficou calada. Na casa dela, havia apenas um espelho de prata polida e a *signora* Buti só permitia que as filhas se vissem refletidas nele aos sábados, quando tomavam banho e lavavam os cabelos, como parte dos preparativos para o Dia do Senhor. Outras jovens florentinas se enfeitavam na frente do espelho diariamente. Lucrezia até sabia de algumas que tomavam sol para os cabelos ficarem dourados. Mas as meninas Buti nunca foram encorajadas ou incentivadas a qualquer vaidade, como beliscar as bochechas para ficarem mais rosadas ou morder os lábios para ficarem mais vermelhos.

— Não sei, ninguém nunca disse que eu era bonita. Mas muitas vezes tive vontade de esconder o rosto, por causa do jeito que os homens me olhavam — contou Lucrezia, com voz trêmula.

Ela nunca havia confessado isso a ninguém. Pensou no frei Filippo e no prazer que sentia com o olhar dele.

— Não há vergonha em ser bonita, filha, nem essa é a única qualidade que você tem. Não deve ter sido apenas seu rosto que consolou a *signora* Valenti esta noite.

Lucrezia estava tão perto da irmã Pureza que sentia o calor de seu corpo franzino. Ficou contente por estar escuro.

— Como as flores de nosso jardim, sua beleza tem uma finalidade — prosseguiu a freira. — Pensei nisso desde que soube que o frei Filippo ia pintá-la. Se o seu rosto pode se tornar o da Madona e afastar os maus espíritos do corpo da *signora* Valenti, há muita bondade nele.

A irmã Pureza fez um esforço para virar seu velho corpo e olhar Lucrezia de frente.

— Valorize a beleza que tem, mas proteja-a da perversão — aconselhou a freira.

A noviça concordou com a cabeça e lembrou-se novamente do que o frei Filippo dissera no confessionário: a beleza é um espelho do reino de Deus. Um *speculum majus*.

— O capelão disse que os homens mais sábios acreditam que a beleza agrada a Deus porque faz com que nosso mundo se assemelhe ao Dele. Mas, então, por que Cristo e a Virgem sofreram? — perguntou Lucrezia.

A carruagem balançava sobre as pedras da estrada e Lucrezia deu um encontrão na irmã Pureza. A velha senhora se aprumou.

— Se o sofrimento nos aproxima de Deus, como pode a beleza fazer o mesmo? — resumiu Lucrezia. Ela tentou perguntar de outra maneira: — O que vem do demônio: o sofrimento ou a beleza?

A irmã Pureza estava exausta. Só queria dormir, mas havia algo importante por trás das perguntas da noviça, algo que deixava a jovem muito infeliz.

— A beleza vem de Deus; já a vaidade é obra do demônio. E quanto ao sangue derramado por Cristo, você assistiu ao parto esta noite e viu o sofrimento que a maldição de Eva trouxe às mulheres. Há sempre sangue. — A irmã refletiu sobre a dureza do que disse e tentou amenizar: — Mas lembre, filha, que a Virgem pagou pelo pecado dos outros e foi coroada Rainha do Céu.

Lucrezia não conseguia ordenar suas orações e seus lábios rápido o suficiente para fazer mais perguntas.

— Sua beleza e sua bondade são dons, mas a beleza acaba, por isso a alma precisa se fortalecer e ficar mais sábia — disse a irmã, baixando a voz à medida que Lucrezia fechava os olhos.

*

Quando Lucrezia acordou, a carruagem entrava pelos portões do convento. Parou no pátio e as freiras se apressaram em direção ao dormitório, as pedras cinza do chão brilhando sob a luz suave da lua.

— Você se comportou muito bem esta noite, *mia cara*. Agora, durma — disse a irmã Pureza.

Mas quando ficou a sós, Lucrezia voltou a pensar em sangue e beleza, nos gritos da *signora* e no retrato dela como a Virgem, pintado pelo frei Filippo.

Andou pela estreita cela — o lugar era pequeno demais, abafado demais. Calçou as botas de novo, acendeu uma vela e saiu sem fazer barulho pela escada usada à noite. Desceu o corredor estreito, passou rápido pelas aranhas que já havia aprendido a ignorar e nem olhou o camundongo que correu dela.

Chegou à escada da igreja e apagou a vela com um sopro para economizar o pavio. Ouviu passos no andar superior. Pensou que uma das freiras tinha levantado para as orações das laudes antes do amanhecer e se preparou para cumprimentá-la com um discreto aceno de cabeça.

— Bem. — O prior-geral estava na frente de Lucrezia. A porta da escada da noite estava fechada. Os dois estavam sozinhos no estreito corredor que levava à abside.

Segurando uma vela entre eles, iluminou Lucrezia dos pés à cabeça.

O prior tinha dormido pouco e estava com os olhos vermelhos. A beleza da moça, radiosa mesmo àquela hora, parecia zombar dele, da mesma forma que o desrespeito do pintor e a irritação da priora Bartolommea.

— Prior — disse Lucrezia, sem saber que tratamento seria mais adequado para dirigir-se a ele. — *Fratello* Saviano.

— *Fratello?* — estranhou ele, certo de que a moça queria ridicularizá-lo. O dia todo ele tinha sido rebaixado, desprezado e humilhado. De repente, lembrou-se dos lindos trajes no ateliê do pintor e do esboço do pescoço da moça. — Sou o prior-geral Ludovico Pietro di Saviano. — Ele recitou nome e título completos, com a mais profunda voz de barítono.

Quando falou, Lucrezia viu a barra da batina preta girar. E a vela que ele segurava fazer estranhas sombras nos tijolos do piso.

— Com certeza não está me confundindo com seu bom amigo pintor? *Ele* é um frei, um simples *frei*, apesar do que você possa ter imaginado.

Lucrezia sentiu a boca seca. Tinha medo daquele homem. Lembrou-se do que a irmã Pureza dissera na carruagem, apertou o véu na cabeça e tentou ir embora. Mas o prior colocou a mão em seu braço.

— Por que foge de mim, Lucrezia?

Ela sentiu a longa noite em claro no mau cheiro do corpo dele.

— Estou cansada, prior-geral Saviano. Vim apenas fazer uma prece antes de dormir.

— Lucrezia — Saviano exclamou, e, naquela boca, o nome pareceu sublime e sensual. — Você ainda não recebeu o véu de freira, não fez os votos definitivos. Chamam você de irmã Lucrezia, mas você é apenas noviça, não?

Lucrezia se empertigou. O prior-geral não soltou seu braço. Quando tentou se afastar, ele ficou mais perto. Sob a batina, as pernas duras dele apertavam a coxa dela.

— Prior-geral, por favor, deixe-me passar.

— Estive no ateliê de seu amigo *frei* Filippo. Sei que você tirou esse hábito. — O prior tocou o tecido das vestes da moça. — Sei que se despiu para ele e usou os finos trajes de uma dama florentina.

Apertando o rosto no dela, segurou na parte de cima do braço, perto do peito. Anos de rejeição subiram dentro dele.

— Lucrezia, você é amante do frei Filippo?

— Não.

Apavorada, ela tentou se afastar.

— Ele teve muitas amantes, sabe? Muitas. — Apertou o braço dela. — Você não é nada para ele, mas podia ser especial para mim — disse, apertando a boca.

— Não!

Lucrezia se virou e chutou as pernas dele. A vela caiu no chão e bateu na barra da batina. Enquanto ele olhava para baixo, ela correu.

— Volte — chamou o prior, mas ela gritou de novo, reprimindo um soluço.

Ele viu ódio naquele grito e se ofendeu.

— O que você fez terá consequências. Este convento é meu, *meu*. Lembre-se disso.

Lucrezia abriu com força a porta da igreja e entrou tropeçando no jardim do convento. O prior sabia que ela havia trocado de roupa no ateliê do pintor, sabia da bela *cotta* de seda. Abriu a primeira porta que viu e passou correndo pelo banheiro até o escuro corredor do dormitório das freiras.

Ao ouvir os soluços, a irmã Pureza abriu a porta da cela. Estava sem o véu, com os longos cabelos grisalhos soltos. Estendeu o braço e segurou Lucrezia.

— O que houve?

— O prior-geral — respondeu Lucrezia, soluçando. Levantou a manga do hábito e mostrou as marcas que o homem tinha deixado em seu braço.

~~~

A irmã Pureza esperou o galo cantar três vezes e atravessou o pátio. A velha parteira não tentou negar o que tinha ocorrido, nem desculpar o prior-geral. Os homens se aproveitavam das mulheres, ela sabia que era assim do outro lado dos muros da igreja. Mas, dentro do convento, uma mulher, mesmo que muito bonita, deveria encontrar o respeito de um santuário.

Pensando que a priora ainda estava dormindo, a irmã Pureza bateu de leve na porta e abriu-a. Mas a madre Bartolommea já estava ajoelhada ao lado da cama, com a Bíblia aberta sobre o catre. À luz fraca de uma só vela, a irmã Pureza viu a figura forte se levantar. Na cintura, tinha um cinto verde e dourado de uma trama de lã tão delicada que, mesmo à luz da vela, brilhava e resplandecia.

— A irmã! Estou rezando, você me interrompeu. Por favor, saia já — mandou a priora, levantando a mão para impedir a outra de se aproximar.

A irmã deu um passo à frente, sem tirar os olhos do cinto.

— É o Sagrado Cinto? — perguntou, enquanto a priora tentava escondê-lo com os braços.

A priora negou com a cabeça, firme.

— É o Sagrado Cinto da Virgem, não é? Por que está aqui, na sua cela?

A irmã Pureza sabia que o Cinto ficava guardado dentro do portão trancado de Santo Estêvão e que ordens papais proibiam que fosse retirado da santidade da capela.

A priora, que ainda não tinha colocado o véu, afastou uma mecha de cabelos grisalhos e olhou zangada para intimidar a velha freira.

— Não é da sua conta, irmã Pureza. Como eu sempre digo, nem tudo o que se passa no convento é do seu conhecimento. Tenho planos para enriquecer nossos cofres com a benção da Santa Mãe.

— Planos? Que incluem o Sagrado Cinto da Virgem Maria?

A irmã Pureza ficou parada, sem entrar nem sair. Era velha, mas não era fraca.

— E a mim — disse a priora, ríspida.

— E você. E as noviças, suponho? Talvez em troca de comprometer os bens delas, a senhora tenha se apossado da relíquia mais preciosa da cidade — disse a irmã, após pensar um instante.

— Chega, irmã Pureza. Não vou ouvir mais nada. Saia para que eu possa guardar o Sagrado Cinto em local seguro. E não diga a ninguém que o Cinto está aqui. Quando o sol surgir, ele não estará mais, e qualquer problema com isso poderia acabar com a reputação de nosso convento — avisou a priora, avançando sobre a outra.

— Minha santa Mãe. — A irmã Pureza olhava dos pés descalços no piso de pedra para a capa que a priora havia jogado de qualquer maneira sobre os gordos ombros. — A santidade do convento já está comprometida. Foi o que vim dizer à senhora agora.

— Não vou ouvir. Você tem estado muito estranha — acusou a priora.

— Precisa me ouvir. — A irmã Pureza estremeceu de raiva e prosseguiu: — O prior-geral não respeita a santidade desses muros. Na última noite, ele se aproximou de maneira forçosa e inadequada da noviça Lucrezia, com fins escusos.

A priora ficou paralisada. Estava com o Sagrado Cinto e ouvia uma blasfêmia dentro de sua própria cela. Deu as costas para a irmã Pureza.

— Saia, não perca o bom-senso. Precisa pensar bem — disse a priora, desatando os longos nós que prendiam o Cinto à sua cintura. — O prior-geral é importante e você não pode fazer difamações contra ele. Há mãos mais fortes que as dele dirigindo o que se passa aqui em Santa Margherita.

Ela tirou o Cinto e se virou.

— Saia dos meus aposentos. Sou sua superiora e ordeno que saia do meu quarto já — disse a priora, mais alto.

A irmã Pureza passou a madrugada rezando à porta da cela de Lucrezia; lá dentro, a noviça andava de um lado para o outro. Ao ouvir relinchos na estrada e os portões do convento serem abertos antes de o sino chamar para a prima, a velha freira correu para a janela no final do corredor e viu um belo corcel dos Médici no pátio, pisando numa poça de lama em frente ao escritório da priora. Viu também a priora entregar ao mensageiro uma bolsa de veludo. Era a relíquia, pensou a irmã Pureza.

Lucrezia ficou na cela enquanto as freiras seguiam em fila para fazer as orações da prima na igreja. A irmã Pureza, porém, ficou firme ao lado da priora Bartolommea, de olhos bem abertos, mesmo quando a priora fechava os dela. O prior-geral saiu da igreja assim que terminou a última nota dos cânticos matinais, e, ao entrar no refeitório, a irmã Pureza viu-o sentado sozinho, comendo calmamente um ovo cozido. Olhou-a com frieza. Ela se aproximou, fez uma reverência e o encarou.

— Aqui na clausura, Eminência, as mulheres circulam a serviço de Deus — disse a irmã Pureza, escolhendo as palavras com cuidado. — Precisamos sentir que podemos andar pelo convento com liberdade, sem sermos perturbadas, nem termos medo de um colega da Ordem atrapalhar nossa tarefa.

Ela parou, aguardando uma reação.

— E o que eu tenho a ver com isso? — perguntou o prior-geral, com ar de enfado.

— Tudo — respondeu ela, começando a contar a cena no corredor da igreja. — Hoje cheguei ao convento antes das laudes, vindo da casa do comerciante Ottavio de Valenti, onde a noviça Lucrezia e eu acompanhamos um parto. — O prior-geral apertou os lábios, enquanto ela prosseguia, rápido: — O senhor sabe tanto quanto eu o que aconteceu e não vou...

Ao sentir a mão pesada sobre seu ombro, a irmã Pureza se virou e viu o rosto lívido da priora Bartolommea.

— Não incomode o prior-geral — disse a priora, postando-se entre os dois.

— Desculpe, madre, estou no meio de uma conversa com ele — disse a irmã Pureza, estendendo o braço para tirar a priora da frente.

A priora girou o rosto e olhou para a irmã Pureza, que a pressionava com o cotovelo.

— Desculpe, irmã, está *me* machucando — disse a priora, num tom cortante.

A irmã Pureza percebeu que outras freiras estavam assistindo à cena. Aproximou-se da priora para que só ela pudesse ouvir. As duas tinham entrado para o convento à mesma época, uns cinquenta anos antes. Tinham se conhecido como noviças e se chamavam pelos nomes de criança, que a irmã Pureza usou naquele momento, para lembrar a outra do que tinham em comum:

— Bartolinni, amiga. Precisa mandá-lo embora daqui.

— Irmã — disse a priora, como se a intimidade tivesse acabado havia anos —, pare de me dizer o que devo fazer.

A priora se arrependeu por um instante ao ver a mágoa no rosto da velha amiga. Mas lembrou-se do Sagrado Cinto e de sua imagem em uma pintura, glorificando a Virgem Mãe. Pensou na fama que isso poderia trazer ao convento e nas muitas horas que passara ajoelhada, rezando para ter essa sorte bem ali, na longa estrada fora dos limites de Florença. E não disse nada quando sua amiga piscou e foi embora.

Na mesma hora, a irmã Pureza teve uma ideia. Mandou um bilhete rápido para Ottavio de Valenti, dizendo que Lucrezia poderia ajudar a cuidar da mãe e do bebê e dando a entender que era importante que ele convidasse a noviça o mais rápido possível. Esperava e rezava para que Valenti aceitasse a moça de braços abertos. E acertou: na mesma tarde, Ottavio de Valenti mandou um pedido diretamente para a madre Bartolommea, junto com 4 florins de ouro.

A priora bateu palmas ao abrir a bolsa com as moedas. Chamou então a irmã Pureza para seus aposentos e disse, baixo e rápido:

— Veja, o Sagrado Cinto está ajudando, os milagres já começam a ocorrer. Olhe, irmã: eu sei o que faço.

A outra freira concordou com a cabeça, como se a priora fosse a responsável pelo convite, pelos florins de ouro e até pelo milagre do nascimento da criança. A priora chamou Lucrezia imediatamente e, quando a jovem veio, com o rosto marcado por lágrimas e parecendo um fantasma, a priora se congratulou pelos bons caminhos do Senhor.

— Você vai voltar para a casa da *signora* Valenti e ajudar a cuidar dela. Ela acha que você tem o dom de curar, mas não deixe que isso lhe suba à cabeça. Todos os dons que você possui vêm de Deus, como todas as bênçãos vêm do Céu.

Lucrezia estava perturbada. Tanta coisa tinha ocorrido em tão pouco tempo e tudo parecia ter começado com o que viram no rosto dela e imaginaram sobre ela. Não sabia dos florins de ouro, mas tinha visto a opulência da casa dos Valenti e ouvido enormes elogios de todas as mulheres na sala de parto. Beleza e ouro faziam parte do destino e da sorte, da mesma forma que a oração e a piedade, concluiu Lucrezia. Talvez fossem até mais importantes do que a vontade de Deus. Se a irmã Pureza estivesse certa ao dizer que a beleza é um dom de Deus e que não era vergonha ser bonita, então ela não tinha o que temer. Mesmo assim, tinha medo.

Mãos crispadas, Lucrezia estava prestes a chorar. Achava que o desrespeito do prior-geral era um aviso — se do demônio ou de Deus, ela não sabia.

— Você foi chamada — disse a irmã Pureza, calma, postada entre Lucrezia e a priora, sem demonstrar submissão a nenhuma. — Há algo que queira dizer à priora Bartolommea?

— Irei aonde for chamada, madre — disse Lucrezia, desejando mostrar humildade e calma.

A priora concordou com a cabeça.

— Vá juntar suas coisas. Você sairá discretamente amanhã, assim as outras não ficarão com inveja — disse, pensando na cara feia das outras freiras, que começavam a reclamar dos privilégios da linda noviça.

A priora não achou prudente nem necessário dizer que o prior-geral Saviano havia proibido visitas especiais às noviças. Também não viu motivos para recusar o generoso convite do Sr. Valenti. O prior-geral iria embora logo e, se perguntasse onde estava Lucrezia, a priora sabia o que fazer: mostraria os florins de ouro e sorriria. Nem o prior-geral podia negar que 4 florins de ouro valiam muito.

Capítulo Treze

*Festa do Sagrado Cinto e do aniversário de Maria,
ano do Senhor de 1456*

Na manhã da Festa do Sagrado Cinto, ao entrarem em fila na igreja para as orações das laudes, as freiras comentavam, baixo e agitadas, o nascimento na família Valenti e a estranha tensão que havia invadido o mundo recluso delas.

— Ouvi Lucrezia chorando a noite toda, e a priora estava de pé muito antes do amanhecer — contou a irmã Maria.

— Talvez a priora não esteja satisfeita com Lucrezia — concluiu a irmã Piera, que imediatamente se benzeu para se livrar do pecado da inveja.

— A noviça se orgulha de sua beleza — resumiu a irmã Maria, corando com a ousadia da afirmação. — Vocês sabem que a irmã Pureza e a priora condenam o orgulho e a vaidade.

— Gostaria de saber por que a irmã Lucrezia chorou; se pudesse, eu a ajudaria — disse baixo a irmã Bernadetta, colocando-se atrás das outras.

Dentre as almas intrigadas e curiosas, só Spinetta e Paolo, o menino pastor, conheciam os planos que haviam sido traçados para Lucrezia. Em troca de pão e ervas do jardim da irmã Pureza, Paolo havia concordado em levar a noviça ao *palazzo* Valenti.

— Mas por que é segredo? — cochichou Spinetta para a irmã, quando entraram na igreja. — Se não há nada de errado, por que não contar que você vai cuidar do bebê da Sra. Valenti?

Lucrezia desconfiava de que a irmã Pureza e a priora queriam tirá-la do convento para afastá-la do prior-geral, mas era apenas uma suposição. Fez um leve sinal para a irmã e abaixou a cabeça, orando em silêncio.

Quando as freiras fizeram fila para um rápido café da manhã no refeitório, Lucrezia levou a irmã para o dormitório e entregou a ela seu rosário.

— Fique com ele, assim você terá o consolo da oração enquanto eu estiver longe — disse.

Spinetta pegou o rosário, ainda morno por estar guardado no bolso da irmã.

— Lucrezia, estou com medo, você está me escondendo algo — disse Spinetta.

— Não tenha medo, Spinettina. — Lucrezia apalpou seus *panni di gamba* até encontrar a medalha de prata que tinha costurado na barra. Com a unha, descosturou a barra, retirou a medalha e a entregou também à irmã.

— Guarde minha medalha até eu voltar, não vou precisar dela na casa dos Valenti. Já fui lá, não precisa se preocupar, é um enorme *palazzo* com muitos criados e uma lareira cálida.

Spinetta observou o rosto da irmã, mas Lucrezia nada demonstrou.

— Volto logo. Se ficar mais de dois dias, peço à dona da casa para você me ajudar — disse Lucrezia, agitada.

— Está bem. Nós nos divertimos tanto no ateliê do frei Filippo, não foi? — perguntou Spinetta, animada, colocando a medalha e o rosário no bolso do hábito.

— Foi, *mia cara*. Lembro-me de tudo o que aconteceu no ateliê do pintor — disse Lucrezia, pensando mais uma vez no que ele teria dito ao prior-geral para o mal-humorado senhor achar que ela e o frei tinham ficado íntimos. Ao lembrar-se da acusação, Lucrezia deu de ombros. — Mas acho que não vamos mais voltar lá.

※

Havia um lindo céu claro quando os pacatos moradores de Prato acordaram para a Festa do Sagrado Cinto. Os comerciantes varreram suas lojas, as lareiras foram acesas, chaleiras foram levadas ao fogo, mães puseram laços no cabelo das filhas e contaram a história do Sagrado Cinto da Virgem Maria.

— Então, antes de subir aos céus, a Santa Virgem entregou seu cinto para São Tomé — disse Teresa de Valenti, ainda na cama de parto, coberta até o pescoço pelos lençóis, olhos sonolentos.

As quatro filhas — Isabella, Olivia, Francesca e Andreatta — estavam de banho tomado, arrumadas e sentadas na cama fofa, ouvindo a história da Ascensão da Virgem.

— O lindo cinto da Virgem tinha muitos poderes secretos e foi guardado em Jerusalém até ser adquirido pelo comerciante Michael Dagomari, de Prato, como parte do dote de sua esposa — contou Teresa de Valenti para as filhas, enquanto olhava o retrato da Virgem que havia sido transferido para a cabeceira de sua cama.

O olhar das meninas acompanhou o da mãe.

— Quando o bom homem voltou da Terra Santa com a noiva, trouxe o tesouro e o entregou para nossa igreja guardá-lo. O Sagrado Cinto está aqui há trezentos anos e muitos homens importantes atravessaram os muros da nossa cidade para pedir a santa intercessão da Virgem.

Por toda a Prato, as crianças ouviam com atenção a história do Sagrado Cinto e aguardavam impacientes o toque dos sinos para todas as janelas e portas serem abertas e as ruas finalmente se encherem de fiéis a caminho da praça da igreja.

⁂

Tendo à frente a priora Bartolommea, as freiras saíram do convento para as ruas de Prato.

— Mãe Celeste, que lindo dia — exclamou a irmã Antonia, e as outras concordaram.

Levas de fiéis madrugadores estavam a caminho da praça e deram passagem para as freiras com hábitos voando de leve sob a brisa suave. A priora começou a cantar o "Glória" e as outras acompanharam.

Ao se aproximarem da Igreja de Santo Estêvão, as freiras ouviram trombetas soarem e cavalos relinchando. Algumas freiras ficaram encantadas, tontas com a música e os risos, enquanto outras não se alteraram com a confusão de cores, os passos em ritmo de marcha e o som das trombetas. A tímida irmã Piera ficou um tanto assustada e por um instante desejou estar na segurança da clausura.

Alisando os hábitos e empertigando-se, as freiras ficaram no meio da multidão atrás da *pieve*. Com a irmã Pureza no final da fila, elas formavam pares no lado sul da praça, a poucos passos do lindo púlpito do Sagrado Cinto, enquanto as trombetas soavam mais agudas. A multidão ficou em silêncio e a procissão começou.

O reitor Inghirami e o prior-geral Saviano montavam lustrosos corcéis negros enfeitados com seda verde e dourada, ladeados por meninos empunhando bandeiras com o brasão dos Médici. Atrás deles vinha o elegante *signore* Ottavio de Valenti, com os cabelos negros reluzindo de gomalina e acompanhado pelas filhas e por duas fileiras de meninas de *gamurre* branco e tranças presas com laços dourados e verdes. Meninos da cidade tocavam trombetas, usando brilhantes gibões *farsetto* e meias de seda; seus grossos cachos balançavam a cada nota. Os dois mais altos levavam uma grande flâmula mostrando a Madona colorida, amamentando. Atrás, um desfile de mulheres cheias de orgulho: algumas, grávidas; outras, levando bebês gordos, que batiam palminhas, encantados, ou choravam porque queriam mamar. No final da procissão vinham os integrantes das ordens religiosas — frades e freiras agostinianos, dominicanos, franciscanos e carmelitas — que faziam fila na praça; suas batinas e hábitos brancos, negros e marrons eram notas silenciosas se alternando aos tons festivos dos trajes vermelhos, verdes e roxos da multidão.

Quando o desfile terminou, a multidão ficou de frente para o púlpito do Sagrado Cinto, saudando animada a presença do reitor Gemignano

Inghirami. Ele levantou os braços magros, segurou o cinto verde acima da cabeça e, como numa coreografia, homens, mulheres e crianças se benzeram e silenciaram.

— Santíssima Mãe, Rainha Celeste, Divina Virgem, estamos hoje aqui para homenageá-la e glorificar seu nome. Maria, cheia de graça, declaramos nosso amor e adoração. Que a divina graça do Sagrado Cinto nos proteja e nos acompanhe para glorificá-la em nome de Seu Filho, Senhor Jesus Cristo, amém.

O público se apertou mais perto do púlpito, todos estendendo as mãos para ficarem mais próximos da relíquia sagrada. Ali era o máximo que muitos conseguiam chegar, mas as freiras do convento Santa Margherita tinham o enorme privilégio de tocar o Cinto dentro da capela. Da melhor maneira que pôde, a madre Bartolommea foi conduzindo seu rebanho para a porta da igreja, em meio a muitos outros monges e freiras. Tanta gente ia para o mesmo local que Spinetta segurou a mão de Lucrezia para não se perderem. Esta apertou a mão da irmã, beijou-a e se afastou. A irmã Pureza se aproximou dela e disse:

— É para o seu bem, minha cara. Que o Senhor olhe por você esta noite.

A velha freira então se misturou às outras na fila e Paolo surgiu ao lado de Lucrezia, sua mão fina deslizando por entre os dedos dela. Sem dizer nada, ela deixou Spinetta e as outras e seguiu o menino, que atravessava, ágil, a multidão. No final da praça, ele parou para olhá-la, dando um sorriso em que faltava um dente.

— *Sorella*, a senhora tem muita sorte de ir para a linda casa do senhor Valenti. Lá poderá comer o quanto quiser — disse ele.

Lucrezia sorriu sem querer e seguiu o menino pelas ruas estreitas, indo na direção inversa à das pessoas que enchiam as pequenas portas das lojas e se espremiam rumo à igreja. Estava triste por perder a comemoração, pois isso fazia com que se lembrasse das festas em casa, com as irmãs e os pais. Mas seguiu Paolo, que tinha soltado sua mão e ia na frente, rápido.

Em meio à confusão, frei Filippo finalmente viu Lucrezia. Estava se afastando da *pieve*, seguindo Paolo.

— Irmã Lucrezia, espere — pediu ele.

Lucrezia se virou e viu o frei se aproximar.

— Vamos, Paolo, a senhora está em casa me esperando com o bebê — ela disse.

— Irmã Lucrezia, pare, por favor! — repetiu o frei Filippo.

Paolo olhou para Lucrezia. A irmã dele era cozinheira do frei e eles estavam acostumados a obedecer o que ele pedia.

Mas Lucrezia andou mais depressa. Quando os passos pesados do frei a alcançaram, ela se lembrou das garras do prior-geral e de suas palavras ásperas. Girou o rosto e encarou o frei Filippo, os olhos brilhando de raiva.

— Fique longe de mim, frei. Por favor, me deixe em paz — disse.

Fez sinal para ele se afastar e, nisso, a manga do hábito subiu e mostrou as marcas que o prior-geral tinha deixado na pele.

— Machucaram você! — exclamou o frei, tentando se aproximar mas ela afastou o braço num rompante. — Por favor, não sei o que aconteceu, mas deixe-me ajudá-la.

— Ajudar? O senhor me fez fugir do prior-geral. Agora tenho de me esconder dele. Sabe o que ele pensa de mim?

— Lucrezia, pelo amor de Deus, pode dizer o que está havendo? — O frei Filippo se inclinou por cima de Paolo e tentou segurar a mão dela outra vez.

Lucrezia parou para tomar fôlego e apertou as mãos sob as mangas compridas do hábito. Um grupo de freiras do convento Santo Hipólito virou a esquina, vindo na direção dela.

— Vou para a casa do Sr. Ottavio de Valenti ajudar a esposa com o bebê até não ser mais perigoso eu ficar no convento.

— Perigoso?

— Acho que vou ficar até o prior-geral ir embora.

Frei Filippo sentiu as orelhas arderem.

— Mas esta noite Saviano vai para a casa de Valenti, talvez passe muitas noites lá. Vai para o grande banquete pelo nascimento do herdeiro do comerciante.

O barulho do desfile enchia as ruas e a alegria parecia se aproximar. As freiras se aproximavam, cantando baixinho.

— Se ele machucou você, não pode ir para lá — disse o frei, rápido.

Virou-se para Paolo, que passava o peso do corpo de uma perna para outra, esperando.

— Paolo, o plano mudou. Você vai levar a irmã Lucrezia para o meu ateliê. Sua irmã Rosina já chegou, peça para ela dormir lá. Diga que pagarei mais uma moeda de prata por isso. Entendeu? — perguntou o frei, segurando o menino pelos ombros frágeis.

— Não, a senhora do *palazzo* Valenti me chamou e a priora Bartolommea me mandou ir — explicou Lucrezia, negando com a cabeça.

O pintor ficou mais agitado e parecia mais alto na frente dela.

— Conheço o prior-geral Saviano, irmã Lucrezia. Se as freiras acham melhor afastá-la dele, não pode ir ao *palazzo* Valenti enquanto ele estiver lá.

— Então vou voltar para o convento.

— E se ele procurar pela senhora lá? — perguntou o frei.

Lucrezia não saiu do lugar.

— Vá com Paolo. Eu a acompanharia, mas estão me esperando na *pieve* e já estou atrasado. Depois que a festa terminar, faremos o que for possível — disse o frei.

Lucrezia estava com a cabeça girando. Se fosse para a casa dos Valenti, o prior a encontraria. E se voltasse para o convento, também a perseguiria de novo. O convento não era um refúgio naquele momento.

— *Sì*, está bem, frei Filippo, vou para o ateliê, mas só até encontrar um lugar melhor.

O frei pôs sua mão tranquilizadora no ombro dela.

— É melhor assim. O prior-geral será repreendido. Não vai se aproximar da senhora depois que eu falar com meus amigos importantes.

— Por favor, o senhor já fez o bastante. Ficarei em seu ateliê até poder ir para a casa da *signora* Teresa e, se Deus quiser, ninguém saberá onde estive — disse ela, recuperando a força que tinha perdido naquela manhã.

— Como quiser — disse o frei.

Ele então recomendou que Paolo fizesse o caminho mais longo para não passar de novo pela praça lotada. Acenou para ele, apressado.

Durante o acalorado diálogo, o pintor e a noviça não notaram que as freiras de Santo Hipólito viram o frei, tão inconfundível em sua larga batina branca, parar Lucrezia e mandá-la por uma rua sinuosa, no caminho inverso ao da *pieve*.

Capítulo Catorze

Após as orações da nona, dia da Festa do Sagrado Cinto, ano do Senhor de 1456

Lucrezia estava sentada numa dura cadeira de madeira ao lado da lareira do frei Filippo, olhando uma moça quase maltrapilha acender a lareira. Tinha braços finos, mas despejou sem esforço água numa chaleira de ferro e levantou uma panela pesada para dependurá-la num gancho sobre as chamas.

— Sou Rosina, irmã de Paolo — apresentou-se a moça. Tinha cabelos pretos, rosto doce e singelo.

Lá de fora vinham ecos da festa, mas no ateliê estava tudo calmo.

— Por que não está na festa? — perguntou Lucrezia.

— Venho todas as manhãs ajudar o irmão Filippo na cozinha. Vou lá depois que terminar o trabalho — disse Rosina, com suas sobrancelhas escuras marcando a testa.

A moça olhou o hábito e o véu de Lucrezia.

— Daqui a pouco vou ter idade para entrar para o convento — contou.

Rosina entregou a Lucrezia um caneco pesado com vinho adoçado. A noviça bebeu e se sentiu tomar pelo cansaço. Tinha passado a noite em claro, seria bom descansar, pensou, colocando o caneco no chão e fechando os olhos. Ali, naquela casa, não corria perigo. E se sentiria melhor ainda se rezasse pedindo orientação e dormisse. O sono é o melhor remédio concedido pelo Senhor.

Lucrezia acordou numa cama macia. O quarto estava escuro e silencioso e, por alguns confusos instantes, ela achou que estava em Florença, na cama de nogueira que dividia com Spinetta.

— Tem alguém aí? — perguntou, alto.

Puxou o lençol e se sentou. Alguém tinha tirado suas botas e as meias. Lembrou-se vagamente das pequenas e fortes mãos de Rosina. Esfregou os olhos até se acostumar à escuridão e olhou o pequeno quarto sustentado por vigas irregulares e com as paredes desiguais. A cobertura era feita de colmo. Dificilmente aguentaria as chuvas de primavera. Fez um esforço para ouvir, mas o ateliê e as ruas estavam silenciosos.

— Tem alguém aí? — repetiu ela.

Ainda vestia o hábito, e seu véu estava torto. Tirou-o e, no escuro, viu a silhueta da grande cama de madeira, a arca simples e uma pequena bacia para lavar as mãos e o rosto. Acima dela, as linhas grossas de um crucifixo. Pensou se o frei teria voltado da festa e se Rosina ainda estaria na cozinha. Mas em vez de levantar, deitou-se outra vez. Estava bem longe do prior-geral, sob a proteção do frei Filippo, capelão do convento.

No dia seguinte, Lucrezia foi na ponta dos pés até a cozinha. Alegrou-se ao ver Rosina num vestido azul e limpo, com um avental de pano claro.

— *Buongiorno.* — Rosina segurava uma grande concha de madeira e tinha os bolsos do avental cheios de trapos de limpeza.

Lucrezia aceitou a fatia de pão que a moça lhe ofereceu e abriu a cortina para o ateliê. A luz matinal inundava o ambiente e o frei afastou o rosto do cavalete, de pincel na mão.

— Dormiu bastante, irmã Lucrezia — constatou ele, animado ao vê-la.

— Tenho de sair daqui e ir para o *palazzo* Valenti, onde me aguardam — disse ela.

— Não se preocupe, eles receberam um bilhete avisando que a senhora não pode ir no momento — disse o frei, com uma mão aparando a tinta que pingava do pincel.

— Mas que motivo o senhor deu?

— O bilhete avisa que a senhora não está se sentindo bem, o que não deixa de ser verdade — disse o frei, notando os vincos e olheiras no rosto dela.

— Contou que estou aqui? — perguntou ela, e, ao recuar um passo, notou que estava com a cabeça descoberta.

— O bilhete foi enviado por nosso amigo frei Piero, o administrador — apressou-se a explicar o frei. — Não diz onde a senhora está, só que vai ficar pelo menos mais uma noite.

— Então o administrador sabe que estou aqui? — Lucrezia olhou pela cortina que separava o ateliê da cozinha e viu Rosina acendendo a lareira. Nervosa, segurou os longos cabelos e deu um nó neles. — Pedi para o senhor não contar a ninguém.

— *Mia cara*, o frei Piero é um amigo de confiança e concorda que devemos protegê-la do prior-geral. Quando o prior sair da casa dos Valenti, claro que a senhora irá para lá.

Lucrezia desviou o olhar, apertando mais o nó dos cabelos.

— O prior-geral entendeu mal — explicou o frei, que se culpava por tê-lo deixado tirar conclusões precipitadas. — Viu o quadro *Adoração da Madona*, as roupas que a senhora usou e entendeu mal.

— Estou envergonhada. Ele acha que entreguei minha pureza. Por favor, *fratello*, o senhor tem de dizer a ele que não foi isso.

— Insisti muito, irmã Lucrezia, mas ele não ouve a razão.

Do lugar onde estava, o frei Filippo via o pergaminho onde tinha esboçado o rosto dela nos estudos para o painel dos Médici. Concluiu que seu lápis fizera justiça à modelo.

— Se Deus quiser, logo o quadro que a senhora me ajudou a criar estará terminado. Quando o retábulo for entregue e elogiado em Nápoles, o prior verá que errou.

— E até isso acontecer, como será?

— Até lá, a senhora está sob a proteção do administrador. Um bilhete assinado por ele está acima de qualquer ordem da priora.

— Isso é errado. Não posso ficar aqui sozinha com o senhor.

Frei Filippo ficou sério.

— Claro que levei isso em consideração. Rosina dormirá aqui até Spinetta poder vir. Só um ou dois dias, até o prior ir embora — disse ele.

— Que motivo o senhor vai dar para chamar minha irmã?

— O administrador já mandou chamá-la. Escreveu para a priora, pedindo para Spinetta ir ao *palazzo* Valenti com a senhora. Mas claro que ele providenciará para que ela venha para cá, e as duas ficarão sob minha proteção. Sou o capelão do convento e há espaço na minha pequena casa para usarmos cômodos separados. Tudo será feito da maneira apropriada.

— Tanta mentira. Isso é pecado — disse Lucrezia.

— Quem pecou primeiro foi o prior. Depois que ele for embora, o mais sensato é a senhora continuar seu trabalho. O que mais pode fazer, irmã Lucrezia, em relação ao condenável comportamento dele? Ninguém sabe que está aqui, não correrá perigo.

Lucrezia concordou com a cabeça, de leve. Parecia que o frei sabia o que fazer e que se encarregara de tudo.

— Desde que Spinetta chegue logo e que eu não fique mais sozinha com o senhor, frei Filippo — disse ela.

O frei concordou, enfático. Acima de tudo, queria que Lucrezia soubesse que protegeria a honra dela. Encaminhou-se para o quadro da madona ajoelhada e fez de conta que o estudava.

— Precisarei trabalhar enquanto a senhora estiver aqui, claro — explicou, e, de soslaio, viu que ela observava o ateliê, segurando os cabelos presos. — E, por favor, irmã Lucrezia, ponha o véu. A senhora vai se sentir mais à vontade.

Sozinha no quarto, Lucrezia lavou o rosto na bacia do pintor. Conferiu se a porta estava fechada, tirou o hábito e ficou de *panni di gamba* de seda para se lavar rapidamente com um pano. Pensou em como a irmã Pureza tinha sido gentil em deixar que ela mantivesse suas roupas de baixo. Vestiu de novo o hábito, penteou os cabelos com os dedos e prendeu-os bem sob o véu. Suas botas não estavam no quarto, então voltou à cozinha descalça, pisando na palha que cobria o chão.

— *Sorella*, acabei de lustrar as botas. Vou pegá-las — disse Rosina.

Calçada, Lucrezia voltou para o ateliê com os lindos cabelos louros presos no véu e encontrou o pintor à mesa, examinando um pequeno esboço. Sem olhar para ela, perguntou:

— Conhece a história de Santo Estêvão? Teve muito sofrimento e dúvida, mas foi também animada e agitada.

O pintor mostrou o esboço ao descrever as cenas que estava pintando nos afrescos da capela.

— Esta é a cena em que ele é apedrejado — disse, indicando homens de braços levantados e o santo encolhido num canto. — E, ali, o sepultamento, com os discípulos ajoelhados ao lado do corpo.

Lucrezia tinha demonstrado muito interesse pelo trabalho do pintor e grande compreensão sobre arte e beleza. Já que ela estava ali, o frei Filippo quis dividir seu conhecimento com ela.

— Ao pintar o sepultamento, penso em todas as coisa tristes que vi. Tenho de colocar ali minhas horas de sofrimento e perda da fé. É a única forma de mostrar como esse santo foi humano.

A noviça se virou para ele, surpresa:

— Quando o senhor perdeu a fé?

— A vida tem momentos difíceis, irmã Lucrezia. A senhora ainda é jovem, mas um dia vai entender.

— Não sou tão jovem quanto o senhor pensa. Depois que meu pai faleceu, amadureci muito. Pelo menos, eu acho — disse ela.

Fez um gesto, a manga do hábito subiu e apareceram as marcas no braço. O frei esticou a mão como para tocá-la, mas ela se afastou.

— Conte a vida de Santo Estêvão, por favor — pediu, rápido.

Frei Filippo pigarreou e usou a voz dos sermões, num tom ao mesmo tempo caloroso e autoritário:

— Ele foi o primeiro mártir, mas, depois de morto, ficou na presença do Pai e do Filho. Foi a recompensa por seu sofrimento de boa-fé — disse o frei, calmo.

Descreveu em detalhes a vida do santo, com fatos e histórias que aprendera nas muitas horas de estudo. Contou o julgamento do santo por blasfêmia, o apedrejamento público, o magnífico enterro. Depois de pensar as cenas que queria pintar, o frei procurou entre seus pergaminhos e abriu o maior deles sobre a mesa de carvalho. Prendeu-o na mesa e, em silêncio, quase de olhos fechados, esboçou as cenas e escreveu com sua letra tosca o que iria colocar em cada uma.

Lucrezia sentou-se num banco, observou os movimentos leves do frei e a maneira como ele entrava no devaneio de seu trabalho, parecendo esquecer tudo o mais: os barulhos da praça do outro lado da janela e até a presença dela. O pai de Lucrezia também costumava ser assim, capaz de mergulhar num livro de ilustrações, desenhos ou cores, e emergir horas depois como se viesse de um local distante onde ela não podia entrar. Mas no ateliê, ela não se sentia longe do pintor. De certa forma, entendia o que ele fazia no pergaminho, dando toques ágeis e rabiscando anotações nas margens.

Com poucos toques a mais, ele terminou duas novas figuras, de cabeças bem ovais, batinas flutuando em sinuosos arabescos. O frei então se levantou, colocou o grande pergaminho na parede e deu um passo atrás para avaliar o resultado.

— *Bene* — aprovou, satisfeito. Deu um gole no vinho do jarro e passou-o para Lucrezia, que recusou com a cabeça.

— Lembro que no confessionário o senhor me autorizou a buscar a beleza — disse ela, forçando as palavras que tinha ensaiado mentalmente. — Não tenho palavras para dizer como isso alegrou meu coração. Fico muito grata, *fratello*.

O frei sorriu e os dois se encararam até Lucrezia desviar o olhar.

— E claro que sou muito grata também por sua proteção — ela completou.

No *palazzo* Valenti, o prior-geral Saviano acordou após uma longa noite de comidas e bebidas comemorativas e foi ao aposento particular de Ottavio. Fizeram uma leve refeição juntos e o prior perguntou a opinião do comerciante sobre a política em Roma, a doença que estaria matando o papa Calisto III e quem Ottavio apoiava para se tornar o novo papa.

— Apoio o arcebispo de Ruão. Não acho que os Médici devam controlar Florença inteira e mais o trono papal em Roma — opinou Saviano.

— Mas considere as habilidades diplomáticas de Piccolomini. Certamente, o bispo de Siena fará mais por nós do que o arcebispo Estouteville, de Ruão — argumentou Valenti.

O prior franziu o cenho e Valenti, sempre um anfitrião gentil, ofereceu mais vinho e mudou de assunto.

— Reverência, por favor, visite os aposentos de meu filho para uma última bênção antes de voltar para Florença — pediu o comerciante.

O prior concordou. Seguindo o anfitrião pelo *piano nobile*, subiu a escada principal coberta de tapeçarias e afrescos com cenas do Antigo Testamento. Indulgente, Ottavio saudou os muitos criados da esposa, que abriram caminho para os dois passarem. À entrada do quarto de nascimento, o comerciante parou na frente do retrato que tinha encomendado ao frei Filippo para presentear a esposa e mostrou-o. Não era preciso. O rosto da Virgem já havia chamado a atenção do prior-geral.

— Ottavio, como explica isso? Essa é a noviça do convento — disse Saviano, num rosnar baixo.

Valenti concordou e apoiou as mãos na barriga cheia.

— Reverência, vi a noviça apenas uma vez, mas garanto que o quadro não faz justiça à beleza dela. — Ottavio colocou um braço coberto de seda sobre o ombro do hóspede. — Teresa diz que o quadro tem poderes milagrosos. Acha que foi salva pela moça na noite em que nosso filho nasceu. Todo mundo aqui na casa chama o quadro de *Madona milagrosa*.

Valenti empurrou o *berretto* para trás e coçou a testa.

— Minha esposa me deu quatro filhas e três filhos, mas o demônio levou todos os meninos antes de respirarem pela primeira vez. Só este sobreviveu e, se minha esposa acredita que houve um milagre, quem sou eu para negar?

Entrando nos aposentos particulares da esposa, Ottavio Valenti encontrou Teresa encostada em grandes almofadas na cama. Beijou-a no rosto e foi saudado com carinho.

— Ottavio, não mandou chamar a noviça? Pensei que ela viesse ontem à noite — disse a esposa.

— Mandei um bilhete para a priora. — O comerciante ajoelhou-se aos pés da cama da esposa e segurou as mão dela. — Esta manhã, soubemos que se atrasará por um ou dois dias. Depois, ficará com você.

Atrás do comerciante, o prior ficou intrigado. Tinha dado ordem expressa para a moça não sair do convento.

— A noviça? A Virgem do quadro vem aqui?

Teresa de Valenti sorriu e concordou com a cabeça.

— Meu marido é bom para mim. Bom para todos nós. O Senhor nos deu muitas bênçãos, e agora temos a nossa *Madona milagrosa*. É sinal de que ela está entre nós, não é, prior Saviano?

※

— Por favor, frei Filippo, não quero atrapalhar seu trabalho — disse Lucrezia, após um período de silêncio entre os dois. — Fico satisfeita só de olhar, principalmente se tiver alguma coisa para ocupar as mãos.

O frei olhou para a lavanda que, duas semanas antes, ele tinha colhido no jardim do convento. As flores tinham secado e podiam ser maceradas para fazer uma tinta perfumada.

Pegou as ervas, uma tigela de madeira, um pilão e colocou Lucrezia à mesa, onde ela separou com agilidade os grãos enquanto ouvia comentários sobre os afrescos.

— Há também a vida de São João Batista, que é padroeiro da guilda dos fabricantes de lã de Prato. Vou mostrar o nascimento dele, a despedida dos pais e o banquete em que sua cabeça foi levada numa bandeja para o rei Herodes. Muitos mecenas da Igreja pagaram para aparecer como convivas no quadro. Dizem que, quando um mecenas aparece num quadro que glorifica a Deus, fica mais próximo do céu.

A voz do frei falhou e ele se virou para o desenho recém-feito, imaginando onde colocar os rostos dos presentes ao banquete. Enquanto Lucrezia lidava com a lavanda, tirando os grãos coloridos dos caules, imaginava se a semelhança com a Virgem Maria também a deixava mais perto do céu.

— Os quadros têm um efeito semelhante a uma absolvição? Por isso os mecenas ficam mais próximos do céu quando retratados nos seus quadros? — perguntou, baixo.

Distraído, o frei respondeu:

— *Si, sí*. Qualquer pessoa pode pagar à Igreja para ser perdoado de um pecado ou patrocinar obras com doações e ser perdoado de futuros pecados. Pelo menos, é o que dizem em Roma — acrescentou, olhando-a de soslaio.

Lucrezia pensou naquela resposta e se o frei aceitaria colocar o rosto de Spinetta em uma das cenas do afresco. A irmã não era uma pecadora, mas não custava nada garantir as boas graças de Deus.

— Já passou da sexta, a senhora deve estar com fome — concluiu o frei, após um breve silêncio.

Os dois comeram pão e queijo na cozinha. Rosina serviu-lhes uma taça de vinho com água e limpou a lareira enquanto os dois ficavam num silêncio tenso.

— Se o serviço está terminado, *fratello*, minha mãe precisa de mim em casa — explicou Rosina, depois de lavar os pratos.

Lucrezia ergueu os olhos, assustada.

— Claro. E preciso ir à capela para ver como está o trabalho por lá — disse o frei, levantando-se da mesa e tirando as migalhas de pão das mãos. Perguntou a Rosina se o irmão dela tinha entregado o bilhete ao administrador do convento.

— Sim, frei, ele fez como o senhor mandou — confirmou a moça.

— É um bom rapaz. — O frei pegou uma moeda de prata num jarro na prateleira e entregou a ela. — Compre alguma coisa no mercado para sua mãe.

— *Molte grazie*. — A moça encostou o rosto na mão do frei, cumprimentou Lucrezia com a cabeça e foi embora.

Ainda era o começo da tarde. Na porta da antecâmara, o frei Filippo disse:

— Vou trabalhar na capela até o anoitecer. Por favor, passe o tempo como quiser, vou irei perturbá-la. Na volta, Spinetta certamente já estará aqui.

Depois que ele saiu, Lucrezia andou, ansiosa, pelo ateliê. Levantou um pano e viu uma Nossa Senhora séria e cinzenta, segurando o filho morto. Levantou outro pano, que cobria um grande painel, e viu um frei de rosto singelo com um halo na cabeça. Não conseguiu identificar quem era, deixou o desenho e pegou uma pilha de pergaminhos. Virou-os para cima e viu o próprio rosto. Seu rosto, sua boca, seus olhos. Mas, retratada pelo frei, ela havia se transformado em algo belo e sagrado. Tinha se transformado na Madona, a Santa Mãe.

Spinetta tinha dito que a semelhança era incrível, mas Lucrezia queria confirmar. Apesar de já ter usado vestidos maravilhosos e delicadas *bendas* feitas pelas melhores rendeiras de Florença, só mesmo em Prato haviam lhe dito que ela era bonita. Pensou então no que teria mudado em seu rosto. Olhou na atulhada mesa de trabalho do pintor, certa de que haveria algo em que pudesse se mirar.

O frei não era uma pessoa organizada e sua mesa estava cheia de ferramentas. Lucrezia pegou diversos vasos e jarros grandes na frente de um frasco perto da parede, e a manga do hábito bateu num pincel, derramando um pote de tinta. Ela soltou um grito e puxou o braço, mas, em vez de equilibrar o jarro, derrubou outro, que caiu numa tigela de tinta.

Ela pulou para trás, não adiantou: o líquido viscoso escorreu pelo hábito, da cintura ao joelho, espalhando no ar um cheiro de ovos podres.

Lucrezia pegou um trapo amassado e limpou o *verdaccio*, mas só conseguiu aumentar a mancha. Tentou passar água, mas o líquido não penetrou na tinta oleosa. Esfregar limão também não adiantou, assim como vinagre, que fez a mistura borbulhar e passar do verde a um tom marrom arroxeado, da cor de um ferimento.

Quando viu que a tinta densa não ia sair, lembrou que o frei Filippo usava amônia para limpar seus pincéis. Inclinou-se sobre a prateleira mais baixa, onde sabia que guardava o frasco e, com cuidado, tirou a tampa. O cheiro forte fez seus olhos arderem. Olhou rápido pelo ateliê, assegurando-se de que ninguém na calçada poderia vê-la ou espioná-la. Tirou o hábito negro pela cabeça e ficou só com as roupas de baixo. Colocou-o no chão, onde nada poderia estragá-lo e passou no tecido a amônia de cheiro forte. Porém, em vez de restaurar a cor, parecia desbotá-la. O hábito estava perdido.

Olhando a grande confusão que tinha feito, pensou, triste, no lindo traje que usava quando foi embora de casa. Tampou o frasco, colocou a amônia na prateleira e foi para a cozinha, onde havia um balde de água ao lado do fogão a lenha. Vestida apenas com os *panni di gamba* e o véu, ela se ajoelhou, mergulhou o trapo na água e esfregou com força as manchas verdes e cinzentas onde a amônia tinha tirado a cor do tecido.

O cheiro forte deixou-a tonta. Agachada, procurou na barra da combinação de seda a medalha que dera para a irmã. Desejou que ainda estivesse ali. Estava de olhos fechados quando ouviu a batida à porta, três toques rápidos e quase inaudíveis até que ela se abrisse e o vento entrasse junto com a dominadora figura do prior-geral Saviano.

— Irmão pintor, *frate Dipintore*, pode resolver um mistério para mim? — gritou ele para dentro do ateliê, em tom de zombaria.

Lucrezia encolheu seu corpo franzino no pequeno espaço atrás da porta da cozinha.

— Tem alguém aí? — esbravejou o prior-geral junto com o relincho de seu cavalo, preso no poste à porta do ateliê.

O prior entrou pisando duro em cima da mancha de tinta verde. Vinha avisar ao pintor que estava proibido de pintar a irmã Lucrezia outra vez; depois, iria direto para o convento, onde repreenderia a priora insolente por desobedecer suas ordens e deixar a noviça sair.

— Frei Filippo — chamou, numa espécie de rosnar.

Suas têmporas pulsavam e suas botas deixavam marcas úmidas ao entrar na cozinha e ver o hábito manchado e os pés de Lucrezia, cobertos por meias. Virou-se lentamente para a esquerda e seu coração bateu forte ao descobri-la encolhida atrás da porta. Percorreu com os olhos o corpo dela, percebendo a roupa de baixo de seda branca, os braços nus. Aproximando-se, tocou no pulso dela. Ela estremeceu.

— Irmã Lucrezia! O que faz aqui? — perguntou, os lábios comprimidos, olhando de um lado para outro da pequena cozinha.

Lucrezia não respondeu. Seus olhos pareciam queimar e se encheram de lágrimas.

— Onde está o frei? Está sozinha? — O olhar do prior-geral passava da raiva ao brilho ao perceber a gravidade da situação. — Não precisa se esconder, minha cara. — Colocou os dedos compridos no braço dela e puxou-a. — Venha cá, deixe-me ver o que o frei fez com você.

— Não. — Lucrezia tentava falar, mas nenhum som saía de sua boca. Olhou para baixo e resistiu quando o prior a puxou para o meio da cozinha. Segurando-a com força, tentou pegar no queixo dela com a outra mão. Apavorada, ela tremia, queria fugir, mas seus pés não obedeciam.

— Você sabe que é linda — elogiou o prior-geral.

Ela se lembrou de Dafne, a bela grega que se transformara em árvore para não ser possuída por Apolo. Lucrezia ficou parada como uma árvore enquanto o prior passava o dedo grosseiramente pelo queixo e segurava na barra de seu véu. Puxou o véu para trás e tirou-o, fazendo com que uma longa mecha de cabelos saísse da rede que os prendiam. Passou o dedo pela mecha, carinhoso.

— O demônio fez sua beleza enfeitiçar — disse Saviano.

Segurou bem o braço dela e percorreu com a outra mão o rosto, o lóbulo da orelha, o alvo pescoço.

Ela mal conseguia respirar.

— Um feitiço. Bela e enfeitiçadora Lucrezia. É assim que o pintor faz com você? — perguntou, com voz rouca.

Lucrezia olhou para a porta. Onde estava Spinetta?

— Ele não toca em mim — disse ela, baixo.

— Mentira, mas mentir não vai lhe adiantar. — O prior falava baixo mas agressivamente, soltando cuspe.

Sob a batina, o prior sentiu a lascívia aumentar devido à inveja e ao ódio. Por que o pintor podia desfrutar a carne e ele não? Por que deveria ele se conter, se a jovem já havia entregado o melhor de sua honra a Lippi?

Agarrou-a pelos cabelos, prendendo-a. Lucrezia sentiu a mão fria dele puxar os calções de seda, os *panni di gamba* que ela havia costurado na casa do pai. Rasgou-os como se fossem feitos de nuvem.

— Não reaja, quero o que você deu para o pintor — disse, grosseiro, o hálito forte no rosto dela.

Empurrou-a para trás, levantando-a do chão e apoiando-a na mesa da cozinha. Lucrezia sentiu o hálito dele, que fedia a cebola e queijo. Estava com a barriga contraída, o corpo entorpecido. Ele a apertou contra a mesa de madeira, machucando suas costas. Respirando pesado, levantou a saia do hábito e procurou no meio dos panos, depois abriu as pernas dela com raiva. Lucrezia fechou bem os olhos enquanto ele apertava suas coxas. Veio um esfolar, uma ardência seca e então ela se sentiu partir ao meio, enquanto ele empurrava com mais força, mais fundo. Ela gritou. Bateu com a cabeça na mesa, mordeu o lábio e sentiu o gosto de sangue. O prior-geral grunhiu alto como um animal e penetrou-a furiosamente até o corpo dele estremecer e a cozinha ficar em silêncio.

Ele colocou a mão entre os dois para separar os corpos e viu a mão ficar úmida de sangue. Arregalou os olhos e exclamou, por fim:

— Você era... — Não conseguiu dizer a palavra.

Lucrezia virou o rosto e cobriu o corpo com os braços nus. O padre se aprumou e largou-a, e ela então correu para o quarto do pintor, bateu a porta e caiu no chão, soluçando.

Na cozinha, o prior-geral limpou o sangue e o sêmen na barra da batina negra. Ajeitou-se na roupa de baixo e olhou o ateliê desarrumado. Sem mais, virou-se e foi embora.

※

Frei Filippo deu mais uma olhada nos esboços que tinha feito nas paredes de gesso de Santo Estêvão, limpou como pôde o giz vermelho das mãos e deu boa-noite aos assistentes. Olhou para trás, viu os vitrais da igreja e ficou muito feliz. Tinha sido um ótimo dia de trabalho, embora a tarde inteira só tivesse pensado em Lucrezia no ateliê. Como era bom que ela estivesse lá, mesmo que fosse por um ou dois dias. Sabia que ela estaria usando o hábito, mas, ao pensar nela, imaginou-a no vestido de seda de *morello* roxo, a *benda* cravejada de pequenas pérolas.

Não fez o caminho habitual para casa: passou na padaria e comprou dois pães doces para Lucrezia e Spinetta. Ao atravessar a praça, rápido, viu que as janelas do ateliê estavam escuras. Criticou-se por não mostrar a Lucrezia onde estavam as velas e a lamparina e apertou o passo até pisar no cascalho da entrada e escancarar a porta, chamando por ela.

Não houve resposta. Andou no escuro, sentindo o cheiro de amônia e mais alguma coisa que lhe queimava a garganta.

— Irmã Lucrezia?

Subitamente assustado com aqueles estranhos odores e a sujeira escorregadia no chão, pegou uma vela na mesa e acendeu-a.

A chama tremulou. Ele levantou a vela para ver o ateliê todo.

— Irmã Lucrezia? Irmã Spinetta?

Desesperado, achou que Lucrezia tinha fugido, deixando o hábito e usando a roupa de seda que ele guardava na arca. Parou na arca de madeira, abriu-a e achou as sedas roxas e azuis cuidadosamente dobradas no lugar. Sentiu um frio. Abriu a cortina, entrou na cozinha. Tropeçou num amontoado de panos pretos, seus olhos e narinas ardendo com o cheiro forte de amônia e de outra coisa, podre e estranha. Abaixou-se e pegou o hábito de Lucrezia. Ao lado, como a alma de sua sombra negra, a roupa de baixo de seda, rasgada. Ao se inclinar para pegá-la, ouviu um soluço vindo do quarto.

— Meu Deus, meu Deus — exclamou, quase chorando as palavras.

Rápido, empurrou a porta e entrou no quarto, segurando a vela no alto.

— Lucrezia!

Imóvel, ela estava encolhida na cama, enrolada no lençol. Ao ouvir os passos e a voz dele, ela gritou:

— Saia daqui! — Soluçou, se encolhendo ainda mais.

Frei Filippo pensou no pior. Lembrou-se do rosto de uma prostituta que vira em Veneza, com as feições e o nariz desfigurados por traços brutos.

— O que foi? O que aconteceu? Conte para mim — pediu ele, ajoelhando ao lado da cama e colocando a vela no chão.

Os soluços eram a única resposta. Ela não sabia como contar algo tão terrível.

O frei tocou no ombro dela. Ela se esquivou, mas não se mexeu. O corpo estava entorpecido.

— Por favor, mostre o rosto. Olhe para mim, Lucrezia.

Todo o amor e a ternura que o frei vinha escondendo emergiram na maneira como pronunciou o nome dela. Não se importava mais. Rezou em silêncio: *Por favor, Deus, permita que ela esteja bem e farei tudo para protegê-la e amá-la.*

Ousou tocar no cabelo dela, afastar do rosto os fios úmidos de lágrimas. Ela se virou para o outro lado, mas ele viu o rosto corado. Não tinha marcas.

— Você está assim só porque estragou o hábito? — perguntou, carinhoso.

— Não é o hábito que está estragado, sou eu. Estou acabada. Acabada — ela conseguiu dizer, entre soluços.

Ele tirou os cabelos do pescoço dela e viu os arranhões.

— O que houve? Você saiu de casa? Aconteceu alguma coisa na rua? — perguntou, contrariado.

— Não — ela respondeu, rolando na cama para longe dele. — Foi o prior-geral... — E os soluços abafaram o resto da frase.

Num instante, frei Filippo identificou o cheiro no pequeno cômodo, misturado ao odor ácido de amônia e sangue. E entendeu o que tinha ocorrido.

— O prior-geral Saviano fez isso?

Lucrezia cobriu as orelhas com as mãos.

— Não diga esse nome — ela gritou, tremendo. — Estou com frio, com muito frio — sussurrou.

Percebendo que ela estava nua sob os lençóis, frei Filippo enrolou com seus braços fortes os lençóis no pequeno corpo dela e tirou-a da cama. Carregou-a e, por um instante, ela teve medo de cair e ir cair para sempre. Segurou-se nos ombros dele.

— Vou aquecer você, vou cuidar de você — ele disse, com o rosto bem perto do dela. Agora ele entendia tudo, o ferimento no lábio inferior, o machucado no olho esquerdo, os cabelos emaranhados e úmidos.

Ela fechou os olhos. O frei levou-a para a cozinha e sentou-a com cuidado na pesada cadeira ao lado da lareira. Empilhou gravetos e toras nas brasas e os abanou até o fogo pegar. Fez tudo isso sem se afastar nem meio metro dela.

— Onde está minha irmã? Ela não vem? Você mentiu para mim? — ela perguntou, séria. O fogo crepitava atrás dele, formando uma luz laranja no rosto dela.

— Juro, Lucrezia, não menti. Jamais menti para você.

O olhar cheio de dor e carência amenizou alguma coisa no peito dele.

— Não poderia mentir para você, Lucrezia — disse, esticando a mão para segurar no queixo dela, como ela imaginava que faria. — Eu amo você.

Ela arregalou os olhos.

— É a maior verdade que já existiu. Eu amo você. Quase disse isso no confessionário, Lucrezia. Preferia morrer a ver você sofrer. Eu amo você e lamento tê-la deixado aqui sozinha.

Lucrezia puxou a mão e cobriu a boca.

— Por que diz isso agora, frei Filippo? Agora, que estou acabada?

Os olhos azuis dele brilharam.

— Você não está acabada, Lucrezia. Não perde a pureza, a menos que se entregue por querer. — Lembrando-se das palavras de Santo Agostinho, tentou dar algum consolo: — A castidade é uma virtude da mente e do corpo. Não está perdida se você não desejou se entregar. Santo Agostinho disse isso em Roma e a Ordem Agostiniana ensina isso.

Ela queria acreditar no que ouvia, mas não conseguia.

— O senhor mesmo disse, frei Filippo, que é o meu rosto que... — Lembrou as palavras do prior-geral e cobriu o rosto com as mãos. — Até *ele* disse que o demônio me fez bela.

Frei Filippo balançou a cabeça, desanimado.

— Sua beleza é um dom divino. Dane-se o prior-geral e dane-se a Igreja, que se constrói com homens arrogantes como ele — o frei desabafou.

— Pare, pare de dizer isso! — gritou Lucrezia.

O frei tentou se aproximar, mas ela virou o rosto.

Frei Filippo encontrou a grossa batina branca que usava no inverno e levou-a para ela. Pegou uma tigela de água na cisterna e entregou junto com um pano limpo.

— *Mia cara*, você precisa se lavar, por favor. Chame por mim quando terminar — ele disse.

Sozinha ao lado da lareira, Lucrezia pegou, desajeitada, o pano úmido e passou-o no lugar onde fora deflorada. Não olhou para o corpo, mas para o chão. Ao terminar, vestiu a batina, que, era comprida demais, arrastava no chão. Lucrezia fez uma dobra e prendeu a cintura com duas voltas do cinto. Penteou os cabelos e trançou-os como quando era menina. Estava sentada, esperando, quando o frei Filippo apareceu.

— Como vou voltar para o convento agora? — ela perguntou.

— Deve haver um jeito — o frei disse, calmo.

O que tinha acontecido não fazia sentido. Não fazia sentido que ela fosse tão linda e tão triste. Não fazia sentido amá-la como a amava.

— E se eu tiver um filho dele? — ela perguntou, com um soluço preso na garganta.

— Não vai ter, vou procurar a irmã Pureza, ela sabe o que fazer — disse o frei.

— Não, não pode contar a ninguém! — ela gritou. — Se falar, ele vai me condenar, você sabe disso. Nem amigos poderosos conseguem proteger uma mulher das mentiras de um homem como ele.

Frei Filippo conhecia as lastimáveis histórias de jovens que perderam a inocência violentamente e por isso mantiveram seu segredo em silêncio pelo mesmo motivo de Lucrezia.

— Você fica aqui e eu cuido de você — o pintor sugeriu.

— Não, não prometa o que não pode cumprir — ela disse.

— Mas posso, Lucrezia. Nada é impossível, quando Deus quer — ele disse, pegando as mãos frias dela e esfregando-as nas palmas quentes.

— É errado — ela gritou.

Frei Filippo se abaixou e os dois ficaram frente a frente.

— O que fizeram com você é errado. Mas o amor, não. O amor nunca é errado — ele disse.

Olhou bem para ela, que chorava.

— Reze por mim, frei Filippo. A culpa é minha, e não sei o que fazer. Por favor, reze por mim.

Capítulo Quinze

Segunda-feira da 14ª semana depois de Pentecostes, ano do Senhor de 1456

Lucrezia acordou com o barulho de panelas no cômodo ao lado. Abriu os olhos.

O demônio fez sua beleza enfeitiçar.

Ela estava acabada. Só conseguia pensar nisso.

Quero o que você deu para o pintor.

Sentiu vergonha pela dor no meio das pernas e os machucados no pescoço. As palavras do prior-geral a assustavam e ainda sentia as mãos dele queimando no corpo.

Apertou bem a pesada batina no corpo, pôs o véu amassado na cabeça e foi devagar para a porta do quarto. Uma luz fraca passava pela janela da cozinha e a rua parecia deserta. O frei estava ao lado da lareira, de costas para ela. Estava vestido e tinha dobrado a roupa de cama de seu catre improvisado. Ela notou que seus *panni di gamba* tinham sido lavados e colocados sobre a lareira para secar. Estavam rasgados.

— Bom-dia — disse Lucrezia, com voz rouca. Onde está minha irmã? Por que não veio?

Frei Filippo virou-se e viu-a enfiada na batina branca dele, o rosto inchado e a cabeça mal coberta pelo véu. Parecia pequena e perdida.

— *Buongiorno* — ele cumprimentou, calmo. — Não sei por que a irmã Spinetta está demorando, mas tenho certeza de que chegará logo. Se não, pedirei ao frei Piero que vá buscá-la.

O machucado no olho dela estava cinza e verde-claro e o lábio tinha uma mancha de sangue ressecado. Ela segurou no braço dele e sentiu a força sob a batina branca. Foi a primeira vez que fez isso.

— Por favor, fique comigo até ela chegar. Por favor, não me deixe sozinha — pediu, sem encará-lo.

Ele se inclinou e, por um instante, encostou os lábios na testa fria dela.

— Vou ficar com você, Lucrezia — prometeu.

— E trabalhe, por favor, você precisa trabalhar. Precisa me mostrar alguma coisa bonita.

Ele só conseguiu que ela aceitasse um pouco de pão e vinho; depois, juntou o material de que precisava para o trabalho. Fez tudo com cuidado, devagar, enquanto o sol subia, iluminando a cidade. Tinha guardado o retábulo atrás de um banco no canto para não estragar. Arrumou o cavalete e colocou o esboço na mesa ao lado.

— Venha ver — ele chamou. Lucrezia ficou ao lado e observou em silêncio o projeto da *Adoração da Madona,* para os Médici, que seria o centro do retábulo.

Ao redor da Virgem ajoelhada, desenhou lindos e luxuriantes bosques e um céu cheio de anjos e santos penitentes. Maria estava ajoelhada numa clareira, à frente do Menino deitado em seu véu de seda.

— A floresta é um lugar de meditação e redenção — o pintor disse.

Mostrou a árvore desfolhada que ficaria à esquerda de Maria e o arvoredo brotando à direita.

— Os galhos desfolhados lembram morte e o arvoredo, o ventre fértil.

Lucrezia pensou na irmã Pureza falando nas ervas que tiravam o que havia no ventre. Estava aturdida demais para se lembrar de qualquer coisa com exatidão.

— Antes do nascimento, há desesperança. Depois, renovação e luz — disse o frei, calmo. Mostrou o corpo da Madona e os ombros que seriam iluminados pelo sol. — A Virgem está ajoelhada em adoração, recebendo o Salvador. Está ajoelhada por humildade — acrescentou ele.

Imediatamente, os dois se lembraram de Lucrezia ajoelhada para posar para ele, no primeiro dia em que fora ao ateliê. Ajoelhara-se por humildade. E ele havia tocado no queixo dela.

— Eu sei — Lucrezia concordou. Estava com a pele em carne viva no meio das pernas. Tentou pensar em qualquer coisa que não fosse o cheiro de sangue, o corpo pesado do prior-geral ou seus grunhidos animalescos. — E aqui, o que vai ser? — ela perguntou, apontando para as linhas sinuosas ao fundo.

— Vou fazer um vigoroso olmo, amparando a parreira. — Fez uma pausa e aguardou. — A parreira representa o vinho, claro.

Rosmaninho. Lucrezia se lembrou das palavras da velha freira. *Rosmaninho em excesso pode retirar do ventre seu abençoado fruto.*

— O vinho, símbolo do sangue de Cristo — ela disse, devagar.

Olhou para o olmo, com os galhos esticados em forma de cruz.

— A cruz onde Ele morreu era feita de olmo? — ela perguntou.

— *Sì* — concordou o frei, com um sorriso triste. — Não me canso de pintar Nossa Santa Mãe. Ela chega a nós de muitas formas. Rainha do Céu, Madona da Humildade, Esposa de Cristo, Virgem Anunciada. Ela sofreu em sua inocência. Quando pinto seu rosto, preciso mostrar tudo isso. Compaixão, tristeza, pureza, amor.

Frei Filippo segurou com carinho a mão de Lucrezia.

— Pureza — repetiu, beijando os dedos dela e vendo os olhos machucados. Como gostaria de diminuir a dor que ela sentia. — Amor.

Rosmaninho.

— Frei Filippo, o senhor tem rosmaninho?

Ele ficou meio confuso, mas continuou segurando a mão dela.

— Eu gostaria de comer pão com rosmaninho. Se puder, se for possível — ela disse.

— O que você quiser. Com amor, Lucrezia, tudo é possível — ele disse, apertando os dedos dela.

※

— *Sorella*, sou eu, Spinetta. Por favor, abra a porta.

Lucrezia escancarou a porta do ateliê e viu os olhos negros e brilhantes de Paolo. Spinetta estava atrás dele, com seu rosto pequeno e pálido sob o véu branco.

— Spinetta, finalmente você chegou! — exclamou Lucrezia, puxando depressa a irmã e o rapaz para dentro e fechando a porta.

Spinetta estranhou a enorme batina branca que Lucrezia usava.

— Por que está aqui? E o que fez do seu hábito, Lucrezia?

— *Vieni*, Spinettina — chamou Lucrezia, segurando a manga do hábito áspero da irmã. — Você também, Paolo.

Lucrezia trancou a porta e levou-os apressada da antecâmara ao ateliê.

— A Sra. Valenti mandou um bilhete para o convento perguntando por que você não apareceu — disse Spinetta, tentando tomar fôlego. — Logo depois, a priora recebeu um bilhete do administrador pedindo que eu fosse ficar com você no *palazzo*. Foi uma confusão no convento, vieram duas freiras de Santo Hipólito e finalmente Paolo confessou que tinha trazido você para cá.

Spinetta balançou a cabeça, incrédula, os olhos brilhando.

— Claro que a madre Bartolommea não ia me deixar sair. Tive de fugir. Vim com Paolo, o mais rápido que pude. O que está acontecendo, Lucrezia? E o que fez do seu hábito?

— Paolo, vá para a cozinha ficar com Rosina e comer alguma coisa — Lucrezia disse, evitando olhar para a irmã.

O menino concordou com a cabeça e passou pela cortina estreita que separava os dois cômodos. Nisso, Spinetta viu o ateliê, com frei Filippo trabalhando nos fundos. Ela então segurou a mão da irmã.

— Frei Filippo não foi mais ao convento desde o dia da festa. Ouvi, pela porta fechada, as freiras de Santo Hipólito dizerem que ele tirou você à força da procissão. É verdade? — perguntou, baixo.

Lucrezia negou com a cabeça.

— Não era seguro eu ficar no convento. Frei Filippo me trouxe para cuidar de mim — disse ela, baixo.

— Você não pode ficar aqui, Lucrezia. Não sabe o que vão dizer de você?

— Aconteceu uma coisa horrível. O prior-geral foi muito violento — Lucrezia disse, sem conseguir olhar a irmã.

— Foi por isso que você saiu do convento tão de repente?

Lucrezia concordou com a cabeça.

— Mas ele já foi embora. Ontem à tarde, pegou os pertences e saiu sem falar nada com ninguém — Spinetta contou.

— Ele veio aqui ontem, o frei Filippo não estava no ateliê — Lucrezia disse, calma, de mãos juntas. — O prior entrou, eu estava sozinha e...

— E o quê?

— Ele me violentou.

Spinetta deu um soluço e abraçou a irmã.

— Está tudo bem, agora estou bem — disse Lucrezia, afastando a irmã com carinho.

— Temos de contar para a priora. Ela vai fazer com que ele seja castigado — disse Spinetta.

Os olhos de Lucrezia estavam tristes e fundos. A decisão que havia tomado durante a noite a fortalecera. Fora uma decisão por orgulho e vergonha.

— Não, seria a palavra dele contra a minha, e eu não sou nada, apenas uma noviça. Você não pode contar a ninguém, irmã. Frei Filippo prometeu resolver, e confio nele.

As duas jovens se viraram para o frade, que colocava um esboço na janela dos fundos, fingindo estar concentrado no trabalho.

— Mas o prior-geral tem de ser castigado! — repetiu Spinetta, alto.

— Frei Filippo prometeu me levar daqui assim que puder. Até lá, fico. — Lucrezia falou depressa e acrescentou, no ouvido da irmã: — Spinettina, não conte a ninguém o que lhe digo. Hoje mesmo o frei Filippo vai procurar o emissário dos Médici para pedir uma dispensa especial do papa. E quando tiver a resposta da Cúria, prometeu se casar comigo.

Spinetta empalideceu.

— E os votos que você fez?

Lucrezia olhou bem para a irmã.

— Imagine, Spinetta, se eu tiver um filho — Lucrezia falou mais rápido. — Preciso enfrentar a vergonha de alguma forma. Frei Filippo me ofereceu ajuda. Lembre, *mia cara*, não sou abençoada como você, que tem a alma feita para a clausura.

— E se o papa não conceder a dispensa? Pode acontecer, não?

— Não sei, só sei que não posso voltar para o convento — disse Lucrezia, apertando as mãos, os lábios tensos.

Spinetta abraçou a irmã e chorou.

— Mas, Lucrezia, é um pecado horrível uma noviça morar com um padre. Além de uma vergonha para o bom nome de nossa família.

— Por favor, Spinetta, ele diz que me ama. Se tudo o que acontece é pela vontade de Deus, quem sabe *essa* não é a vontade Dele?

Spinetta olhou para o rosto aflito da irmã.

— E você? Gosta dele?

Lucrezia mordeu o lábio. Como explicar tudo o que sentia naquele instante: medo, vergonha, tristeza, gratidão, amor?

— Gosto. Eu o amo — disse, encarando os olhos negros de Spinetta.

— *Sancta Maria, Mater Dei, ora pro nobis peccatoribus, nunc, et in hora mortis nostra. Amen.* — Spinetta enfiou a mão no bolso do hábito, tirou a medalha de prata de São João Batista e devolveu-a a Lucrezia. — Não entendo, Lucrezia. Mas vou ficar aqui enquanto você precisar de mim. Até vir a resposta de Roma.

⁂

Naquela tarde, quando Ser Francesco Cantansanti apareceu no ateliê pouco após a sexta, o frei Filippo estava pronto.

Lucrezia e Spinetta ficaram escondidas no quarto do frei. O esboço do retábulo dos Médici estava no cavalete, iluminado pela luz da grande janela frontal, tendo, de um lado o painel quase terminado de Santo Antônio e, de outro, o painel pronto de São Miguel.

O peitoral e o elmo de São Miguel brilhavam como uma verdadeira armadura de guerreiro, e o rosto de Santo Antônio era suave e humilde. Frei Filippo estava satisfeito com os retratos dos padroeiros do rei Alfonso de Nápoles e tinha certeza de que Ser Francesco os apreciaria.

— Tentarei terminar antes do prazo estipulado no contrato — o frei Filippo disse, inclinando a cabeça, enquanto o emissário observava o quadro. — Só quero agradar meu honrado mecenas, o grande e ilustre Giovanni de Médici.

— Há muito tempo não o vejo tão comportado, Lippi — ironizou Cantansanti, aproximando-se para observar os painéis. — Pode explicar a causa dessa mudança?

Nesse momento, ouviu-se algo cair no quarto e um sussurro abafado. Os dois se entreolharam e Cantansanti entendeu. Ouviu-se outro sussurro. A voz suave só podia ser de uma mulher.

— Ah, frei Filippo, nada como uma bela mulher para estimular a sua criatividade — disse o emissário, virando-se para ele com um meio sorriso. — Quanto a mim, aprecio tanto a pele macia de uma mulher como a de um homem. Mas gostaria que não trouxesse mulheres para o seu ateliê, já que os Médici o estão observando.

Alto em suas botas, ele cruzou os braços no peito. Frei Filippo ficou um instante sem saber o que dizer. O emissário já o havia ajudado antes. Era um homem forte, teimoso, mas justo.

— Claro que jamais esqueço que os Médici estão me observando, como disse — respondeu o frei. — O esboço está terminado e comecei a passá-lo para o painel de madeira. Pode levar o pergaminho, se quiser.

Com uma olhada satisfeita no esboço, o emissário concordou com a cabeça e o frei Filippo prosseguiu:

— A mulher cuja voz você ouviu me ajudou muito a criar o quadro para Sua Excelência. Chegou aqui ontem, em busca de proteção.

Ao ouvir isso, Cantansanti franziu o cenho, numa surpresa cheia de zombaria.

— A sua proteção? Então ela não o conhece direito.

— Por favor, isso não é brincadeira. A noviça fugiu do convento para guardar sua honra. — Frei Filippo passou um jarro de vinho para Cantansanti. — O senhor me ajudou antes, e preciso que ajude outra vez, talvez mais que nunca. E a moça também.

Frei Filippo baixou a voz e fez sinal com a cabeça para a Virgem no esboço.

— Vê esse rosto?

Cantansanti concordou:

— É de tirar o fôlego.

— É a noviça Lucrezia, recém-chegada ao convento Santa Margherita com a irmã.

Cantansanti ficou sério.

— A noviça que veio aqui a pedido meu? — perguntou, firme. — É uma freira, Filippo. Espero que o sussurro no seu quarto não seja dela.

— Ela não é freira, é apenas noviça e contra a vontade — corrigiu logo o frei, oferecendo vinho de novo para Cantansanti.

O pintor calou-se. O que ainda tinha para dar em troca? Tinha entregado ao trabalho a alma e o coração. O corpo, também. Havia ficado sem dormir nem comer, dedicado anos a criar pela glória e o louvor de Deus e de Cosimo de Médici. Tinha dado quase tudo o que possuía. Mesmo assim, ainda sobrava algo: no fundo do poço, em vez de desespero, ele tinha encontrado uma nova fonte de esperança.

— Essa moça não é um capricho meu, não a conheço no sentido que você pensa — disse o frei, e se ajoelhou na frente de Cantansanti, que ficou pasmo, pois esperava apenas orgulho e audácia da parte do frei.

— Pelo amor de Deus, levante-se — disse Cantansanti, bebendo o vinho. Frei Filippo negou com a cabeça.

— Só levanto depois que me ouvir, bom senhor.

— Então, fale.

O emissário manteve um olho no frei e outro no esboço para o retábulo e gostaria de ter um terceiro para olhar a porta da cozinha. Se a noviça aparecesse, gostaria de vê-la ao vivo.

— Não fique protelando, *fratello*, diga logo o que quer e não peça dinheiro. Só receberá depois que terminar o trabalho.

— Não quero nada tão ordinário quanto dinheiro — desdenhou o frei. — Por essa moça, eu daria todo o meu dinheiro. Venderia minha pele se preciso, para vê-la feliz.

— Também não queremos sua pele, Filippo. Queremos sua obra de arte, em Nápoles. Agora diga por que está ajoelhado, senão vou embora.

Mexendo no bolso da batina, o frei tirou a carta que tinha escrito com cuidado e lacrado com sua cera azul.

— Quero me casar com Lucrezia — disse, entregando a carta. — Está tudo explicado nesta carta, em que imploro a ajuda e o apoio de meu grande mecenas. Peço que entregue em mãos a Ser Cosimo.

Cantansanti bebeu o vinho até esvaziar a jarra. Não pegou a carta.

— Você ficou louco. Você é frade — disse, com voz fria.

— Vou renunciar aos votos. Desisto de tudo o que for preciso.

— A família Médici estará mais bem servida se você continuar ligado à Igreja. Não posso prometer nada — disse Cantansanti, colocando o jarro na mesa.

— Quero que peça em meu nome. Você sabe que já abriram muitas exceções a pedido da grande família Médici.

Cantansanti riu. O poder dos Médici era para ser respeitado, e não usado. Segurou o frei pelo braço e levantou-o. Depois, pegou a carta lacrada.

— Farei o que puder. E você, frei Filippo, faça o que deve.

Cantansanti enfiou a carta no bolso e foi embora. Fora do ateliê, balançou a cabeça e quase riu. O frei era mais ousado do que ele imaginava.

⚜

O prior-geral Saviano chegou a Florença exausto, subiu dois largos degraus e entrou na capela Barbadori. Benzeu-se e ajoelhou-se no altar de mármore. Havia muito tempo aquela capela particular era seu local de penitência, oração e devoção. Era mal iluminada mas tinha um cheiro agradável, pois o prior mandava polir os corrimões com suco de limão e perfumar as velas com olíbano, diariamente.

O prior ficou de mãos postas e olhou para a *predella* sob o altar. Tinha sido criada por seu algoz, frei Filippo Lippi, por encomenda da família Barbadori, de Florença. Mostrava Santo Agostinho em êxtase, no exato instante em que Deus invadiu seu coração com a fé.

— Meu grande e santificado irmão. O senhor sabe que há muito tempo consegui afastar a lascívia e sabe também como isso foi difícil para mim. Desta vez, essa mulher, essa filha de Eva, me tirou do bom caminho. Imploro que me mostre o que fazer para apagar este pecado.

No genuflexório, o prior olhou as pregas marrons do hábito do santo, os livros e o tinteiro na escrivaninha, a linda luz dourada do escritório de Santo Agostinho. Embora não suportasse o autor do quadro, sempre gostara muito da obra. Antes, ele conseguia meditar só de olhar para o retábulo. Naquele momento, porém, por mais que tentasse, não conseguia tirar da cabeça o nome e o rosto do pintor. Cada vez que via o gordo santo, a noviça estava atrás dele; os olhos do santo cheios de reprovação; a noviça, apavorada.

— Sei que ela foi colocada no meu caminho para me testar e eu falhei — confessou Saviano.

Fechando os olhos, o prior-geral teve nojo do que havia feito. Suas narinas pareceram inflar ao lembrar do cheiro forte da pequena cozinha e do sangue virgem. Abriu os olhos e sentiu o cheiro de limpeza de limão e incenso de olíbano. Como tantas vezes em seus anos de clero, lembrou a si mesmo de que Santo Agostinho fizera a recomendação mais generosa de todos os santos: "Devemos detestar o pecado e amar o pecador."

— Senhor, com toda a força da minha fé, odeio o meu pecado — disse o prior, olhando as setas que espetavam o peito do santo. — E odeio o homem que me fez pecar. Não permitirei que o frei Filippo acabe comigo.

Os braços roliços do prior ficaram cheios de ódio. Levantou-se e olhou o autorretrato que o frei Filippo tinha pintado no retábulo: era um rosto jovem, como um dos *ragazzi* de Florença que ele certamente tinha sido.

O prior jurou que o frei não iria zombar de sua Ordem Agostiniana, nem do abençoado convento Santa Margherita. Se havia um pecador que merecia punição, era o homem que levara a noviça ao ateliê e a deixara lá. Era o pecado da tentação, o pecado de Eva. Sim, sim, pensou Saviano: Lippi era a serpente, Lucrezia era Eva e ele, o prior-geral da Ordem de Santo Agostinho, a vítima da diabólica tentação tramada por eles.

Decidido, benzeu-se, percorreu os corredores da capela e foi para sua sala de trabalho. Tocou a campainha, chamando o secretário.

— Traga uma jarra de vinho e uma porção de queijo — mandou, lembrando que estava sem comer havia horas. Quando o pedido chegou, usou uma faca cega para cortar grandes nacos de queijo e encher a boca. Ao terminar o queijo, ditou uma carta para ser enviada ao reitor Inghirami, de Prato, e ser divulgada pelo *banditore* na praça central da cidade:

A partir de hoje, 10 de dezembro do ano do Senhor de 1456, o frei Filippo Lippi está afastado das funções de capelão do convento Santa Margherita por decreto da Ordem Agostiniana.

Capítulo Dezesseis

Quarta-feira da 14ª semana depois de Pentecostes, ano do Senhor de 1456

— Você pode procurar a Sra. Valenti e explicar por que se atrasou — sugeriu Spinetta, esticando a pequena mão por cima da mesa.

— O que vou explicar? Quer que eu diga que fui desonrada e que minha vida está arruinada?

— Não precisa contar tudo, Lucrezia, só que está com medo de voltar para o convento.

— Não, não consigo enfrentar as mentiras e boatos horrorosos que circulam, principalmente se vierem da boca da Sra. Valenti — disse ela, inclinando-se mais sobre os *panni di gamba* que remendava, embora nunca fossem ficar como antes.

— Desculpe, Lucrezia, mas acho que você *quer* ficar aqui, mesmo que isso signifique nossa ruína — disse Spinetta, se esforçando para falar com calma.

Lucrezia deu um nó na costura e cortou a linha com os dentes. Não conseguia admitir aquele fato para a irmã, nem para si mesma. Mas era verdade, não queria deixar o frei Filippo. Não só porque ele a protegeria, mas também porque o amor e a promessa que lhe fizera davam a ela forças para se levantar da cama todos os dias. Se aquilo era pecado, então rezaria para que Deus a perdoasse.

— Por favor, Spinetta. tenha paciência. Logo virá uma resposta de Ser Cantansanti ou de Roma. Tenha fé.

*

Os dias seguiam calmos e frei Filippo passava-os trabalhando no retábulo ou observando Lucrezia. A marca no olho estava sumindo e a mordida no lábio inferior tinha ficado vermelho-escura. Mas, desde a Festa do Sagrado Cinto, algo mais havia mudado. Ela sorria menos e a expressão do olhar era dolorosamente próxima àquela que ele sempre quisera dar à Madona. Lucrezia era jovem, mas compreendia o que a Santa Mãe tinha sentido: a relação entre sofrimento e alegria, nascimento e morte, fragilidade e força.

— Você está ainda mais bonita do que antes — ele elogiou, ao observar a sombra nos olhos dela.

— É por isso que gosta de mim? — Lucrezia perguntou, calma. Naquela manhã, ela havia lavado os cabelos e estava com um vestido claro e simples, que encontrara entre as roupas que o frei copiava em seus quadros. Sob o vestido, os *panni di gamba* que tinha remendado. — Gosta de mim porque sou bonita?

Naquela semana, o frei tinha experimentado sentimentos diversos: raiva, arrependimento, desejo de vingança. Mas, acima de tudo, a necessidade de proteger e cuidar de Lucrezia. Sim, amava a beleza dela. O trabalho de sua vida era entender a beleza e ele sabia, talvez mais do que a maioria das pessoas, que a beleza ia além do que os olhos viam. Da mesma forma que seus quadros ficavam luminosos por colocar diversas camadas de cor, a beleza de Lucrezia só podia vir das profundezas de uma alma complexa.

— Há muitas mulheres lindas, mas nenhuma jamais me emocionou como você — disse ele, carinhoso. — Mesmo antes de conhecê-la, seu rosto estava no meu coração.

Pela primeira vez na vida, o frei compartilhava seus medos e dores pessoais. Contou das vezes que sonhara com a voz da mãe e acordara desolado, no catre, quando vivia em Santa Maria del Carmine; contou também dos anos em que lutara para criar com lápis e pergaminho a maravilha e o medo que sentiu.

— Quando jovem, eu só tinha a pintura, então isso passou a ser tudo para mim — disse, calmo. — Ela observou, enquanto os olhos dele ficavam turvos. — A pintura foi o que me salvou do desespero no convento. Quando fui preso e tive medo de ser morto, imaginava todos os quadros que criaria para glorificar a Deus se Ele me permitisse viver. Passei anos pintando enquanto rezava e rezando enquanto pintava. Depois, não havia mais diferença entre uma coisa e outra.

Lucrezia concordou em silêncio.

— A vida toda, busquei alguma coisa. Não gosto de você por ser bonita, mas por ser a resposta a tudo que procurei — explicou, seguro.

Ajoelhou-se na frente dela.

— Para mim, a beleza é como ver Deus. A beleza no mundo é um espelho do amor de Deus no céu.

— Um *speculum majus* — disse ela, baixo.

— Isso mesmo, *speculum majus*. — Ele tocou no rosto dela e ela não se mexeu até ouvir os passos de Spinetta na porta do ateliê.

<hr />

A madre Bartolommea deixou claro que as noviças tinham de voltar, antes que o convento se tornasse alvo de zombaria e da ira do prior-geral. Ela já havia sido obrigada a aceitar o frei Piero como capelão. E se, ao saber do novo escândalo, o prior-geral resolvesse afastá-la do cargo?

— Não me interessa como você vai fazer isso, irmã Pureza. Quero que traga as duas de volta. Você passou mais tempo com a irmã Lucrezia do que todas nós. E insistiu para eu tirá-la do convento para protegê-la; agora, tem de trazê-la — disse a priora.

No dia seguinte, a velha freira saiu do convento sozinha logo após a terça. Andando pela Via Santa Margherita, jurou criar uma ligação com a noviça ainda maior do que antes. Iria oferecer proteção e seria firme.

Na Piazza della Pieve, perguntou a um menino onde morava o pintor.

— Frei Filippo? É ali — respondeu o menino, apontando para uma casa com teto de colmo.

A irmã Pureza aprumou os ombros e foi em direção à porta. Bateu na aldrava e avisou:

— É a irmã Pureza, abra.

Spinetta se levantou e correu para o quarto, seguida de Lucrezia, que cobriu a cabeça com o capelo que estava bordando.

Frei Filippo aguardou as duas jovens sumirem de vista para abrir a porta e ver o rosto enrugado da irmã Pureza. Estava irritada, como mostravam a boca justa e os olhos apertados.

— Capelão, sei que as noviças estão aqui — disse, colocando uma ênfase especial no cargo dele. — Vim buscá-las.

— Irmã Pureza, a senhora sabe que não sou mais o capelão do convento — ele corrigiu, calmo.

— Exatamente por isso as noviças não têm mais nada a ver com o senhor. Deixe-as irem comigo.

— Elas não estão aqui contra a vontade — disse o frei, segurando a porta com a mão para bloquear a entrada.

— O lugar delas é no convento.

— Mas a senhora mandou Lucrezia embora para protegê-la — o pintor lembrou, aprumando-se, tranquilo. Se ele não acalmasse a velha freira e a afastasse sem criar caso, não adiantaria discutir.

— Mandei-a para a casa de Ottavio de Valenti, *fratello*, e não para o senhor arruinar a vida dela.

Lucrezia ouviu do quarto e cochichou no ouvido da irmã:

— Você prometeu ficar aqui comigo.

— A irmã Lucrezia é um anjo, e tenho o maior respeito por ela — disse o frei, ainda calmo, à porta.

— Então, deixe-a ir. Se ela vier agora, a priora vai perdoá-la. As duas têm de voltar já.

— Lucrezia não quer voltar — garantiu o frei.

Ele relaxou o corpo e a irmã Pureza, ágil apesar da idade, passou por baixo do braço dele e entrou no ateliê. Viu logo vários cortes de lã e seda no chão.

— O que é isso? O senhor agora é costureiro, além de pintor e frei?

A irmã Pureza se inclinou e pegou um pedaço de *strazze de seda filada* amarela de uma manga de vestido que Lucrezia tinha achado na arca e cortado naquela manhã.

— Exijo que me diga o que está acontecendo aqui.

— A noviça não estará segura no convento do prior, não pode voltar agora — avisou o pintor.

Lucrezia foi até a porta; não queria ficar escondida e temia que o frei se irritasse e contasse seu terrível segredo. Endireitando o corpo, prendeu os cabelos no capelo, tirou a agulha do pano que costurava e entrou no ateliê.

— Irmã Pureza, estou aqui.

Os dois olharam para Lucrezia. Em sua clara *gamurra*, com mechas de cabelo caindo do véu e um xale azul sobre os ombros, ela parecia saída de um quadro.

— Lucrezia! Por que está com essa roupa? E seu hábito? — exclamou a irmã Pureza, pasma.

Lucrezia sentiu um aperto na garganta ao ver a freira, sua única amiga e protetora.

— Irmã, me perdoe, irmã — disse, chorando.

Lucrezia crispou as mãos e esse gesto bastou para a irmã Pureza entender muita coisa. A freira passou por cima dos panos cortados no chão e segurou no braço da jovem.

— Você está machucada? Foi possuída à força?

Lucrezia arregalou os olhos.

— Não, irmã, a senhora entendeu mal. Não aconteceu nada contra a minha vontade — disse, balançando a cabeça. Agitada, olhou para o frei como quem implora.

A irmã Pureza apertou o braço de Lucrezia.

— Você e Spinetta vão para o convento comigo. Não podem ficar aqui, muito menos assim. Vão arruinar o nome de vocês e de sua família e então não terão a quem pedir ajuda.

— Não é verdade, eu posso cuidar dela — prometeu o frei, com sua voz mais forte.

Isso deixou a irmã Pureza boquiaberta. Olhou bem para ele.

— O senhor enlouqueceu, frei? Está agindo *senza vergogna*, sem qualquer pudor! É um absurdo, não pode arruinar a vida da moça com suas ideias diabólicas.

Frei Filippo olhou para Lucrezia e falou direto com ela:

— Prometo me casar com você, Lucrezia. Vou largar a batina e me casar com você.

— É o demônio oculto na beleza dela. Eu avisei para você esconder sua beleza — lembrou a irmã Pureza.

Lucrezia cobriu o rosto com as mãos.

— Não! — gritou.

Frei Filippo se adiantou sobre a irmã Pureza.

— Vá embora. Vá embora, senhora — mandou, alto, enfrentando a freira.

A irmã Pureza olhou bem para o frei e para Spinetta, que estava atrás dele.

— A irmã Spinetta, salve-se. Pelo menos você — disse.

O rosto de Spinetta ficou crispado. Queria muito se jogar nos braços da velha freira e contar tudo. Mas tinha feito uma promessa a Lucrezia.

— Desculpe, irmã. Não posso ir — disse Spinetta, baixo.

A irmã olhou de um rosto para outro. Frei Lippi ficou na frente dela.

— É melhor a senhora ir, irmã Pureza — disse, firme.

A velha freira ficou mais um instante, ainda olhando de um para outro.

— Você insiste em ficar? — perguntou pela última vez a Lucrezia, que concordou com a cabeça.

A freira então virou as costas e saiu do ateliê, derrotada. E refletiu: Lucrezia podia achar que o frei tinha influência, vontade e toda a capacidade de cuidar dela. Mas quando o pintor sentisse a fúria da Igreja ou a raiva de seus mecenas, perderia a firmeza — ou a lascívia. E Lucrezia iria sofrer tanto quanto ela havia sofrido, muitos anos antes.

Capítulo Dezessete

*Décima sexta semana depois de Pentecostes,
ano do Senhor de 1456*

Mais de uma semana se passou sem que qualquer notícia chegasse de Florença ou Roma. Lucrezia e Spinetta dormiam no quarto do frei e todos os dias embrulhavam um pouco de pão e queijo para ele comer no trabalho, enquanto fazia os afrescos da *pieve*.

A criada Rosina não podia mais ir, pois sua mãe adoecera, mas à tarde Paolo as ajudava um pouco e, depois do café, as duas bombeavam água do poço e levavam para o ateliê pesados baldes de madeira. Sozinhas na casa, as irmãs também varriam o chão, rezavam ou costuravam uma roupa adequada para Lucrezia, com os retalhos de seda e linho que acharam na arca. Mantinham a cabeça e as mãos ocupadas, mas estavam muito ansiosas.

Spinetta continuava a rezar para que a irmã concordasse em voltar para o convento, enquanto Lucrezia rezava para que o sangramento mensal viesse e se preocupava ao ver o rosto ficar inchado e redondo. Mas, no fundo, ela também estava feliz. Esperava o pintor chegar todas as tardes, sempre com algum pequeno presente: num dia, um pente para os cabelos dela; no outro, um saco de laranjas. Naquela manhã, ela havia colocado uma nova *reta* para cobrir a cabeça.

Entre os cânticos e as orações do ritual litúrgico que Spinetta insistia em manter, Lucrezia passava horas estudando os quadros e esboços que o frei guardava em todos os cantos do ateliê. Não ousava tirar as coisas do lugar, mas limpava as prateleiras e arrumava os painéis e, assim, encontrou uma dúzia de pequenos estudos da *Madona com o Menino* e muitos desenhos da *Anunciação*, quadro que dera para a Igreja de São Lourenço, em Florença. Ao ver quantos anos ele tinha trabalhado glorificando a Deus, ficava mais feliz de estar com ele e ouvir que a amava. Rezava para que a resposta de Roma chegasse logo e que fosse positiva.

❦

Na capela principal de Santo Estêvão, o frei Filippo ficou à porta com o administrador enquanto seus assistentes cuidavam de triturar o azurite e a malaquita. Os dois estavam encostados à parede de pedra, separados por uma pia de água benta.

— Meu amor por ela é sincero — disse o pintor, em voz baixa e cansada. — Sinto que é um tormento para ela cada dia que passa sem uma resposta de Roma. Não suporto vê-la sofrer e não posso esperar mais o parecer do papa.

Frei Piero observou o rosto do amigo.

— Dizem que o papa Calisto está muito doente — informou o administrador. — E ele nunca foi amigo dos Médici, nem patrono das artes. Portanto, é pouco provável que conceda o que você quer.

— Eu sei. Mas li sobre o sacramento do matrimônio e pode haver uma saída, Piero — disse o frade, sério.

Ele foi até sua mesa de trabalho e pegou o livro que andara estudando a semana toda. Era azul, com o título em dourado, *Dos sacramentos da religião cristã*. Abriu uma página marcada e segurou para que o amigo a lesse.

— Aqui diz que, na época do papa Inocêncio III, bastava uma frase para realizar o sacramento: "Recebo-a como minha esposa e você a mim como esposo." Nada mais. — Mostrou o frei Filippo na página.

O pintor não disse que o livro acrescentava que o matrimônio era consumado no ato sexual e que assim se tornava uma união de acordo com a lei.

— O que acha, Piero? — perguntou o frade, segurando na manga da batina do amigo.

Frei Piero era um homem prático. Fazia o possível para usar tudo o que a Igreja oferecia e descobrir como compensar o que Roma proibia. Sabia que seu amigo podia obter uma brecha maior nas leis, desde que seu trabalho continuasse sendo bem recebido. Mas seria demais confiar apenas nos talentos concedidos por Deus. O administrador não estava disposto a se envolver, pois Roma poderia considerar uma grave afronta.

— Para quê fazer isso, Filippo? Saviano foi embora, ninguém o está incomodando. Deixe as coisas do jeito que estão, ou a moça voltar para o convento.

Frei Filippo olhou para a parede distante da capela, onde o rapaz Marco sombreava o rosto de Santo Estêvão jovem. O aprendiz era pouco mais que um adolescente e tinha suaves traços morenos e os olhos negros de um romano.

— Não basta. Não quero enganá-la, nem tê-la como amante. Quero ser o marido dela. Quero dar-lhe toda a proteção que puder — disse o frei.

— E se você for preso? Como vai protegê-la?

— Os Médici não permitirão, já que querem tanto o retábulo. E estou nas boas graças de Francesco Cantansanti, pelo menos por enquanto.

Frei Piero reclamou:

— Você precisava se apaixonar?

— Acha que eu tinha escolha? — reagiu o frei Filippo, segurando de novo o livro azul. — Aqui diz que, para uma união ser sacramentada, basta o consentimento mútuo dos noivos e a benção de um padre. Muitos se casaram longe da Igreja, mas com o consentimento de Jesus Cristo. Você sabe disso, Piero. Lembre-se de que Piccolomini, mesmo sendo cardeal de Siena, tem dois filhos bastardos.

O olhar sagaz de Piero estava agitado.

— Enquanto o prior-geral Saviano estiver vivo, você sabe que ela não pode voltar para o convento. — O pintor falou mais baixo: — Pelo menos, posso protegê-la com meu nome.

— Se você já planejou tudo, por que precisa de mim?

— Preciso como nosso confessor e testemunha. Se alguma coisa me acontecer, você pode afirmar que ela é minha esposa pelos votos do amor.

Frei Piero deu de ombros e balançou a cabeça.

— Isso é realmente importante? — perguntou. Mas ao olhar para o rosto do amigo, pleno de determinação, o administrador viu a resposta.

— É importante para mim e é tudo para ela — garantiu o pintor.

— Você estará protegido, na mesma medida que seu trabalho puder protegê-lo. Sabe disso, Filippo.

— Então agradeça a Deus pelo trabalho e reze para que fique bom — concluiu o pintor.

※

— Só o papa tem o direito de conceder a você e ao frei Filippo dispensa do hábito para se casarem, mas posso abençoar a união de suas almas para viverem em paz como marido e mulher aos olhos do Senhor.

Lucrezia estava sozinha na cozinha com o administrador e seus pensamentos giravam.

Segurava uma cópia do livro azul com o título dourado.

— Frei Filippo é muito conhecido em Florença e nas regiões próximas — disse o administrador.

Colocou a palma da mão na testa dela.

— Você largou o véu de noviça, não fez os votos que a consagram como esposa de Cristo. Não é uma situação corriqueira, Lucrezia, mas acredito que esta união tem um valor. Se é o que você deseja.

— Quero ficar com ele, quero ser esposa dele, se o senhor diz que é possível.

— Então, que assim seja — concordou o frei Piero.

Lucrezia se ajoelhou e iniciou a confissão para se preparar para o sacramento do matrimônio. Em frases vacilantes, contou o estupro que sofrera do prior-geral, sua vergonha e sua culpa. Só então o frei Piero teve certeza do que o prior tinha feito e, indignado, prometeu a si mesmo fazer tudo para garantir a segurança e a felicidade de Lucrezia.

— Não estou zangada apenas com o prior-geral — sussurrou ela. — Estou zangada com Deus, com a Igreja e comigo mesma. Eu estava no ateliê procurando um espelho e espirrei tinta no meu hábito. Foi por causa da minha vaidade que estraguei a roupa. Não fosse isso, o prior não teria me visto em *panni di gamba* e então... — Ela parou. — E talvez nada disso tivesse acontecido.

— Talvez. Mas não sabemos os desígnios divinos, Lucrezia. Só podemos aceitá-los.

Quando Lucrezia e o administrador abriram a cortina que separava o ateliê dos aposentos do frei, viram que ele tinha acabado de cobrir a grande mesa de trabalho com uma toalha branca limpa. Uma vela estava acesa ao lado de um cálice de prata com vinho tinto. Perto da janela da frente, Spinetta percorria as contas do rosário. Não queria olhar para a irmã.

— Sei que você não imaginou que seu casamento seria assim — disse o frei Filippo, colocando-se ao lado de Lucrezia.

Ela sentiu o cheiro do sabão das mãos dele, misturado com o odor forte de tinta.

— Não há contrato a assinar, nem *sponsalia*, nem desfile dos noivos pelas ruas, ou festa — prosseguiu o pintor. — Gostaria de poder lhe dar isso, não posso. Mas quero me casar com você e oferecer tudo o que tenho. Seremos uma só pessoa, e nunca mais nada de mau lhe acontecerá.

Lucrezia fechou os olhos.

— Está pronta, Lucrezia? — perguntou o pintor, tocando no braço dela. Ela abriu os olhos, que estavam calmos e profundos.

— Sim, estou.

Segurando o livro azul, o frei Piero iniciou a cerimônia:

— Tudo é possível com a bênção do Senhor — disse, fazendo sinal com a cabeça para os dois, de pé lado a lado, o pintor meia *braccia* mais alto e pesando muitos quilos a mais que a jovem.

Lucrezia olhou para o administrador e evitou Spinetta, que rezava o terço em silêncio, apenas mexendo os lábios.

— Por consentimento mútuo e santa intenção, este homem e esta mulher vêm se unir no sacramento do matrimônio neste dia 24 de setembro. Como diz Aristóteles, não há felicidade sem companhia, e ninguém seria sensato ao desprezar um bem tão grande da natureza, o prazer da amizade e a utilidade de um dom tão grande.

O pintor tirou do bolso algo envolto em veludo. Com o polegar e o indicador, pegou com cuidado uma aliança e mostrou-a a Lucrezia. Era uma fina argola de ouro de um brilho cálido, com uma pedra vermelha.

— É jasper vermelho, símbolo de amor e fidelidade — disse ele.

Os olhos de Lucrezia ficaram marejados quando Filippo, com seus dedos longos, colocou a aliança. A pedra vermelha refletiu a luz da janela, de cor igual à do vinho.

— Recebo você como esposa e prometo fidelidade e lealdade de corpo e bens, além de manter sua boa saúde a qualquer custo.

— Recebo você como marido e prometo fidelidade e lealdade de corpo e bens — Lucrezia repetiu os votos.

Frei Piero fez o sinal da cruz sobre a cabeça dos noivos.

— Eu os declaro casados aos olhos do Senhor. Que Ele proteja sua união e suas vidas.

O pintor segurou o cálice e, ternamente, colocou-o nos lábios de Lucrezia, que bebeu do vinho. Depois, beijou sua delicada boca.

Naquela noite, Spinetta sentiu um alívio quando a irmã entrou no quarto, como fazia sempre. Lucrezia tirou o vestido, colocou-o sob o lençol ao lado dela, cobriu-se e encostou os pés frios nos da irmã, que já estavam aquecidos.

— Por favor, tente entender, Spinetta — sussurrou.

— Agora está feito, e precisamos continuar rezando pelo que é certo — disse Spinetta, apenas.

Horas depois, deitada na cama e ouvindo o sono profundo da irmã, Lucrezia ainda sentia os lábios do pintor nos seus. Colocou a mão sobre o livro azul onde o frei Piero tinha lido as palavras do sacramento. À luz de uma vela quase apagada, encontrou a frase que procurava e leu-a várias vezes.

Saiu da cama e, sem fazer barulho, entrou na cozinha, onde o frei Filippo estava deitado no catre ao lado da lareira. Com a camisola arrastando no chão, ela se abaixou e tocou no lençol.

— Frei Filippo. Filippo — corrigiu-se, baixinho.

O pintor sentou-se, acordado pela respiração dela em seu rosto. O lençol escorregou até a cintura, mostrando seu peito nu.

— O que foi?

— Li o livro azul, *Dos sacramentos da religião cristã*, e vi a página que você marcou.

O coração dele pareceu ter parado. Será que ela pensava que os votos não eram sinceros? Iria deixá-lo, apesar de ele ainda sentir os lábios e o cheiro de camomila dos cabelos dela?

— Quero ser sua esposa — disse ela, suave. Olhou-o e esticou a mão, quase tocando os pelos negros do peito dele. Sentia uma vontade que não era desejo, mas carência. — Li o que está escrito, Filippo. Na verdade, nós ainda não somos marido e mulher. Não consumamos a nossa promessa.

O frei pôs a mão no queixo dela.

— Sabe o que está dizendo?

Ela se inclinou para a frente, com a cabeça quase encostando no ombro dele.

— Sei. Quero ser sua esposa. Agora — respondeu, tocando a mão dele com a palma lisa e delicada.

— Lucrezia. — O nome encheu sua boca e ele a beijou de leve.

Os lábios dele eram secos e frios, mas aos poucos pareceram crescer e umedecer. Apesar dos olhos fechados, Lucrezia via o rosto dele, os olhos azuis, seu corpo largo e protetor, as mãos fortes e criativas. Ela tentou se acalmar, acreditar que todas as recém-casadas sentiam o mesmo temor pelo que aconteceria.

— Filippo, você me ama? De verdade? — ela sussurrou.

— Amo, Lucrezia.

Com carinho, o pintor se virou e fez com que ela se abaixasse até ficar ao lado dele no catre. Puxou o lençol e cobriu-a. O peito dele tinha pelos negros e macios, onde ela colocou a cabeça. Ele a beijou no rosto, nas orelhas, no pescoço. Parou no lugar que a garra estúpida do prior-geral tinha deixado várias marcas e beijou cada uma delas.

— Eu amo você, amo — ele repetiu.

Desajeitado, soltou a fivela que prendia os cabelos dela e espalhou-os de leve em volta do rosto, beijando as pontas dos fios e sentindo cócegas no rosto. Começou a erguer sua camisola. Ela sentiu as mãos em seus ombros, depois no peito. A ponta dos dedos dele se demoraram sobre o bico dos seios.

Sem parar de beijá-la, frei Filippo tirou sua camisola. Ela respirava rápido e nada mais interessava, a não ser a união de seus corpos. Seria a esposa dele e perderia o medo.

Ele afastou o rosto e olhou-a sob a luz suave da lareira. Ela sorriu e concordou com a cabeça. O pintor escorregou as mãos dos ombros dela para as pernas. Por um instante, ela se lembrou da respiração pesada do prior e se encolheu. Como se lesse esses pensamentos, o pintor murmurou para ela não temer nada e puxou-a para mais perto, segurando-a com mais firmeza e cobrindo-a com o calor de seu corpo.

Ela sentiu os dedos grossos tocando-a e respirou fundo. O frei molhou os dedos na boca e, sob o lençol, passou-os no sexo de Lucrezia, que pareceu intumescer sob seu toque. Ela gemeu baixinho e o som desse prazer aumentou o desejo dele. Com calma, ele abriu as pernas dela e deslizou para dentro de seu corpo. Ela deu um grito.

— Está tudo bem, *mia cara*? — A voz do frei era rouca e grave.

Ela abriu os olhos. Os olhos dele, próximos, emanavam uma ternura que a deixou mais segura. Colocou a palma da mão no rosto dele e concordou com a cabeça.

Lenta e suavemente, ela sentiu um calor que pareceu preencher algo que nunca imaginara estar vazio. Lucrezia ficou embebida no cheiro de vinho e gesso de Filippo, já tão familiar, e entendeu o que era amar. Até aquele momento, não sabia o que era estar ligada a um homem de corpo e alma, e a alegria que teve mais do que compensou a dor que aumentava enquanto seu corpo parecia se abrir e ele penetrava mais.

Beijou os olhos, a testa, o rosto dela, seu hálito pareceu raspar seu ouvido. O corpo dele se enrijeceu, ele estremeceu e Lucrezia o apertou com mais força ainda, surpresa com a entrega total dele. Sentiu uma umidade entre as pernas.

— Lucrezia — sussurrou ele, afastando a cabeça para ver o rosto dela. Os olhos do frei Filippo brilhavam, como que iluminados por dentro.

— Agora estamos realmente casados — ela concluiu baixinho, surpresa por sentir ao mesmo tempo uma tristeza e uma alegria enormes.

— Amo você, Lucrezia. Não chore, eu amo você.

Capítulo Dezoito

Décima nona semana depois de Pentecostes,
ano do Senhor de 1456

Os machucados no corpo de Lucrezia agora eram apenas manchas na pele, amenizadas pelo amor do pintor. O outono chegou esplendoroso e frio, fazendo diminuir a pilha de lenha do lado de fora do ateliê. Lucrezia passava mais noites no catre com o frei Filippo, deixando as mãos dele percorrerem seu corpo ou apertarem de leve sua boca para abafar os gritos de prazer. Ele era delicado e calmo e, no escuro das noites, foi mais fácil ela esquecer o prior-geral.

À medida que se aproximava o Dia de Todos os Santos, Spinetta reclamou do frio e perguntou se podia dormir no catre ao lado da lareira.

— Obrigada pelo seu carinho e compreensão — agradeceu Lucrezia, calma.

— Já não sei mais o que é certo ou errado, mas todas as noites rezo por sua alma, *mia cara* — disse Spinetta, triste.

— Eu também — disse Lucrezia.

Não comentou nada sobre o sangramento mensal, que não vinha fazia quase dois meses. Mas todas as manhãs, depois que o pintor se levantava, ela se ajoelhava ao lado da cama e rezava pedindo ajuda à Virgem Mãe.

Lucrezia sabia que o choque emocional que havia sofrido podia interromper o sangramento, mas o estupro tinha outro motivo para preocupá-la. Se estivesse grávida, ela e Filippo precisavam ainda mais da bênção do papa. E — que Deus não permitisse isso — se o filho fosse do prior-geral, ela precisaria da proteção da Santa Mãe e, talvez, que o pintor lhe desse mais amor do que tinha.

Uma tarde, quando o frei Filippo limpava os pincéis, Lucrezia perguntou:
— Recebeu alguma notícia do seu mecenas?
Frei Filippo não olhou para ela. Dois dias antes, tinha recebido um bilhete de Ser Francesco Cantansanti, entregue na Igreja de Santo Estêvão.

O papa Calisto III está rodeado dia e noite pelos cardeais, que buscam de todas as maneiras ficar nas boas graças de Sua Santidade e depreciar os demais. Não é um bom momento para conseguir uma dispensa de votos no Vaticano. Sugiro que concentre suas emoções no trabalho e deixe os assuntos amorosos para os que não usam a batina. Lembre-se dos duros castigos que a Cúria Episcopal é capaz de infligir. Lembre-se também de que não pode se casar com a noviça e manter o título de frei. Sem esse título, você perderá toda a proteção que a Igreja lhe dá.

— Filippo? O que disseram? — ela repetiu.
Frei Filippo pigarreou e olhou para os pincéis, mexendo neles. Ele havia respondido a Cantansanti com pressa e enviado a carta naquela mesma manhã.

Amigo e honrado emissário, respeito sua opinião e tenho certeza de que sabe qual o momento certo para agir em Roma. Enquanto isso, preciso de mais folhas de ouro e lápis-lazúli, que, como sabe, são produtos muito caros. Peço que envie a quantia que puder para eu terminar o retábulo com toda a beleza que Nápoles exige e o honrável Cosimo espera.

— Os Médici querem o retábulo em Nápoles o mais rápido possível, e, quando ele for entregue, acredito que teremos boas notícias — considerou o frei.

Lucrezia ficou séria. Havia dias o frei Filippo não trabalhava no painel central do retábulo. A figura dela estava esboçada, já com uma base de *verdaccio* e um pouco de *cinabrese* para colorir o rosto da Madona, mas ainda havia muito a ser feito.

— Então vou rezar para que você termine, e assim poderemos receber boas notícias logo — disse Lucrezia, com a voz mais tensa do que pretendia.

Porém, as boas notícias não chegaram. Uma semana depois, o pintor teve de admitir que, como não recebia mais o salário de capelão, não poderia pagar a criada. Rosina tinha acabado de completar a idade mínima exigida para ser noviça e, contente, entrou para o convento Santa Margherita. No dia seguinte, Lucrezia encontrou Spinetta chorando na frente da lareira.

— Eu também quero ir para o convento, quero voltar — disse, virando as costas para a irmã. Não estava mais zangada, apenas triste. — Vai chegar o tempo do Advento e quero estar junto das outras freiras.

— Compreendo, mas temo o que as pessoas dirão por eu morar aqui sozinha com o frei Filippo.

— Então, venha comigo. As pessoas já estão comentando, Lucrezia. Ele ainda é um frei, não importa o que tenha dito a você. Todas as manhãs veste a batina branca e atravessa a praça de cabeça erguida.

— Mas eu o amo — disse Lucrezia, baixando os olhos. — E minhas regras...

Spinetta empalideceu. Na semana anterior, quando viera o sangramento dela, usara alguns trapos limpos, depois os lavara e guardara entre seus poucos objetos pessoais na prateleira ao lado da lareira. Achava que a irmã estivesse fazendo o mesmo.

— Seu sangramento não veio?

Lucrezia negou com a cabeça, sem querer olhar para a irmã.

— Há quanto tempo? — insistiu Spinetta.

— Desde que saímos do convento, Spinetta. Desde julho.

Spinetta conteve um grito.

— Agora você entende por que estou rezando para ter uma resposta de Roma? — sussurrou Lucrezia.

Spinetta apertou os lábios.

— Vou ficar mais um pouco com você. Mas preciso ao menos cumprir meus deveres de noviça e, quando puder, ajudar os pobres e doentes no hospital — disse, pegando o rosário no bolso do hábito.

A beleza e o amor de Lucrezia deram ao frei Filippo o ânimo de que ele necessitava, mas, como precisava comprar alimentos, pagar pela lenha e alimentar três pessoas, suas parcas economias estavam quase no fim. Passou a levar menos comida para casa no final de cada dia e, numa fria tarde, enquanto Spinetta estava no hospital do outro lado da cidade, Lucrezia foi ao pequeno canteiro atrás do ateliê pegar alguns legumes para comerem.

O Advento estava próximo e fazia frio mesmo sob o sol. Agachada ao lado do canteiro, Lucrezia segurou os tubérculos e os arrancou da terra dura. Suas costas doíam e os seios estavam túrgidos; o vento áspero parecia cortar suas mãos nuas e as pálpebras pesavam. Em uma hora, conseguiu colher apenas três cebolas e um nabo.

Entrou no ateliê para cochilar à tarde, enrolou-se no áspero lençol de lã do frei Filippo e se aninhou para dormir. Nunca tinha ficado tão cansada. Mesmo depois de dormir profundamente, mal conseguiu ficar acordada após a rala sopa de cebolas que comera à noite.

O pintor ajudou-a a deitar naquela noite e lhe levou mais uma taça de vinho enquanto ela penteava os cabelos. Percebeu que estava pálida, mas os olhos pareciam mais azuis do que nunca.

Ao acordar na manhã seguinte, Lucrezia correu para o penico e vomitou. O pintor pegou um pano e limpou a sujeira. Desconfiava do que estava acontecendo, mas nenhum dos dois disse nada. Quando Lucrezia foi para a cozinha, Spinetta ficou perto do fogo, olhando a irmã, assustada.

— Você está doente? — sussurrou Spinetta, balançando a cabeça.

Lucrezia olhou a irmã. Estavam totalmente diferentes: Spinetta, de hábito e véu negros, arrumada e fresca, enquanto a *gamurra* de Lucrezia estava molhada de suor sob o simples vestido azul que tinha enfiado pela cabeça.

— Acho que não, irmã.

As duas ouviam o pintor andando pelo ateliê, por isso falaram baixo e rápido.

— Preciso ficar aqui e ter o filho.

— O filho de um padre. — As palavras amargas saíram da boca de Spinetta e sua expressão refletiu essa terrível possibilidade.

— Seja o que Deus quiser — disse Lucrezia, olhando para o piso áspero de madeira.

Spinetta se benzeu e sentou pesadamente no banco em frente à irmã.

— O que o frei Filippo disse?

— Ainda não contei. Mas ele precisa saber. Na verdade, irmã, tenho medo do que possa acontecer.

Lucrezia fechou os olhos e viu uma criança de olhos azuis, com pés e mãos fortes e os traços largos de Filippo. Mas toda vez que se lembrava do prior-geral, sentia náuseas.

Quando Spinetta foi ao mercado comprar presunto, o casal ficou a sós; Lucrezia estava muito preocupada. Entrou no ateliê e pigarreou para chamar a atenção dele.

Segurando a paleta, o frei Filippo adivinhou por que ela estava ali. Já desconfiava havia alguns dias e, embora não parasse de pensar no assunto, ainda não tinha certeza do que sentia.

— Filippo?

Lucrezia notou que ele estava sério e seus olhos se encheram de lágrimas. O pintor segurou a mão dela e a apertou

— O que foi? Por que está chorando? — perguntou, tocando no rosto dela.

Embora o ateliê estivesse silencioso, lá fora havia muito alarido, com as ruas cheias de carroças puxadas por cavalos. Lucrezia não respondeu. Colocou com carinho a mão do pintor sobre a barriga.

— Há meses o sangramento não vem — disse ela, entrelaçando os dedos nos dele e olhando seu rosto.

Ele piscou, mas não se mexeu. Manteve a mão onde estava, cálida e parada.

— Vou ter um filho. Filippo, diga a verdade, isso é uma benção ou um castigo? — perguntou ela, de supetão.

Quando ela verbalizou seus temores, o pintor não pareceu atordoado ou com medo, mas quase feliz. Ele manteve a mão sobre a barriga dela e apertou com firmeza.

— Uma criança da minha madona será uma bênção — ele disse.

— Não sou a sua madona, não sou madona de ninguém. Dizer isso é uma blasfêmia — ela zangou, baixo.

Frei Filippo se ajoelhou e encostou o rosto na barriga dela. O único filho que tivera havia nascido antes do tempo, de uma mulher que conhecera em Pádua. Havia muito tinha aceitado o fato de que, embora até cardeais tivessem filhos bastardos, ele não teria nenhum.

— Sempre quis um filho. Só posso me alegrar com essa notícia — ele confessou.

— Mas, para Roma, não somos casados. Quando me virem na rua, vão falar mal de mim, e imagine só o que dirão no convento! Filippo, agora precisamos rezar mais do que nunca pela autorização de Roma.

— Não me incomodo com o que Roma vá dizer — respondeu ele, emocionado, segurando o rosto de Lucrezia nas mãos. — Desde o momento em que a vi, Lucrezia, senti muitas coisas que jamais imaginei sentir nesse mundo. Vamos rezar e nos esforçar para que venha uma resposta de Roma. Mas, de qualquer modo, não permitirei que viva na vergonha.

Ao sentir o apoio dele, Lucrezia se encheu de alegria.

— E se Roma disser que é impossível? — ela perguntou, encostando o rosto no peito dele.

Frei Filippo sabia que os acontecimentos em Roma dependeriam da boa vontade e da influência dos Médici. Deus governava o céu; o demônio governava o inferno; e Cosimo de Médici, a península italiana.

— Lembre-se de que nada é impossível para Deus. Quando Ele quer, tudo é possível — repetiu o pintor.

Apesar da felicidade que sentia, o frei ouviu o eco das palavras sérias de Ser Cantansanti, avisando para não chamar atenção de seu romance para os olhos atentos dos Médici.

※

Certa manhã, Spinetta disse à irmã:

— Você está obedecendo à vontade de Deus. Mas eu também tenho de fazer o que Ele quer de mim. Preciso voltar para o convento e comemorar o nascimento do Senhor.

— Você foi muito boa para mim — disse Lucrezia, confiante. — Sei que o frei Filippo vai cuidar de mim. Diga às freiras, por favor, que lastimo tê-las feito sofrer.

Na véspera do Natal, Lucrezia se despediu, chorosa, da irmã e a acompanhou da janela, seguindo a esguia figura de Paolo pelas ruas, os dois em direção ao convento. Quando sumiram de vista, Lucrezia vestiu a roupa simples que tinha costurado com sobras de pano dadas pelo frei Filippo e foi para a porta. Ficou lá até que apareceu a esposa de um coletor de lã.

— Gostaria de tomar um pouco de ar fresco e agradeceria muito se a senhora pudesse me acompanhar — pediu Lucrezia à mulher.

A mulher, que se chamava Anna, também tinha ouvido falar no milagre ocorrido no *palazzo* dos Valenti. Ela acreditava na bondade de Lucrezia. Era uma pessoa simples mas devota, e passearam pela margem do rio Bisenzio, sem falar muito. Lucrezia escondeu o rosto sob o capuz e, ao voltar para casa, com o rosto corado, sentia a força de uma nova resolução.

— Não quero esconder meu estado, hoje é véspera do nascimento de Nosso Senhor. Vou assistir à missa e comungar.

Frei Filippo mandou um bilhete para seu amigo frei Piero, que não ia ao ateliê desde o dia em que realizara o casamento. Piero chegou ao entardecer, trazendo um presunto numa sacola. Alegre e cheio de energia, o nariz vermelho devido ao frio, o frade administrador colocou o presente na mesa, atravessou a sala e abriu os braços para Lucrezia.

— Você está radiante — disse ele, com seu sorriso dentuço e amistoso.

Segurando-a pela mão, levou-a para a cozinha e fez com que se sentasse perto do fogo. A seguir, instalou-se num banquinho e comentou a novidade:

— Um filho é uma bênção — definiu, gentil. Não se manifestou sobre de quem seria a semente daquela criança e lembrou a si mesmo que o sacramento que testemunhara para seus amigos tinha o aval do Senhor. Mesmo sem a aprovação do papa. — Que maravilha você receber essa dádiva nesta época tão alegre do ano.

Fez uma prece pela mãe e o filho e foram os três para a mesa, onde se alimentaram bem. Depois, vestiram suas roupas mais quentes e assistiram à missa no Convento de Santo Hipólito.

Ao passar pelo grande arco de mármore verde à entrada da igreja, Lucrezia foi invadida pela gloriosa alegria da devoção. Tinha ficado escondida no ateliê por muito tempo. Era bom voltar à igreja. Entrou, ladeada pelos freis Filippo e Piero, e sentou junto aos demais fiéis. Ouviu o coral e acompanhou os cânticos em silêncio. Na hora da comunhão, seguiu atrás do frei Filippo para o altar e recebeu o sagrado corpo de Jesus Cristo. Ficou tão satisfeita e piedosa que chegou a pensar que fosse desmaiar.

Ia pela nave, de volta a seu lugar, quando alguém comentou, baixo: "*La donna*." Olhou e viu uma senhora elegante, com a expressão cheia de curiosidade.

— É ela — repetiu a mulher para sua acompanhante, apontando para Lucrezia. A mulher usava um vestido de seda forrado, um *beretto* e um *mantello* de veludo. Seus dedos brilhavam com muitos anéis e ela exalava um perfume suave.

— Nós nos conhecemos? — perguntou Lucrezia, sem entender. Olhou para a mulher, certa de que veria raiva e ódio.

— Sei que é seu o rosto da madona dos Valenti, a *Madona milagrosa*. Dizem que você é abençoada.

Caminhando de volta para casa, Lucrezia ficou de braço com o frei. O céu estava escuro e dava para identificar cada constelação.

— Veja — ela disse, apontando para cima. — A estrela-guia dos reis magos.

Frei Filippo encostou o rosto no dela e seguiu a direção do indicador até ver a estrela brilhante. Era provável que nevasse.

— Estou feliz — ela disse.

Frei Filippo sorriu para ela.

— O mundo hoje está lindo. Sei que temos muitas preocupações; mesmo assim, estou muito feliz, Filippo — ela disse, calma.

Capítulo Dezenove

*Terça-feira da sexta semana depois da Epifania,
ano do Senhor de 1457*

— Se meu Luigi não tivesse visto com os próprios olhos, quando foi entregar uma tira de couro no ateliê do frei Filippo, eu não acreditaria — disse o sapateiro para os colegas em sua loja na praça Mercatale. — Agora vou ter de explicar ao meu menino que não se deve namorar freira.

Os homens riram, as bocas cheias de dentes e pão preto.

Durante meses, Lucrezia tinha escondido a gravidez sob um manto, mas, no final de fevereiro, qualquer pessoa notaria. Ela reparou como o menino olhou para ela naquela manhã, quando entregou a tira de couro para o cinto de parto. E sabia que dali a pouco a notícia circularia pela cidade inteira.

— O padre de batina branca deve estar ocupado pintando seu *desco da parto* — brincou o padeiro, batendo as mãos no avental e levantando uma nuvem de farinha. — Ele pode batizar a criança também, sem precisar pagar nada para o ganancioso reitor Inghirami!

O sapateiro cuspiu no chão. Estava martelando o salto quebrado de um sapato, preso entre as pernas.

— O bastardo e a puta vão precisar de muita bênção do reitor — disse o homem, tirando o cabelo dos olhos.

Aquecendo-se na lareira do sapateiro, os comerciantes e artesãos das lojas da praça tiraram o embrulho de comida dos bolsos e desfrutaram o prazer de falar bobagem. No final de cada dia, os peixeiros eram obrigados a jogar fora o que não conseguiam vender e viam o frei Filippo correr para pegar as sobras. Ao saberem que Lucrezia estava grávida, riram, sem conseguir acreditar. Os artesãos continuaram fazendo seus cintos trabalhados e se perguntando por que os padres tinham amantes, se podiam resolver a situação com as mirradas prostitutas que viviam atrás da praça do mercado.

— Por mais que em Roma eles sejam ruins, pelo menos não fazem demonstração pública de seus pecados — considerou Franco, cujo irmão caçula era cavalariço no *palazzo* dos Valenti.

— É mesmo. O frei vai gastar um bom dinheiro em Roma para comprar a indulgência desse pecado — concordaram os outros.

A notícia da gravidez de Lucrezia circulou da praça do Mercado à praça São Marcos e de lá até a praça São Francisco. Na hora das vésperas, toda a residência dos Valenti já sabia da história. Duas criadas da cozinha riram, maliciosas, mas as outras choraram ao ouvir que a modelo da *Madona milagrosa* tinha perdido a honra. A Sra. Teresa ficou horrorizada, pois continuava convicta da bondade e castidade da moça, mesmo depois de saber que estava morando com o frei.

— Não é para achar graça, Nicola! — ralhou a patroa com a criada.

Até ouvir de alguém, baixinho, ao lado da lareira, a Sra. Teresa ainda achava que a moça era pura, apesar de dormir ao lado do frei. A senhora então teve certeza de que Lucrezia tinha sido desencaminhada pelo demônio, seduzida ou talvez até possuída à força, como ocorria com tantas moças.

— É trágico — disse depois para a cunhada, que estava presente no parto de Ascânio e tinha sido a primeira a considerar a cura de Teresa um milagre. — Uma moça tão linda fica à mercê do mundo depois de perder a proteção paterna.

A esposa do comerciante se forçou a ficar de pé e andar até o quadro que todos na casa agora chamavam de *Madona milagrosa*. Por um instante, imaginou que a honra da moça continuava intacta. Talvez Lucrezia fosse inocente, da mesma forma que a Santa Mãe tinha concebido um filho sem perder a virgindade.

— Blasfêmia! — ela exclamou, afastando a ideia da cabeça.

Mas Teresa de Valenti não podia rejeitar totalmente aqueles boatos impossíveis. A irmã Lucrezia havia salvado a vida dela, e era para seu rosto que Teresa olhava ao fazer suas preces e rezar a ave-maria. Certamente, haveria um jeito de ajudar Lucrezia naquele momento.

— Vou mandar um bilhete para a irmã Pureza — resolveu Teresa. Como esposa do comerciante mais rico da cidade, sabia que sua opinião tinha peso nas ruas. Talvez, considerando que o marido fora tão generoso com o convento naquele ano, ela pudesse impor sua vontade dentro dos muros do convento também. — Vou lembrar às freiras como essa moça me ajudou e pedir para serem pacientes e boas com ela.

Virando-se para Nicola, que tirava uma pilha de lençóis limpos no cesto, a esposa do comerciante pediu pergaminho e um vidro de tinta.

∞

Com a luz suave que entrava pela janela alta de sua cela, a irmã Pureza leu a carta entregue no convento junto com uma pequena sacola de moedas. As moedas haviam sido confiscadas por madre Bartolommea, mas a carta estava com o lacre.

Se tal fato for verdade, peço que a senhora seja misericordiosa, leu a irmã Pureza. *Ela também é filha de Deus e está numa situação difícil. Imploro, irmã: lembre-se de que ela é apenas uma mulher indefesa num mundo de homens poderosos.*

A velha freira não queria acreditar nos boatos que tinham chegado ao convento, mas parecia impossível continuar a negá-los. Deixou a carta na mesa e ficou andando pela pequena cela.

A irmã Pureza tinha feito tudo o que pudera e, mesmo assim, Lucrezia havia caído em pecado. Chegara a considerar-se responsável pela noviça, quase como uma filha para a qual transmitiria todo o seu conhecimento sobre ervas e partos. Claro que o mundo estava cheio de homens poderosos, por isso havia implorado que Lucrezia voltasse para o convento. Mas ela havia recusado. A irmã Pureza estava magoada e zangada.

Lembrou como a noviça parecia pequena e frágil na cozinha do frei Filippo e, mesmo assim, teimara em não voltar para o convento. Spinetta tinha voltado, e Lucrezia continuava sozinha com o frei. Ficara por vontade própria e, agora, em vez de usar suas mãos curativas e suas palavras consoladoras para ajudar os outros, iria gritar na agonia do parto. Seu filho bastardo chegaria ao mundo coberto de sangue e de vergonha. E o Senhor, que não via com bons olhos filhos do pecado, podia castigar Lucrezia do mesmo jeito que castigara Pasqualina di Fiesola, muitos anos antes.

Em seu escritório revestido de madeira, na ala sul do Santo Espírito, em Florença, o prior-geral Ludovico Pietro di Saviano jogou a carta ofensiva na lareira e olhou-a queimar.

Mais uma vez, o reitor Inghirami era portador de más notícias. *Lamento incomodar o senhor com fatos de natureza sórdida, mas é minha obrigação.* Na verdade, o reitor cumpria muito bem suas obrigações quando era para trazer notícias prejudiciais ao prior-geral. Que boas risadas deviam estar dando em Prato, pensou Saviano, amargo: o frei em êxtase andando de braços dados com a noviça grávida, empinando o nariz para as freiras carmelitas, agostinianas e até para o próprio Senhor. Era um pequeno consolo, mas pelo menos todo mundo agora saberia que por trás daquele rosto angelical havia uma pecaminosa sedutora.

— Maldita noviça, maldito frei. — Saviano cuspiu as palavras, embora não houvesse ninguém para ouvi-las. — E maldito bastardo.

O prior-geral gelou. *Bastardo*. Claro que a criança era bastarda, mas seria de Filippo Lippi? Fez os cálculos rapidamente, lembrando-se dos pulsos finos de Lucrezia se debatendo sob as mãos dele e do urro de dor ao ser penetrada. Não podia negar a possibilidade de o filho ser dele. Sentiu um instante de orgulho másculo por sua virilidade, seguido do horror que aquilo poderia representar.

Mas o prior-geral da Ordem Agostiniana não se permitia autopiedade. Aquela mulher escolhera a própria sorte. Mostrava ser uma prostituta que vivia em pecado.

Ele parecia mais alto nos caros trajes de Roma. Já não bastava a noviça ser motivo de vergonha para ele e para o convento, era demais desfilar pela cidade de Prato com uma barriga enorme para todos verem. O frei tinha o escudo protetor de Cosimo, mas aquela *puttana* continuava sob a responsabilidade da Ordem Agostiniana. E sob o controle dele.

O prior-geral Saviano sentiu o cheiro de papel chamuscando na lareira e pensou no que faria a seguir. Só ele sabia o que era melhor para sua Ordem. Faria o que devia: por ele, pelo convento e pela santidade dos Agostinianos.

༺༻

Os boatos continuaram e o trânsito de pedestres pela Via Santa Margherita se intensificou com curiosos e ofendidos que tentavam olhar dentro do ateliê para ver a madona grávida. Com medo e vergonha, Lucrezia dependurou na janela o maior pano que tinham. Era vermelho e banhava o interior com uma luz rosa de que ela teria gostado se não estivesse ali para escondê-la do mundo.

De vez em quando, a esposa de um dos coletores de lã batia de leve à porta para ver como ela estava, e todas as semanas Nicola trazia do *palazzo* Valenti uma cesta de frutas ou alguns pães doces, da parte da Sra. Teresa. Mas, na maior parte do tempo, Lucrezia ficava sozinha sob a luz rosa formada pela cortina, fingindo não ouvir as pessoas na rua. Enquant isso, o frei Filippo pintava os afrescos da Igreja de Santo Estêvão.

— Talvez seja a admissão do pecado — comentou um limpador de lã para outro, ao passarem de manhã e notarem a cortina vermelha na janela. Quando voltaram, à tarde, frei Filippo estava retirando a cortina para pintar o painel com luz natural. Os pedestres começaram a achar que a cortina vermelha, colocada e retirada sem uma lógica, devia ser para transmitir uma mensagem ou algum sinal.

— Acho que a cortina é vermelha para nos dizer que a criança foi retirada do ventre — disse a esposa de um velho comerciante, certa de que o demônio tinha fixado residência na Via Santa Margherita.

— Ou dependuraram na janela para manter longe o demônio — disse outra.

— Ou para dar as boas-vindas a Satanás — opinou uma velha de corpo curvado sob as cordas que vendia, feitas com trapos recolhidos no mercado.

Alguns se benziam ao passar pelo ateliê; outros, cuspiam no chão; outros ainda, deixavam pequenas oferendas para a madona grávida. Lucrezia enfrentava aquela atenção indesejada com toda a força, aprumando os ombros e tentando não olhar muito pela janela.

— Com o tempo, eles nos esquecem — disse o frei Filippo a ela, calmo. Mesmo quando ela se alegrava ao receber um cestinho de ovos que alguém deixara na porta, ele repetia que, numa cidade onde havia tantas doenças, nascimentos, mortes e enriquecimento, o olhar de esguelha dos curiosos logo mudaria de foco. E as línguas se ocupariam de falar das mudanças na vida de outras pessoas.

— Claro. E, quando chegar a resposta de Roma, não precisaremos mais nos esconder — acrescentou Lucrezia, corajosa.

Seu comportamento só mudou no dia em que viu Paolo passando na rua e acenou para ele da porta.

— Venha dar notícias de Rosina — ela chamou, fazendo sinal.

Paolo abaixou a cabeça e parou. Lucrezia pegou um xale dependurado num gancho perto da porta e correu para falar com ele. Todas as pessoas na rua viraram a cabeça para olhar.

— Desculpe, *mia madre* me proibiu de falar com a senhora — disse Paolo quando Lucrezia se aproximou.

⸙

Como o frei Filippo tinha previsto, com a proximidade do carnaval, que marcava o início da Quaresma, a porta do ateliê estava sempre cheia de gente desejando boa sorte e outros querendo apenas bisbilhotar. A Terça-Feira Gorda foi comemorada com uma animada procissão conduzida pelo reitor Inghirami à frente de uma irmandade de dignatários da Igreja e funcionários da Comuna de Prato. As crianças dançavam nas ruas, homens e mulheres usavam máscaras que eles mesmos faziam ou compravam dos comerciantes que as adquiriram nas lojas dos canais de Veneza. Todos festejavam, e havia cheiro de leitão assado no ar.

Mas nada foi acrescentado à despensa da casa do frei Filippo, que tinha apenas dez moedas de prata. No primeiro dia da Quaresma, Lucrezia acordou e pediu ao frei Filippo que fizessem abstinência sexual durante os quarenta dias desse período litúrgico.

— É pelo nosso filho — explicou ela, dando um beijo casto no rosto dele. — Amo você, mas preciso fazer a penitência da Quaresma.

Ela olhava para baixo, por isso o frei Filippo não pôde ler o que seus olhos diziam. Mas sabia que Lucrezia se preocupava com a alma da criança, e ele também acreditava que era sempre prudente se penitenciar na Quaresma.

— Gostaria de falar com a irmã Pureza — disse Lucrezia ao frei durante a pequena ceia daquela noite. Os sinos chamando para a oração da nona tinham tocado havia muito, e o cabelo do frei estava com riscas de tinta azul. Ele estava distraído, com o pensamento longe, e Lucrezia se esforçou para não desanimar.

— Ninguém sabe mais sobre parto do que ela. Quero me preparar, Filippo.

Pelos cálculos que havia feito, a criança fora concebida entre 9 de setembro e 1º o de dezembro. Se nascesse em junho e tivesse tamanho normal, ela e o frei Filippo saberiam que ele não era o pai. Apesar de reticente, ela sabia que o frei também guardava segredo sobre o estupro. Ele jurava seu amor e ela acreditava, mas às vezes ficava acordada a noite toda, temendo que ele não assumisse a criança se nascesse antes do tempo.

— A irmã Pureza não é mais nossa amiga — disse o frei, sério.

— Foi minha amiga — disse Lucrezia, abaixando a cabeça. Tinha comido poucos pedaços de pão, mas estava com o estômago cheio. — Talvez volte a ser, quando tudo estiver bem.

Frei Filippo olhou para o corpo de Lucrezia, na parte sob os seios, onde o vestido arredondava. Pensou nos mantos da Madona, ainda cheios depois do nascimento da criança, e pensou também nos seios fartos que ele poderia pintar no retábulo. Esfregou os olhos para fixar a imagem e terminou a refeição em silêncio.

Naquela tarde, quando a lua surgiu no céu qual uma pedra fria, Lucrezia dormia profundamente. Mas o frei Filippo não conseguia descansar. Duas semanas antes, tinha escrito novamente para Ser Francesco Cantansanti e não obtivera resposta. Olhou a imensa barriga de Lucrezia enquanto ela dormia, pegou a pena e escreveu uma longa carta implorando à Cúria, em Roma.

Abençoado e santificado papa Calisto III, cujo rosto é sempre o mais próximo do Senhor, começou.

Em duas folhas, despejou seu respeito, dedicação e tudo o que havia feito para honrar e celebrar o Senhor em igrejas, de Roma a Nápoles. Citou seus mecenas, desde os tempos do Convento de Santa Maria del Carmine e *Madona com o Menino e anjos* que pintara para os carmelitas do Convento de Selve, depois o tabernáculo e os afrescos para os padres da Basílica de Santo Antônio, em Pádua, até a *Coroação* que tinha terminado para a Igreja de Santo Ambrósio.

O frei escreveu:

Sua Santidade,
Em minha vida de trabalho e serviço para o Senhor, jamais pedi algo para perturbar ou preocupar, senão para honrar a Igreja e o grande ofício da Santa Sé. Agora, coloco-me a seus pés e imploro que, por sua grande misericórdia e seu santíssimo poder, conceda dispensa da batina a mim, humilde servo do Senhor, de modo a poder receber o sacramento do matrimônio com Lucrezia Buti, quarta filha de Lorenzo Buti, de Florença, sem qualquer dote conjugal e por quem renuncio a tudo agora e para sempre. Ut in omnibus gloricetus Deus.

Capítulo Vinte

Segunda semana da Quaresma, ano do Senhor de 1457

Todas as manhãs frei Filippo trabalhava nos afrescos, e à tarde corria para terminar o retábulo da *Adoração*, em casa. Às vezes, deixava de almoçar e, muitas outras, só parava de trabalhar bem depois do anoitecer. Tinha prometido a Giovanni de Médici uma obra realmente nova e nunca tivera dificuldade em criar e executar uma ideia diferente. Fora o primeiro a pintar retratos de casais se olhando, como se os observasse pela fresta de um confessionário. Também havia sido ele a fazer paisagens que iam de uma parede a outra, obrigando o espectador a seguir a trama de uma história. E quem imaginara anjos celestes com rostos de maliciosos *ragazzi*.

Naquele momento, ele lutava para mostrar uma floresta numa cena de penitência, com a Madona ajoelhada ao lado do Cristo recém-nascido. Pintar uma madona sob o céu divino, sem os muros e construções que o homem levantara ao redor, era uma ideia ousada, jamais feita: nem pelos grandes mestres dos primeiros séculos da civilização, nem por Masaccio ou sequer Giovanni, o frei dominicano. Não estava citada nos Evangelhos, nem nas lendas apócrifas.

A paisagem aberta colocaria a Madona na natureza, mostrando sua divindade e, ao mesmo tempo, sua proximidade com o mundo criado. Para merecer tudo o que ele tinha investido naquela única obra para os Médici, a Madona tinha de ser uma mulher simples, cuja beleza faria supor a força e a graça necessárias para trazer ao mundo o Filho de Deus.

Tinha de ser um rosto ao mesmo tempo convincente e meditativo, triste e esperançoso.

Enquanto trabalhava, o frei Filippo pensava no papa lendo seu pedido de dispensa da Ordem para se casar com Lucrezia. Rezava para que a Virgem ajudasse o sumo pontífice adoentado. Tentou não pensar no silêncio da Cúria nem lembrar da dor do chicote nas costas, ou da pressão causada pela barriga cada vez maior de Lucrezia, sua beleza sedenta, o olhar suplicante toda noite quando ele chegava do mercado com um pacote cada vez menor de comida para os dois. Tentava pensar apenas na Madona com o filho e na esperança que esse nascimento havia trazido para o mundo.

Mas, no final do dia, quando largava o pincel e dava um passo atrás para avaliar o que tinha pintado, frei Filippo sabia que estava fracassando.

O corpo da Madona não estava lindo o bastante, as árvores e os bichos que ele tinha esboçado com tanta atenção, os anjos gorduchos nas nuvens, até as próprias nuvens não tinham força para agradar a um rei. As semanas de trabalho no quadro, com uma furiosa pincelada depois de outra, não melhoraram, nem deixaram a obra mais clara ou mais impressionante. Com tanta coisa em jogo, ele estava com a inspiração dispersa e confusa, como mostrava o quadro.

Frei Filippo já tinha sentido aquilo antes e sabia que a única coisa a fazer era recomeçar. Sabia disso e quando amanheceu, na segunda quinta-feira da Quaresma, saiu da cama sem fazer barulho, entrou no ateliê e preparou uma massa pegajosa de gesso branco.

Como num autodesafio, espalhou gesso pelo chão, pela batina e pela tela incompleta. Com grandes pinceladas, destruiu oito meses de trabalho.

Sonolenta, Lucrezia entrou no ateliê com uma caneca de vinho com água para o pintor e viu não o retábulo cuja criação vinha acompanhando, mas seu rosto desfigurado e as mãos flutuando num mar branco. Todo o resto estava destruído, coberto por traços alvos.

— Por que fez isso? — exclamou Lucrezia. Colocou a caneca sobre a mesa e pôs os braços ao redor da barriga. — O retábulo é a nossa única esperança, você mesmo disse. Roma não vai dispensá-lo da batina se você não entregar o quadro!

O frei se virou, segurando o aplicador de gesso.

— O quadro não estava à altura de um rei. Nossa dispensa da Ordem não virá com cores lamacentas e linhas indefinidas! Não posso mandar um quadro assim para os Médici — disse ele, agressivo.

O pintor passou a mão no rosto, espalhando gesso na testa. Lucrezia olhou os pedaços de papel e os panos sujos que haviam sido jogados no chão durante aquele longa noite.

— Diga o que há, Filippo. Diga o que posso fazer — pediu Lucrezia.

Ele olhava para além do retábulo, num lugar na parede onde havia apenas um buraco no gesso.

— Você ainda me ama? — ela perguntou, com voz trêmula. Olhou para a barriga proeminente, as mãos inchadas e duras que um dia haviam sido finas. A aliança que ele lhe dera em dezembro estava tão apertada que quase cortava a pele. — Não sou mais bonita?

— Você é a mulher mais linda do mundo, e seu rosto no quadro era a única coisa à altura de um rei. A única que não merecia ser destruída — ele garantiu, firme.

— Por favor, Filippo, você vai fazer o quadro de novo, não vai?

— Vou sim, vou — respondeu, passando com força as mãos pelo rosto e os cabelos até ficar parecido com uma das figuras esculpidas na fachada de uma igreja.

Ele recomeçou no mesmo dia, resolvido a colocar três anjos segurando o corpo gorducho do Cristo menino, as mãos de Deus saindo de uma nuvem sobre a floresta azul-esverdeada. O céu seria escuro e, por cima dele, azul, emoldurado por um arco-íris, símbolo da promessa de Deus.

Na manhã seguinte, acordou cedo e fez um esboço rápido, preparou a tela e abriu o jarro de corante para triturar o pigmento azul do céu.

Mas o jarro com rolha de cortiça estava vazio.

Abriu então o recipiente de estanho onde guardava o espinheiro, achando que podia ao menos fazer o verde forte das árvores da floresta. Mas também estava quase vazio. Até o pó feito com margaridas, que ele tinha recebido das mãos de Lucrezia naquele dia de junho, no jardim do convento, estava quase no fim.

O pintor apoiou as mãos na mesa e abaixou a cabeça.

Havia dois anos, era a irmã Pureza quem fornecia as ervas e plantas de que ele precisava para pintar. Mas não via a velha freira desde setembro, quando ela virara as costas e saíra do ateliê sem dizer nada para Lucrezia e para ele. Demoraria dias para o material vir de Florença, sem falar no preço, que mal conseguiria pagar. Estava quase sem dinheiro. No dia anterior, tinha contado as cinco moedas de prata que restavam, escondidas na sacolinha guardada sob uma pedra da lareira.

Sem material, não podia pintar. Sem dinheiro, não podia comprar material. E se não pintasse, estaria arruinado.

Inventariou rapidamente as encomendas que tinha e concluiu que a única esperança era terminar boa parte dos afrescos de Santo Estêvão e receber alguns florins da Comuna de Prato.

Sem dizer nada a Lucrezia, que estava se vestindo no quarto, cortou uma fatia de salame seco e saiu. Na igreja, seus assistentes estavam na *cappella maggiore*, começando a colorir a cena do jovem Santo deixando a casa dos pais.

— *Buongiorno* — ele cumprimentou, olhando os jovens ainda bocejando de sono.

Olhou a parede onde tinha trabalhado semanas na cena do nascimento de São João Batista. Tinha desenhado com carinho o leve sorriso de Santa Isabel e as mãos seguras das parteiras que lavavam o bebê. Tinha feito o suave brilho de Lucrezia esticando a mão para sentir a pele macia do filho recém-nascido e tinha trocado o interior laranja e cinza do quarto do nascimento pelos cômodos simples da casa onde ele e Lucrezia moravam.

— Misturei o gesso para a nova cena, mestre — avisou Tomaso, atrás do frei Filippo. — De que cores vai precisar como fundo da cena do enterro?

A manhã estava fria e, ao falar, as palavras saíam da boca de Tomaso formando uma espécie de fumaça no ar gelado. O pintor se virou para encará-lo.

— O trabalho está indo devagar! Andem mais depressa! — ralhou o frei. Foi-se o tempo em que se dirigia aos assistentes com uma aprovação muda.

Encarregou o frei Diamante de fazer o fundo da cena onde Santo Estêvão e São João Batista realizavam suas missões.

— Para São João, façam grutas e pedras brancas; para Santo Estêvão, florestas densas — ensinou, indicando onde e como as cores deveriam ser colocadas para dar melhor efeito. — Façam logo para que eu possa pintar as figuras.

Deu uma tarefa para cada assistente e colocou os baldes de tinta na frente deles, vociferando ordens, apressando-os.

— Querem comer? Então, têm de trabalhar! — disse, olhando de uma parede a outra, as versões incompletas do que ele tinha pensado. — Deus, vós quereis mais do que posso dar — resmungou para si mesmo, enquanto se encostava na pesada mesa e esboçava as figuras que iriam povoar os afrescos. — Não posso pintar sem tinta, sem material, sem dinheiro.

Os assistentes o viram falando sozinho e acharam que estava rezando. Passavam mais longe dele e, cada vez que o mestre olhava em sua direção, trabalhavam mais rápido.

— Rápido! Mais rápido — mandou, ao ver o jovem Marco desperdiçar tempo pintando as dobras de uma folha.

O dia foi agitado. Ninguém parou para almoçar. Trabalharam até a luz do sol ir embora e o frei Diamante colocar a mão cansada no ombro do frei Filippo.

— Mestre, fizemos o máximo possível num só dia. Agora, vamos para casa — disse.

Depois que os assistentes se foram, frei Filippo largou seus pincéis, desceu do andaime e apagou as velas. Passou pela nave central e foi até a capela onde ficava o Sagrado Cinto. Durante muitos anos, estivera perto da relíquia, mas nunca precisara pedir que intercedesse por ele como naquele momento.

Ajoelhou-se em frente ao portão fechado que guardava a sagrada relíquia e segurou nas barras de bronze.

— Ave-maria, cheia de graça, o Senhor é convosco — sussurrou as palavras da oração da Virgem, impregnadas de mais emoção do que nunca.

Terminou a oração e repetiu-a uma vez e mais outra, era consoladora a repetição ritmada das palavras.

— *Madre mia*, perdoe se eu a enganei, perdoe.

Enquanto rezava, frei Filippo se lembrou do dia no confessionário quando buscara as palavras certas para confortar o sofrimento de Lucrezia.

— Virgem Mãe, não posso falhar. Preciso trabalhar e cuidar de Lucrezia, senão estará tudo perdido — disse, num sussurro.

A vela que estava ao lado dele foi se apagando até acabar e o frei ficou imerso na escuridão. Ao pegar seus pertences, ouviu passos vindos do altar. Virou-se, viu uma figura de vermelho segurando uma vela e passando pelo transepto.

— Inghirami, nosso bom reitor, é o senhor? — perguntou o frei com voz rouca, no escuro.

A figura parecia andar rápido. O frei ouviu a voz de um homem, talvez dois. Levantou-se de repente e percorreu depressa a nave em direção ao altar. A chama da vela sumiu, quem a segurava virou à direita do presbitério. Frei Filippo ouviu uma porta se abrir.

— Quem está aí?

A pergunta ecoou pela igreja, passou pelas silenciosas estátuas de madeira da Virgem Maria e de Santa Isabel e foi até o altar-mor, com o pesado crucifixo dependurado no escuro. Pensou em Lucrezia, sozinha e indefesa.

Tomado de um temor desconhecido, o pintor se virou e saiu correndo da igreja, com a batina branca batendo ao vento. Da escada da igreja, viu que as janelas do ateliê estavam escuras como naquela noite terrível, meses atrás.

— Lucrezia? Lucrezia? — Ele gritou o nome enquanto seguia aos tropeços pelo ateliê escuro, indo para a cozinha.

A porta do quarto estava fechada. Ele a escancarou.

— Lucrezia?

O corpo adormecido se virou para ele no escuro. Ofegante, pôs a mão na testa dela. As pálpebras mexeram e ela perguntou, como se estivesse sonhando:

— O que foi, Filippo?

O pintor se abaixou, encostou a cabeça na dela e todas as preocupações que carregava havia meses finalmente o fizeram cair de joelhos.

— Está tudo bem? — Ela dormia tão profundamente que não abriu os olhos.

— Sim, tudo ótimo — ele respondeu, mal conseguindo afastar seus temores.

⚭

Após aquela noite na igreja, frei Filippo tinha a impressão de ver pessoas usando vermelho por todos os cantos. Viu uma, de relance, virando a esquina quando foi ao mercado de manhã; e a barra de outra passar ao longe, todas as tardes. Claro que o reitor Inghirami não era onipresente, mesmo assim parecia estar assustando o pintor até em sonhos: sorria, zombeteiro, quando o frei Filippo contava as moedas de prata que escorriam de seus dedos como peixes deslizando num riacho.

— Viu o reitor Inghirami? — o pintor perguntou a Tomaso, certa manhã. Mais uma vez, tinha dormido mal e acordado decidido a pedir ao reitor autorização para a Comuna de Prato adiantar mais alguns florins do afresco. Já devia dinheiro à igreja e à cidade pelo empréstimo para saldar dívidas com a Ordem Agostiniana. Sabia que o reitor certamente se recusaria a dar mais. Porém, sem isso, Lucrezia e ele morreriam de fome.

— O reitor vem aqui quando o senhor não está. Fica atrás de nós sem dizer nada, apenas olhando — respondeu o assistente.

Frei Filippo pensou ter visto o jovem Marco corar, mas não tinha certeza.

— Jovem Marco, você teve algum problema com o reitor?

— Não, mestre, nenhum — garantiu o jovem de voz suave, olhos brilhantes e doces.

Frei Filippo deixou cada um com sua tarefa e foi para a mesa rever os primeiros esboços do banquete de Herodes. Estava fazendo a bandeja de prata que traria a cabeça de São João Batista e pensando em como pedir dinheiro ao reitor. Foi nesse momento que chegou um mensageiro de Ottavio de Valenti.

— Meu patrão quer que o senhor vá ao *palazzo* hoje. Tem alguma pressa.

Cheio de maus presságios, deu ordens apressadas ao frei Diamante e parou na frente da Capela do Sagrado Cinto para fazer uma oração breve para a Virgem.

— Boa Mãe, estou quase sem esperanças. Por favor, não permita a minha ruína — pediu, baixo.

O frei foi recebido no *palazzo* Valenti com a mesma gentileza de sempre e levado ao escritório do comerciante, com seus ricos entalhes. Lá, recebeu uma taça de *vernaccia* do *decanter* de Ottavio. Sentado na beira de uma poltrona ao lado da lareira, o pintor sorriu, tímido, para seu mecenas.

— Não está com boa aparência, irmão Lippi — avaliou Valenti, franzindo o cenho.

Frei Filippo aprumou-se o mais que pôde e debruçou-se sobre a mesa de mogno.

— Tenho muitas preocupações, mas são minhas, não suas, caro amigo.

Ottavio de Valenti era um grande aliado, uma das poucas pessoas a quem o pintor nada devia naquele momento. O frei levantou a taça para o comerciante e bebeu a metade num gole.

— E como está nossa Madona? Bem? — perguntou Valenti, sorrindo.

Frei Filippo levou um susto, com medo de ter esquecido de algum quadro que devia a Valenti. Percebeu então que o comerciante se referia a Lucrezia e inclinou a cabeça, agradecido.

— Está muito bem, graças a Deus — respondeu, com cautela. Não resistiu a passar os olhos pelo magnífico aposento, notando a enorme pilha de lenha ao lado da lareira. Sem perceber, o frei enfiou a mão no bolso e sentiu a única moeda de prata que tinha. Valenti foi direto ao tema do encontro:

— Quero fazer uma encomenda que será paga à altura: 40 florins de ouro — informou o comerciante, com a mão bem-cuidada segurando uma taça de vinho adoçado com mel, no qual deu um gole. — O bastante para sustentar a senhora e o filho por algum tempo.

O frei ficou pasmo. As orações que fizera para o Sagrado Cinto estavam sendo atendidas rápida e lautamente.

— Trata-se de um enorme retábulo para a guilda dos banqueiros. Eles querem uma madona amamentando, rodeada de anjos, com São Mateus, o padroeiro dos banqueiros, ajoelhado aos pés dela — descreveu Valenti.

Pegou um papel na mesa e leu o pedido da Arte del Cambio. Sob o painel central com a Madona amamentando, o *predella* deveria ter cenas da vida de São Mateus e, nas laterais, imagens de São Mateus e São Jerônimo. O retábulo tinha de ser grande, suntuoso e, como insistiu Valenti, produzido logo para a comemoração do Dia de Santa Maria Madalena, quando as novas instalações da guilda seriam inauguradas e abençoadas.

— Eles sugeriram outro pintor, mas garanti que você é o melhor. É verdade, *amico mio* — disse Valenti. Não era de fazer elogios infundados. — Vão lhe pagar quando entregar o trabalho. O prazo é de três semanas após o solstício de verão, bem antes do dia da santa.

— Não posso — exclamou o frei Filippo, com mais ênfase do que esperava.

— O prazo não lhe convém? — perguntou Valenti, franzindo o cenho.

— Não, o prazo é ótimo, Ottavio. Mas preciso de material, folha de ouro, lápis-lazúli, alguns painéis de álamo. Tudo isso custa caro e não pode ser comprado fiado, entende? Preciso de recursos para mostrar a glória de Deus no quadro.

Valenti concordou com a cabeça.

— Se é assim — disse, indeciso, pois sabia que a guilda não teria paciência. — Pagarão a metade adiantado, mas querem acompanhar o desenvolvimento do trabalho. Vão ficar atrás de você, Filippo.

Enquanto Valenti falava, o frei pensou em Lucrezia usando os trajes finos que merecia, o bebê envolto em seda de verdade, e não em retalhos e panos ásperos. Imaginou uma cobertura de colmo nova para o telhado da casa e talvez uma cama resistente, com dosséis de madeira e colcha bordada. Por um instante, passaram por sua cabeça as parede nuas de Santo Estêvão e o retábulo quase terminado para o rei Alfonso. Era evidente que aquela encomenda era uma dádiva da Virgem Mãe, obtida através dos poderes do Sagrado Cinto.

— Você pode assinar o contrato e pegar o dinheiro amanhã, na sede da guilda — disse Valenti, olhando para o pintor. — Mas, como já disse, eles querem a encomenda entregue no prazo. E não são muito gentis, Filippo.

— *Grazie*, Sr. Ottavio. Que Deus lhe conceda misericórdia e prosperidade — desejou o frei, apertando a mão do comerciante.

Na manhã seguinte, ele foi cedo à sede da guilda para assinar um contrato com sua mão pesada e aceitar, solene, os 20 florins entregues pelo notário da Arte del Cambio. Passou por uma série de salas e ficou na porta tempo suficiente para ver um homenzinho de traje vermelho olhando para ele, por cima de uma pilha de papéis. Ao sair pelos portões de madeira, vigiados por dois guardas que pareciam suínos de túnicas negras, a sacola de florins pesou no cinto do frei.

Animado, passou no açougueiro e escolheu o coelho mais gordo para a ceia. Lucrezia cozinhou o coelho à tarde, dourando-o com cebolas amarelas e o último pedaço de nabo, que degustaram na ceia, ao lado da lareira recém-acesa. Não comiam carne fresca desde o início da Quaresma, e Lucrezia ficou radiante. Vendo-a feliz, o frei não conseguiu contar da nova encomenda para a guilda dos banqueiros. Sabia que isso só a preocuparia.

— Suas muitas horas de trabalho foram recompensadas — disse ela, sorrindo do outro lado da mesa.

— Daqui a pouco termina a Quaresma. Nós cumprimos a promessa de não ter relações físicas durante esse período, como você pediu — disse ele, limpando a boca nas costas da mão.

Lucrezia inclinou a cabeça.

— Temos de tomar muito cuidado com o bebê, Filippo.

Ele se levantou da cadeira e ficou atrás dela. Beijou-a na nuca.

— Temos de tomar cuidado sempre, sempre — disse ele, sentindo o cheiro de camomila.

Capítulo Vinte e Um

Semana Santa do ano do Senhor de 1457

Nos pequenos oratórios existentes nas ruas de Prato, os fiéis enfeitavam as estatuetas da Madona com flores brancas; estandartes igualmente alvos haviam sido lavados e dependurados na porta de cada igreja, nos preparativos para a comemoração da Páscoa. Frases dos Evangelhos eram declamadas nas praças à noite, quando as irmandades encenavam cenas da Paixão de Cristo; nesse ano, o sapateiro de rosto comprido fora escolhido para representar o Filho de Deus carregando a pesada cruz fornecida, como sempre, pela guilda dos marceneiros. As ruas que levavam à Igreja de Santo Estêvão foram transformadas na Via Dolorosa, o caminho percorrido por Cristo até a crucificação. E, apesar dos pequenos tufos de grama que tinham brotado, a colina que dava nos prados onde as ovelhas pastavam ao norte de Prato se transformaram num terrível monte do Gólgota.

Como fazia todos os anos desde que se tornara adulta, Lucrezia assistiu à missa da Quinta-Feira Santa. Já tinha saído à rua depois que sua gravidez ficara evidente, porém as missas do *Triduum Sacrum* — o período de quinta- feira até o Sábado da Ressurreição — eram um ritual que admirava e não queria perder. Com a cabeça coberta por um grande capuz, foi devagar à Igreja de Espírito Santo e se juntou aos demais fiéis que aguardavam na lateral da nave. Quando viu um lugar vazio no altar, Lucrezia se ajoelhou e rezou a ave-maria. Sabia que sua barriga estava muito grande e se inclinou sobre ela, protetora. Ao terminar a oração, levantou-se devagar, apoiando as mãos nas costas. Distraída na oração, quase foi de encontro à mulher à sua frente. Era a irmã Bernadetta, do convento.

— Irmã Lucrezia! Tenho rezado por você — exclamou a freira, olhando a barriga de Lucrezia.

Apesar do susto, Lucrezia gostou de encontrar a jovem freira.

— Por que está aqui? — Lucrezia perguntou.

— Fui ao hospital com a irmã Simona e paramos para fazer uma prece — respondeu a freira, calma.

— Por favor, irmã, como está Spinetta? Ela não tem me escrito.

— Vai muito bem de saúde, mas fez voto de silêncio e só fala ao rezar — disse a freira, indecisa. Ao notar a preocupação de Lucrezia, prosseguiu: — Pediu para ficar em silêncio até receber o hábito.

Ao ver a delicadeza da freira, os olhos de Lucrezia lacrimejaram. Tinha aguentado muita solidão e não suportava pensar que as freiras do convento faziam mal juízo dela.

— Olhe, irmã Bernadetta — disse Lucrezia, mostrando a aliança de ouro na mão.

— Você é uma *monna*, uma senhora casada?

A irmã apertou a mão de Lucrezia, que desejava apenas mostrar à amiga que tinha se casado como era certo.

— Aguardamos uma resposta de Roma e rezamos para ter logo notícias de Sua Santidade, o papa Calistus. Por enquanto, fizemos os votos de casal, com a bênção de um padre.

A freira sorriu, gentil, mas Lucrezia percebeu que era um sorriso de pena. A irmã Bernadetta não perguntou mais nada e parecia ansiosa por ir embora: olhava para outra freira, a pálida irmã Simona, que aguardava perto da entrada.

— Vou rezar por você e pela criança. Que a graça de Deus esteja com vocês. Boa Páscoa — desejou irmã Bernadetta, depois de beijar a testa de Lucrezia.

　　　　　　　　　　⚭

*N*a madrugada da Páscoa, Lucrezia se ajoelhou aos pé da cama, cantou um hino ao Cristo ressuscitado e rezou a ave-maria em latim.

— *Ave Maria Stella, Dei Mater Alma, at que simper virgo, felix coeli porta.*

Ao terminar, levantou-se devagar e entrou na cozinha vazia, onde o fogo já estava aceso. Aqueceu as mãos, arqueando as costas para diminuir a pressão do ventre. Em silêncio, ainda imersa no devaneio do cântico, abriu a cortina do ateliê e levou um susto.

O ateliê estava cheio de sedas de todas as cores do arco-íris, do tipo que ela não via desde os tempos da loja do pai em Florença.

— Ah, Filippo, que lindas — exclamou, pegando as diversas braças da mais fina seda azul de Lucca, os mais lindos marrons e dourados, o roxo e o vermelho que brilhavam como joias.

O pintor se levantou da mesa e se aproximou dela. A batina dele ficou de um branco reluzente em meio ao colorido das sedas.

— De onde veio este tesouro? — ela perguntou.

Frei Filippo sorriu. O esforço e as promessas valeram a pena só para ver a alegria no rosto dela. Levantou um pedaço de seda azul e mostrou. Ela segurou na mão dele, com a seda escorrendo entre eles como água.

— Procurei meus amigos e pedi os favores que merecia — ele disse. — Eu só quero que você seja feliz. Você e a criança.

— Mas cada uma dessas sedas deve ter custado muitos florins...

— A criança terá uma camisola de batismo como deve ser, Lucrezia, e você terá um travesseiro de seda para descansar a cabeça na hora do parto.

Lucrezia fechou os olhos e tocou na seda azul, imaginando seu filho envolto em *seta leale*, deitado num berço enfeitado com tecidos finos e travesseiros macios.

O pintor tocou no rosto dela, que estava com uma marca onde ela deitara a cabeça na dobra da colcha. Tocou na marca, colocou a mão no ombro dela e tirou a camisa branca que ela usava para dormir.

— Fiz isso porque amo você — disse o frei, calmo.

Segurou o rosto dela nas mãos e virou-o de um lado para outro.

— Você foi muito compreensiva. Muito paciente. Muito linda — disse, com o desejo fazendo sua voz ficar mais grave.

Encostou o rosto no colo dela e beijou-a, ajoelhou-se e apertou o rosto na barriga dela. Lucrezia ficou assustada com a reação de seu corpo, com um calor e um desejo que começava entre as pernas e ia subindo.

— Filippo — disse ela, passando os dedos pelos cabelos curtos e a barba por fazer do pintor.

Ele se levantou e carregou-a nos braços. Mesmo grávida, ela era leve. Levou-a para o quarto e, com cuidado, colocou-a sobre a cama macia. Ela ainda segurava a seda azul, que ele abriu como um lençol para observar a alegria no rosto dela ao sentir a seda, a surpresa nos olhos quando ele puxou a *gamurra* sobre a barriga e os ombros até ela ficar coberta apenas pelo lago de seda azul.

Ágil, ele abriu o cinto e tirou a roupa. O ventre dela era o mar azul que estava por baixo dele; passou a mão pelo corpo dela e viu as delicadas veias dos braços quando ela o tocou. Afagou o rosto dela, tocando-a por cima da seda e depois colocando a mão por baixo, nos seios fartos, o ventre inchado e liso, o tufo de pelos entre as pernas, as coxas macias. Com carinho, abriu as pernas dela, apoiando-se nos braços fortes para assim protegê-la do peso de seu corpo.

Lucrezia nunca tinha sentido aquele desejo. Sua respiração ficou apressada, seus olhos reviraram. O pintor observava. Os lábios se abriram e começaram a gemer baixinho. Ele se mexeu, sussurrando o nome dela, penetrando-a lentamente.

Lucrezia se soltou. Sentiu como se crescesse a partir do ponto entre as pernas até as profundezas e vastidões do mundo. Gritou. Seu gemido se transformou em longos suspiros; o frei Filippo sabia que, não importava o que os outros homens dissessem de seus pecados, Deus havia escolhido permitir sua entrada no céu.

Lucrezia se preparou para a missa de Páscoa vestindo uma simples *gamurra* azul. Ainda sentia as mãos do pintor na pele, a pressão suave do corpo dele, a surpresa do desejo.

Penteou os cabelos, lânguida. Cheirava à camomila que tinha passado, mas também à fumaça da lareira e à poeira de gesso que o pintor sempre tinha nas roupas. Passou as mãos pelo ventre rígido e esperou a criança chutar. Quando sentiu, sorriu e chamou:

— Filippo?

Foi à cozinha e ouviu-o desdobrar as sedas no quarto ao lado. Abriu a cortina, buscando a ternura dos olhos dele. Mas antes que se entreolhassem, algo se mexeu lá fora, na janela que abria para a praça.

Foi um lampejo de vermelho, seguido de uma mão na janela. Lucrezia gritou. Frei Filippo largou a seda roxa que segurava e virou-se. Correu para a porta e abriu-a. Como esperava, não havia ninguém.

— Quem estava olhando na janela? — perguntou Lucrezia, assustada e pálida, segurando a barriga como se pudesse aninhá-la nas mãos.

— Tenho certeza de não era ninguém — respondeu o frei Filippo.

— Estava de vermelho e tentava subir pela janela — ela insistiu.

— Seja lá quem for, vai se arrepender se vier aqui de novo — ameaçou o pintor.

As palavras esconderam o temor cada vez maior que ele sentia e substituiu a calma que o corpo de Lucrezia tinha lhe dado. Era Domingo de Páscoa e certamente Inghirami não estaria espionando pela janela quando tinha tanto o que fazer.

Capítulo Vinte e Dois

Quarta semana da Páscoa, ano do Senhor de 1457

Frei Filippo estava em plena atividade na *cappella maggiore*. Frei Diamante tinha sido chamado novamente e havia muito o que terminar antes de misturar o *intonaco* e os esboços se transformarem nas coloridas figuras do rei Herodes e seus convivas do banquete. O pintor sentiu a força de um rei nos dedos e queria trabalhar antes que aquela sensação evaporasse.

— *Andiamo*, prepare a superfície para começarmos — disse para Tomaso.

Giorgio estava esticando uma corda na parede para conferir a perspectiva da cena, enquanto o jovem Marco triturava o pigmento para aplicar outra camada de *giallorino*.

— Você também, Giorgio, rápido. E, jovem Marco, de quanto tempo você precisa para misturar um pouco de aglutinante?

Desanimado com a lentidão do trabalho, o pintor pensava no retábulo para a guilda dos banqueiros. Para adiantá-lo, pretendia copiar duas figuras que já havia esboçado antes. Usaria um rabino da sinagoga como São Mateus ao lado da Madona amamentando e mais duas figuras da mesma cena para os santos das laterais. Era uma prática muito comum e que os membros da Arte del Cambio jamais perceberiam.

O pintor estava observando as figuras de São Jerônimo e São Mateus quando sentiu um vento e olhou para a expressão solene e séria do reitor Inghirami, cuja batina vermelha inflava em volta dele.

— Está demorando demais — reclamou Inghirami, a voz fria e controlada.

Frei Filippo se empertigou e colocou um pergaminho em branco sobre o esboço que segurava. Fazia semanas que não via o reitor. Tentou avaliar se era dele o traje vermelho que o assustava.

— O que está fazendo, *fratello*?

Frei Filippo deixou de lado as pontas de metal e os pergaminhos e pegou a folha onde havia desenhado o rosto de Inghirami. Mostrou-a para o outro e percebeu que tinha sido muito generoso. No esboço, o homem parecia sagaz e bem-humorado, cheio de vida.

O reitor sorriu.

— Está ótimo — aprovou. — A Comuna de Prato aceitou que meu retrato faça parte, mas soubemos que você aceitou mais uma encomenda, *fratello*. Lembre-se, está em dívida com a Igreja de Santo Estêvão — disse o reitor, passando os olhos pela confusão da mesa.

— Como eu poderia esquecer a dívida? O senhor parece estar em todos os cantos, me lembrando.

Frei Filippo sentiu o cheiro das sardinhas que o reitor tinha comido no almoço.

O reitor ajeitou a coluna e pareceu ainda maior. Olhou além do pintor, onde os assistentes estavam ocupados no trabalho e não poderiam ouvir a conversa.

— Não gosto do tom que usa comigo, *fratello*. Lembre-se: eu faço os relatórios para a comuna. Não coloque a guilda dos banqueiros à frente de suas obrigações com a Igreja. Não vai ficar bem.

Com um meneio de cabeça, o reitor sumiu de novo, a batina vermelha roçando no chão de pedra.

Mal ele tinha saído da capela, frei Filippo sentiu um toque em seu ombro. Virou-se de repente e viu o amigo, frei Piero.

— Você me assustou, Piero — disse, tentando esconder as mãos trêmulas. Mas o administrador o conhecia bem e o empurrou para a nave, onde o ar fresco entrava pelas portas abertas do pórtico oeste.

— O que há, Filippo? Você está com uma aparência horrível — disse o frei Piero.

O artista balançou a cabeça, negando, e forçou um sorriso.

— *Mio amico*, você sabe como fico quando me preocupo com algo no trabalho.

Esticou o pescoço para ver a entrada da *cappella maggiore*. Frei Piero acompanhou o olhar.

— Está preocupado com o quê? — perguntou o administrador. Estavam ao lado da estátua de Santa Isabel, com a fila de velas votivas bruxuleando na base do pedestal.

Frei Filippo ia responder quando notou outro tecido vermelho e estremeceu. O movimento veio da porta que levava à escada da cripta. Uma figura alta, de vermelho, passou rápido pela porta e fechou-a sem fazer barulho.

— É Inghirami? — perguntou o administrador.

Frei Filippo não soube responder.

— Vejo pessoas de vermelho em todos os cantos.

— Como assim?

Relutante, o pintor contou da figura na janela na manhã de Páscoa e do homem de vermelho que parecia ser a sombra dele nas ruas.

— O reitor tem o corpo pesado. É velho e lúbrico, não rápido e forte — definiu o frei Piero. Ao dizer isso, pensou se o amigo, que andava muito tenso, estava dominado pela imaginação. — Deve ser apenas alguém querendo saber o que você está fazendo, Filippo. Não se preocupe.

Ainda olhando para a nave da igreja, frei Filippo pôs a mão na testa e esfregou os olhos.

— Estou com dor de cabeça — disse.

— Você precisa descansar. Vá para casa, fique com Lucrezia.

— É, vou. Antes, tenho de passar na botica e comprar um remédio para a cabeça. — Piscou e viu pontos negros. — Volto aqui mais tarde, uma hora de descanso me fará bem.

O pintor correu para a botica, encurtando o caminho pelo beco que ficava atrás da loja do sapateiro. Olhou a rua, pensando apenas na dor de cabeça, e sentiu a presença de um homem de cada lado. Virou-se para para a direita e a esquerda. Os homens passaram à frente dele, impedindo-o de seguir.

— *Buongiorno, fratello.*

— *Buongiorno* — ele respondeu, sem dar atenção, até que os dois tolos pararam, obrigando-o a fazer o mesmo.

— Somos da guilda dos banqueiros — apresentou-se um deles. O frei olhou-os: um era baixo, com uma barba que mal disfarçava uma feia cicatriz roxa. O outro era alto e atarracado, de braços grossos como uma anca de cavalo.

— O que houve? — perguntou o pintor, irritado.

O homem baixo se aproximou e o pintor sentiu o coração bater mais depressa.

— Nosso patrão quer ver o que já foi feito para o retábulo — disse o homem baixo.

A cabeça do frei Filippo latejava.

— O retábulo está no ateliê — informou, irritado.

— Vamos até lá para ver — exigiu o homem alto.

O pintor tentou passar, mas o homem ficou na frente e descruzou os braços. Frei Filippo viu que era forte como um touro e provavelmente tão ruim quanto.

— Não somos uma casa de caridade. O quadro precisa ficar pronto logo após o solstício, a guilda quer ver se ele está sendo feito — disse o homem.

— Se a Arte del Cambio quer vê-lo, que vá ao meu ateliê de maneira civilizada.

— Sabemos o que você fez — disse o homem, cuspindo nos pés do frei Filippo. — Se tem alguma coisa pronta, mostre agora e nós informamos à guilda.

Assustado, o frei tentou recuar e bateu com as costas numa parede. Os dois homens de preto foram embora, um terceiro, de vermelho, se adiantou. Frei Filippo teve a impressão de reconhecer aquela roupa.

— Terei prazer em ver o que você fez. Posso ir agora? — perguntou o homem, de uma forma bem mais educada que os anteriores. Frei Filippo teve a impressão de que o outro falava com sotaque do norte da Itália, talvez perto de Milão.

Os olhos do frei ficaram agitados, ele pensava em algum esboço que pudesse mostrar como sendo o dos banqueiros. Não se lembrou de nenhum.

— Pensei em ir lá, *fratello* — disse o homem baixo. Frei Filippo lembrou-se dele sentado numa mesa na sede da guilda, no dia em que assinou o contrato. — Podemos não ser muito letrados, mas nosso dinheiro é bom e você está com 20 florins nossos.

Frei Filippo ficou calado.

— Ou entrega o retábulo na data marcada ou devolve o dinheiro enquanto ainda há tempo de fazermos a encomenda a outro artista. Talvez até a seu amigo, frei Diamante.

— Não me ameace, estou sob proteção de Cosimo de Médici! — explodiu o pintor.

— Não em Prato — disse o homem. Estendeu a mão, que era bem maior do que o frei supunha, e empurrou-o pelo ombro. — Entendeu, irmão Lippi?

O frei trincou os dentes. Sua cabeça parecia prestes a explodir.

— Vamos? Ou passo no seu ateliê amanhã e pego algumas coisas como garantia?

— Não ouse fazer isso! Fique longe da minha casa — ameaçou ele, cerrando os punhos.

— Não nos provoque, não somos muito pacientes — disse o homem, sua sombra cobrindo o corpo do frei.

Capítulo Vinte e Três

Sexta semana da Páscoa, ano do Senhor de 1457

Lucrezia costurava uma pequena manga numa camisola de bebê quando a dor pareceu atravessar seu ventre. Ela gritou — e ficou feliz por não haver ninguém para ouvir. Ainda era maio. Não estava na hora de a criança nascer.

Colocou de lado a pilha de peças de seda, pôs a cabeça entre as pernas e levantou a saia. Nenhuma água, nenhum sangue. Ela se agarrou à beira da mesa e ficou ofegante.

— Ainda não pode, Deus. Por favor, ainda não — disse.

Sentiu um aperto na barriga se espalhando por baixo do cinto de parto. Lucrezia levou as mãos ao cinto que tinha feito de couro macio e soltou os cordões. Fechou os olhos com força e rezou alto.

— Mãe Maria, me dê força — gemeu, segurando num corte de seda azul. Estava guardando a seda para fazer um vestido especial, mas colocou o pano na boca e o mordeu para não gritar. Sentiu o gosto do tecido e lembrou-se das roupas de seu pai. Apertou os dentes e se encolheu na cadeira. Quando achava que não ia aguentar mais, a dor passou. Ela levantou a cabeça e piscou.

Lá fora, o sol brilhava no caminho que levava à Piazza della Pieve. Os pedaços de seda cortados para fazer roupas de bebê estavam pelo chão, onde ela os jogara, junto com a agulha, a linha e o bastidor.

Enxugou o suor da testa com um pano e bebeu um copo de água fresca da cisterna. Ao lado da lareira estava a cesta de guloseimas que Teresa de Valenti tinha enviado naquela semana, junto com um bilhete prometendo mandar uma parteira quando chegasse a hora. A *signora* não dissera quem mandaria ou como a parteira viria e Lucrezia lamentou ainda não ter perguntado. Porque, apesar de todas as preces, de cortar e costurar as roupas do bebê, de beber as infusões que lhe facilitariam o trabalho de parto, Lucrezia estava só e despreparada. E as dores estavam fortes. Tão fortes que ela temia que a hora tivesse chegado.

Quando conseguiu se levantar, pegou o manto, o rosário e a suave *cotta da parto* amarela que estava quase terminada. Amarrou tudo da melhor forma que pôde, colocou a pilha na cama, enfiou o rosário no bolso ao lado da medalha de São João e se preparou para procurar o frei Filippo na igreja. Estava perto da porta quando a dor voltou, fazendo-a cair de joelhos. Vários minutos se passavam até que a dor parasse e outros tantos até que Lucrezia conseguisse olhar para cima e respirar fundo.

Ela caíra aos pés do retábulo dos Médici, que estava num grande cavalete perto da porta. No começo, a imagem ficou desfocada, mas, quando a dor diminuiu, viu a cena do painel. Seu rosto estava no centro, mas não prestou atenção nele. Desde que passara a morar com o pintor, meses antes, tentava não olhar para a Virgem e pensar em si mesma. Olhava, sim, para a floresta e as flores que o frei Filippo tinha pintado, satisfeita de ver como ele havia feito progresso: não só nas amplos trajes azuis da Virgem, mas também o sol brilhando através de folhas transparentes no campo e o Espírito Santo iluminando a Madona ajoelhada.

Lucrezia olhou os painéis no chão perto do cavalete e as imagens de São Miguel e Santo Antônio Abade que pareciam ter vida própria. Estavam terminados, e ela prestou atenção neles pela primeira vez, vendo a armadura prateada de São Miguel fulgir e o lindo tecido marrom da batina de Santo Antonio, no mesmo tom da terra.

— *Per piacere*. Não deixe que a criança nasça agora. Ainda não — implorou ao forte e gentil Santo Antônio Abade, humildemente ajoelhado no chão.

Enquanto se preparava para outra onda de dor prometeu fazer todo o possível para manter o bebê no ventre até o final de junho, para que o frei Filippo pudesse dizer que o filho era dele.

Depois desse dia, Lucrezia passou a se movimentar menos. Sentava com os pés sobre um banquinho e o rosto para o sol quando a luz entrava pela janela; punha um xale nos ombros quando o sol sumia sob os telhados da cidade. A primavera tinha chegado, como se podia concluir pela romuléa que crescia em Prato e nas redondezas, pelo mugido dos bezerros no celeiro do vizinho e pelo cheiro de terra recém-cavada pelas mulheres ao cuidarem de seus modestos jardins.

Lucrezia sentava junto à lareira, costurando e rezando desde que o sol nascia até se por. Só podia costurar e esperar. E as coisas pelas quais esperava — o filho, as notícias de Roma, um bilhete carinhoso da irmã no convento — não podiam ser apressadas. Ela estava sentada quando Francesco chegara, no final de maio, para acompanhar a feitura do retábulo dos Médici, e ainda lá, bordando duas fronhas de seda, quando o emissário voltou, no calor do meio-dia da Festa de São Tomé, no começo de julho.

O cheiro do cavalo de Francesco Cantansanti lá fora revirou o estômago de Lucrezia. Ela ouviu o som das botas dele tocando o chão e o tinir das rédeas enquanto ele prendia o cavalo. Francesco parou em frente à casa apenas tempo suficiente para bater à porta e chamar, e então entrou sem esperar resposta. Cumprimentou Lucrezia com a cabeça e fez um rápida avaliação dos ricos cortes de seda que enchiam o ateliê.

— *Fratello*. — O emissário cumprimentou com a cabeça e parou para observar um esboço para o retábulo.

— Senhor Francesco — respondeu o pintor, atento. A presença de Cantansanti faria o frei Filippo perder mais tempo, que já era pouco. Pegou o jarro de vinho e não saiu de onde estava.

— Ainda está fazendo o halo? — perguntou Cantansanti ao ver o pincel que o pintor apoiava na tela, fazendo pequenos pontos coloridos.

— O halo estava pronto na semana passada, Filippo. Por que fica nos pequenos detalhes, se ainda falta tanta coisa?

— Não é tão simples quanto parece! — rebateu o pintor, mas logo abaixou o tom. — Preciso continuar colocando camadas de tinta se quisermos que o halo brilhe como se fosse mesmo de ouro. Se é para agradar ao rei Alfonso, o trabalho não pode ser apressado.

Secando a testa, o frei Filippo não parava de pensar no retábulo para a Arte del Cambio, que deveria ser entregue dali a uma semana. O olhar sempre vigilante de Cantansanti tinha afastado o pintor daquele quadro, mesmo quando a guilda mandou os mensageiros mais duas vezes para ver como estava o trabalho. A resposta, infelizmente, era que estava pouco adiantado. O retábulo precisava ser feito logo, ou ele iria conhecer a ira da guilda.

Com a Festa de Maria Madalena chegando em dois dias — e o retábulo atrasado mais de uma semana — o frei acordava antes do amanhecer. O calor já estava insuportável. Antes de sair, ele deixava um caneco de água com mel e um pouco de pão ao lado da cama e dava um beijo rápido na testa suada de Lucrezia.

— Vou para a capela. Se Ser Francesco Cantansanti aparecer, diga para me procurar lá. Vou levar os painéis dos Médici para estudá-los.

Depois de confirmar que a tinta no halo da Madona estava bem seca, ele embrulhou os três painéis num pano macio e empilhou-os em seu carrinho de mão, junto com três grandes pedaços de madeira que cortara para o retábulo da guilda dos banqueiros. Cada pedaço era quase da altura dele e o centro era mais largo que seus braços abertos.

Na verdade, o frei Filippo estava levando o retábulo dos Médici para estudar os efeitos que conseguira e copiá-los no painel da guilda. Tinha menos de dois dias para fazer o tríptico da Madona amamentando ladeada por São Mateus e São Pedro. Não ia ficar bom, mas seria grande e, com um pouco de sorte concedida pela Virgem, ele acreditava que os rudes homens da guilda ficariam mais do que satisfeitos.

※

Naquela tarde, quando os sinos da nona tocaram, Lucrezia costurava, hábil, uma camisola para o bebê. Nicola estava do outro lado da mesa, comendo um dos rolos doces que trouxera da Sra. Valenti e rindo alegre da história que contava sobre as filhas dos Valenti.

— E os patos correram atrás da menina e ela teve de voltar para a água! — disse Nicola. Ela estava às gargalhadas quando Lucrezia ouviu passos e uma respiração pesada na porta.

— Abra, Filippo! — rosnou uma voz, à porta.

Lucrezia sabia que não era Cantansanti, mesmo assim chamou o nome dele.

— Pare de fingir, queremos entrar. — Bateram na aldrava de ferro e a pesada porta de madeira tremeu no caixilho.

Lucrezia levantou-se apertando as costas com a mão. Assustada, ficou na antecâmara e abriu a porta: eram três homens. Dois de preto, e um terceiro de vermelho. Sentiu cheiro de vinho, cebola e um tempero que não conseguiu identificar. Seu estômago revirou, a criança chutou.

— Somos da guilda dos banqueiros — disse o mais baixo dos três, de braços cruzados no peito. Tinha uma barba preta que mal escondia uma grande cicatriz que ia da sobrancelha ao queixo. — Onde está o pintor?

— Saiu. — Ela tentou ficar calma, mas a raiva dos homens era evidente. Sentiu os joelhos tremerem e segurou-se na porta.

— Chame o pintor — disse o maior, agressivo. — Chame-o, agora.

— Nicola, corra e traga Filippo! — gritou ela para a criada.

Ouviu um movimento e a criada passou rápido por ela e pelos homens, correndo pelo caminho de seixos.

— Ele já vem, esperem um instante — pediu Lucrezia, evitando olhar para os homens. Fez um esforço para não tremer mais.

— Não gostamos de esperar — avisou o homem de vermelho, brusco. Com um gesto ríspido, afastou-a para o lado e entrou com os outros. — Estamos esperando há meses. Viemos buscar o retábulo.

Lucrezia olhou para o homem assustada.

— O retábulo? São mensageiros dos Médici?

— Médici? — Os homens de preto se entreolharam e deram um sorriso malicioso. — Isso mesmo, viemos pegar os quadros dos Médici. Entregue-os.

Lucrezia empalideceu. Os homens se espalharam pelo ateliê como uma mancha e o cheiro deles a enjoou.

— Onde está o retábulo? Era para ser entregue ontem. — O barbudo parou na mesa do frei Filippo, olhou os desenhos e rasgou-os.

— Ele está fazendo o retábulo — disse Lucrezia, confusa e tonta. — O Sr. Cantansanti vem aqui quase todas as semanas, os senhores certamente sabem disso.

— Olívio, não é bom mentir para uma freira — disse o baixo, de vermelho, dando ênfase especial à palavra *freira*. Virou-se para Lucrezia. — Não somos mensageiros dos Médici, somos da Arte del Cambio. Viemos pegar a encomenda.

— Encomenda? — Lucrezia procurou atrás dela algo em que se apoiar, desabando sobre uma cadeira. — Encomenda? — repetiu sem forças.

— Está atrasada — disse um deles.

— Não está aqui, *sorella*? O pintor andou mentindo para nós, não foi?

Lucrezia gelou. Desesperada, procurou pelo ateliê, depois lembrou que Filippo tinha levado a *Adoração da Madona* e os quadros dos santos para a igreja, num carrinho de mão.

— Não sei do que estão falando — disse ela, quase chorando. — Por favor, perguntem ao frei Filippo, tenho certeza de que ele entregará o que querem.

— Já fizemos isso. Agora vamos levar o retábulo, ou o que tiver. Ele nos deve muitos florins.

Com o braço direito, o homem mais alto bateu numa série de jarros.

— Por favor, cuidado — pediu Lucrezia, fraca.

O homem baixo abriu um grande saco preto e começou a jogar pigmentos dentro dele, enquanto o outro, fazendo muito barulho, pegava telas de álamo e outras madeiras que estavam ao lado da porta.

— Isso deve compensar em parte nossos problemas — resmungou ele.

Cambaleando como um bêbado, o baixo tropeçou num banquinho, que quebrou. Com tinta respingada pela roupa, Lucrezia correu para a cozinha, ouvindo-os mexer no ateliê.

— Por favor, tomem cuidado, por favor — ela gritou.

Ouviu os homens xingando e rindo enquanto entravam e saíam do ateliê, pisando no jardinzinho dela e chamando atenção dos filhos dos coletores de lã, que rodearam a casa e ficaram olhando, boquiabertos.

— As moedas de ouro devem estar em algum lugar — ela ouviu um dos homens rosnar.

— Escondeu bem, o canalha — disse outro, arremessando os últimos pedaços de madeira na pilha.

— Lucrezia? — Ofegante, o frei Filippo empurrou os homens e entrou no ateliê desarrumado. — Lucrezia, você está bem?

A resposta sumiu entre os gritos dos homens que cercaram o frei, com os dois de preto segurando os braços dele.

— Lucrezia? Onde ela está? — gritou novamente, lutando contra os homens.

— Está na cozinha. Não queremos saber da sua *puttana*, irmão. Viemos pegar o retábulo — disse o homem de vermelho, com seu sotaque milanês.

— Canalhas! Saiam daqui. Saiam ou mato vocês! — gritou o frei, chutando com suas sandálias grossas.

O mais alto dos três segurou-o pelo braço e torceu seu pulso, imobilizando-o.

— Entregue o retábulo ou devolva o dinheiro. Nós avisamos que não tínhamos paciência — gritou, dando no queixo do frei um soco que atirou sua cabeça para trás. — Onde está o quadro, hein, *fratello*? Onde?

— Estou pintando — respondeu o frei, com a boca ensanguentada.

— Tarde demais, já devia estar pronto.

— Está na Igreja de Santo Estêvão, vamos lá e mostro — disse, estufando o peito.

— É mentira, já fomos lá, não tem quadro para a Arte del Cambio.

— Idiotas, vocês não entendem nada. — O pintor soltou uma das mãos e deu um soco no ar.

O homem alto riu de novo, torcendo o pulso do frei Filippo até ele gritar de dor.

— Entendemos que artistas que dormem com noviças bonitas não cumprem o que prometem.

O pintor urrou para seus agressores, que o seguraram com uma força ainda maior. O homem alto deu um soco no olho direito do frade; outro, um golpe na barriga, seguidos de mais três. Num relance, o frei pensou na diferença entre a lembrança da dor física e a dor real. Um chute na perna, outro na virilha e ele caiu no chão. Os homens pisaram com as botas em suas costas.

— Acha que a guilda dos banqueiros faz caridade? Tivemos muita paciência. Sorte sua não quebrarmos o seu braço.

Enquanto ele se contorcia de dor, eles pegaram as sedas de Lucrezia e uma mão rude segurou sua *cotta da parto* amarela e amarrou-a a um rolo de seda azul.

— Filho de um mendigo sujo, como você ousa pegar nesse vestido? — ameaçou o frei Filippo.

Uma bota pressionava suas costas, mas ele levantou o tronco e ameaçou, enquanto os homens empilhavam todas as lindas sedas:

— Vou matar vocês. — A bota pisou com mais força e imobilizou-o.

O homem de vermelho se inclinou sobre o pintor; o rosto da mesma cor da roupa, e cuspiu as palavras para o pintor:

— Termine o quadro ou mato você.

Foi a última coisa que Filippo ouviu antes que o lado esquerdo de sua cabeça parecesse explodir de dor e ele desmaiasse.

Lucrezia esperou que os homens tivessem cruzado o caminho de cascalho. Quando teve certeza de que tinham ido embora, passou de qualquer jeito pelas pedras e fechou o trinco, encostando nela o banco quebrado. Depois, abaixou-se ao lado do pintor imóvel e encostou a cabeça no peito dele para ouvir o coração. Tocou no rosto ensanguentado e chorou. Suas lágrimas eram de raiva e desespero.

— Você não disse que tinha outra encomenda — gritou para o rosto sem expressão do frei Filippo. Ela segurou a cabeça dele. — Você mentiu para mim, Filippo, mentiu.

Lucrezia ficou no chão, esperando que o frei Filippo acordasse. Estava cansada. Muito cansada.

Ela acordou no escuro, com dores fortes na barriga.

— Filippo, alguma coisa está errada — gritou, sacudindo o ombro dele. — O bebê, Filippo. — Chamou mais alto e bateu de leve no rosto dele. Ele finalmente se moveu, devagar e com dificuldade, e segurou na mão dela. Fazia muito frio.

— Estou sangrando — disse ela.

Esquecendo o sono e a dor, o pintor resmungou alguma coisa e se levantou. Lucrezia estava pálida; ela moveu o quadril para o lado da cama, e ele viu no chão uma pequena mancha escura.

— Filippo, o bebê está nascendo.

O pintor se arrastou até a lareira da cozinha, tirou do lugar uma pedra e pegou a sacola com os florins. Felizmente, os homens da guilda não tinham encontrado as moedas de ouro.

— Filippo, rápido — pediu Lucrezia, apavorada.

Cambaleando, o pintor se aproximou dela.

— Vou chamar alguém, vou pedir para a Sra. Valenti mandar a parteira — ele disse.

— Não há tempo, Filippo. Por favor, me leve para o convento. A irmã Pureza vai me ajudar.

Ela estava empalidecendo e ele se assustou ao sentir cheiro de sangue. Fazendo um esforço para pensar com clareza, correu pela rua escura até a oficina do ferreiro. Sob a luz da lua, achou a carroça dele presa à cabana e ouviu o jumento zurrar nos fundos da casa. O som dos passos acordou o homem que apareceu, sonolento, à janela.

— Pelo amor de Deus, empreste sua carroça e o jumento.

Com as costelas doloridas, frei Filippo rapidamente pegou o jumento e atrelou-o à carroça. Foi para o ateliê, enrolou Lucrezia num lençol e carregou-a com cuidado. Colocou-a na carroça, usando lençóis e seda dobrada para amaciar a madeira dura.

Coberta pelo lençol, Lucrezia viu as estrelas acima dos telhados das casas e rezou. Era final de julho. Ela conseguira o que queria. Mantivera a criança em seu ventre por tempo suficiente para saber que era do frei Filippo.

Capítulo Vinte e Quatro

Véspera da festa de Santa Maria Madalena, ano do Senhor de 1457

A priora Bartolommea apertou na mão os 3 florins de ouro e olhou para o pintor. A luz da lua bastava para mostrar seu rosto cansado.

— Não esqueça que estou esperando o meu retábulo, *fratello*. O senhor prometeu há quase um ano — ela disse.

— Sim, o quadro. Entrego depois que a criança nascer — ele respondeu, prudente.

No pátio escuro, viu Spinetta e a irmã Bernadetta passarem com Lucrezia sob o arco de pedra para o jardim do claustro. Uma figura curvada correu para elas, levando uma vela.

— Ela estará segura conosco. Pode ir embora, o prior-geral proibiu o senhor de ficar por aqui — avisou a priora.

A irmã Pureza colocou uma das mãos na barriga de Lucrezia e a outra entre suas pernas. Lucrezia se encolheu ao sentir os dedos.

— Não está na hora, descanse. Vai precisar de força — disse a freira, limpando a mão no avental.

Lucrezia tocou a mão da velha senhora. O conhecido cheiro de lavanda da freira, sua calma segurança deixaram Lucrezia muito grata. Seus olhos marejaram.

— Obrigada, irmã Pureza, *molte grazie* — conseguiu dizer.

Surpresa, viu a irmã Pureza virar as costas e pegar uma bandeja de ervas que guardava numa prateleira, num buraco fresco da grossa parede da enfermaria.

— É muito cedo — disse a irmã Pureza em tom rude.

— Muito cedo? Para o parto? — perguntou Lucrezia, com voz trêmula.

— Para me agradecer.

O coração de Lucrezia começou a palpitar.

— Mas ele está bem, não está? O bebê?

A velha freira empertigou-se.

— Por que diz ele, irmã Lucrezia? Por que acha que é menino? — perguntou a freira, virando-se, de mãos vazias.

Lucrezia tinha certeza de que era um menino. Sabia havia meses. Um filho para Filippo. Intrigada pelas palavras da freira, ela apenas balançou a cabeça.

— Uma menina vai sofrer, como todas as mulheres. — A voz da irmã Pureza surpreendia pela força. Parecia ecoar das paredes. — Acha que o destino vai ser benevolente com uma criança nascida da vergonha?

Os olhos de Lucrezia lacrimejaram, desfocando a imagem da velha senhora.

— Não sei — exclamou.

— Claro que não sabe. Não sabe nada sobre sofrimento e dor. É uma tola, uma moça tola e presunçosa — acusou a irmã Pureza, sem disfarçar a raiva.

Lucrezia não tentou calar a freira. Ela merecia todas as críticas.

— Por favor, irmã Pureza, não culpe a criança por meus pecados. Não o castigue — pediu, com voz falha.

— Menino ou menina, Deus é quem vai castigar, não eu.

Assustada com o próprio rompante, a irmã mexeu com mãos trêmulas nos instrumentos na bandeja. Tirou uma tampa de cortiça, cheirou a amarga verbena e a raiz de cardo, despejou um pouco num jarro de água e mexeu.

— Beba isso, vai ajudar a descansar — disse, ríspida. Mas Lucrezia não bebeu.

— Faça como quiser. — A freira colocou o pequeno copo na mão fechada de Lucrezia e, ao fazer isso, viu que a jovem usava uma aliança de ouro com uma pedra de jasper vermelho, a cor do amor.

༄

A priora escreveu a carta naquela mesma manhã, enquanto as irmãs Camilla e Spinetta estavam na igreja fazendo as orações da terça. Não precisava que elas tomassem conhecimento, tinha certeza de que estava fazendo o que era certo e direito.

Em nome do Senhor, em 21 de julho de 1457

Sua Graça, reverendíssimo prior-geral Saviano,
Lucrezia Buti voltou ao convento hoje de manhã, nas dores do parto. Compartilho de sua ira por esta vergonha, mas fiz como mandou e permiti que entrasse.

A priora olhou as três moedas de ouro sobre a mesa.

Ela chegou com 2 florins de ouro, que serão colocados nos cofres do convento. Como é de seu conhecimento, nossas finanças estão cada vez menores. Receba a proteção e a graça de Cristo.

A priora dobrou e lacrou o bilhete. Não conseguia entender por que o prior-geral deixara Lucrezia voltar para o convento, já que não pertencia mais à irmandade. Mas Saviano era poderoso e ela não podia questioná-lo sobre aquele assunto. Aproveitaria a presença de Lucrezia para coagir e até forçar o pintor a entregar o retábulo prometido.

Embora tentasse esconder das outras freiras, a saúde da priora piorara no último inverno e ela não havia recuperado as forças no calor do verão. Sentia que seu tempo no mundo estava chegando ao fim e queria sair dele com todas as garantias possíveis. Seu retrato no retábulo usando o Sagrado Cinto era algo que contaria a seu favor quando Deus fosse avaliá-la a caminho do céu.

A priora olhou de novo a carta em sua mão e teve a impressão de que as palavras escritas pouco antes estavam quase ilegíveis. Colocou o pergaminho perto dos olhos, mas isso só piorou a visão. Afastou bem o papel e mal conseguiu enxergar o nome do prior-geral.

— Tenho de fazer uma letra maior — resmungou.

Depois de devolver a carroça e o jumento para o vizinho, o frei Filippo enrolou uma faixa na cabeça e tiras de pano no peito, sujas com pegadas de botas. Apalpou as costelas e ficou aliviado por não estarem quebradas. Limpou o ateliê como pôde, embora quase não tivesse sobrado nada. Haviam levado praticamente todo o material, e o que restara estava destruído no chão.

O frei encontrou uma pena quebrada e um vidro de tinta e escreveu para Giovanni de Médici num papel rasgado:

Meu honrado Giovanni, trabalhei como um escravo para fazer o quadro exatamente como o senhor queria e farei tudo para terminá-lo ao seu agrado.

A mão tremeu. Tinha sido um idiota, gastando o dinheiro da guilda dos banqueiros como se não fosse acabar.

Por favor, não me deixe sem esperança, pois sem material e sem dinheiro não posso prosseguir.

Frei Filippo sabia que o texto parecia desesperado. Mas repor os pigmentos e os outros materiais de trabalho era mais importante do que sua reputação e sua honra.

Prometo que o quadro estará terminado até 20 de agosto e, como prova disso, envio o desenho da moldura para que saiba como será o trabalho em madeira e qual estilo representará. Peço que me conceda 100 florins para o desenho. É um valor justo, pergunte a quem quiser. Rezo para que o senhor veja que meus esforços são de boa-fé.

Não era cedo demais para encomendar a moldura. Se Deus queria que ele fizesse mais do que era possível numa vida, e se ele tinha de agradar aos Médici e ao rei de Nápoles, então precisava de mais ajudantes.

Preciso ir embora de Prato. Imploro que me responda, pois estou sem saída; peço também que me perdoe por escrever em estado de desespero.

O pintor ficou desenhando até o entardecer a moldura entalhada do retábulo, com arcos góticos e arremates dourados. Terminou a carta e lacrou-a quando a lua surgiu. E rezou para Giovanni de Médici ser compreensivo e generoso.

Mas o filho mais velho de Médici não estava tão propenso a conceder regalias. Dois dias depois, o frei ouviu a resposta pela voz autoritária de Francesco Cantansanti:

— Você não vai receber mais nada até terminar o trabalho. Peço a Deus que aqueles brutamontes não tenham levado o retábulo — disse o emissário à porta do ateliê, avaliando a sala vazia.

O frei estava de olhos vermelhos, como se não dormisse havia vários dias. Os ferimentos nos lugares onde foi mais machucado estavam começando a formar cascas.

— Não levaram, graças a Deus — disse o frei Filippo.

— Sorte sua. Você devia ter evitado contato com aqueles homens, Filippo. — Francesco olhou bem os destroços que o frei não tinha varrido. — Onde estão os quadros para o rei Alfonso?

— Na Igreja de Santo Estêvão, guardados. Cuido deles como da minha vida, Francesco. — O frei tratou o mensageiro pelo nome de batismo e sua voz falhou. — Mas preciso de mais folhas de ouro para terminar o traje da Madona. Pelo menos isso.

Cantansanti mexeu no bolso e tirou duas moedas de ouro. O pintor estava testando a paciência dele, mas de nada adiantaria vê-lo desesperado.

— Compre só o que precisa, mostre o trabalho depois que tiver pintado mais e eu ajudo se puder.

Ao virar-se para ir embora, Cantansanti olhou de novo o ateliê e viu o único esboço que estava na parede. Mostrava a mesma moça que tinha posado para a Madona. Estava no final da gravidez, olhando para cima como se implorasse aos céus.

— Ouvi dizer que a jovem voltou para o convento, é verdade, Filippo?

Frei Filippo concordou com a cabeça.

— Só até a criança nascer — ele disse.

À porta, o emissário pisou firme com a bota e balançou a cabeça.

— E depois?

— Ainda estamos esperando resposta de Roma. Tudo depende do que o meu mecenas e a família dele puderem fazer por mim.

— O que eles podem fazer por você depende do que você pode fazer para nós, Filippo. Juro que você não receberá mais nada se não entregar o retábulo.

⁓⁕⁓

A notícia da invasão do ateliê do frei Filippo e da volta de Lucrezia para o convento chegaram ao frei Piero quando ele estava na estrada, vindo de Lucca.

Assim que chegou a Prato, correu para o convento e sentou-se no duro banco da sala da priora Bartolommea, onde ficou ouvindo uma ladainha de reclamações e exigências. Ela parecia apertar os olhos ao falar com ele, e o frei foi ficando irritado com tanta arrogância e exigências fúteis. Não entendia como frei Filippo aguentara ser capelão por dois anos. Em poucos meses, o cargo tinha acabado com a paciência do frei Piero.

— A irmã Lucrezia voltou com um filho no ventre e precisando de nossos cuidados — disse, finalmente, a priora. — O que faremos, *fratello*? O pintor manchou nossa reputação, mas Cristo nos ensina a oferecer um porto seguro para os que pedem perdão de seus pecados.

O administrador concordou, pensativo.

— Falarei com ela. Ouvirei a confissão dela e depois a das outras freiras.

O administrador encontrou Lucrezia deitada num catre da enfermaria, os pés apoiados num travesseiro, a barriga enorme, o rosto inchado e pálido.

— Frei Piero — disse ela, sorrindo e fraca.

Ele ficou aliviado ao sentir a força com que apertou sua mão.

— O senhor sacramentou nossa união — disse ela, com os lábios secos.

Ao ver a irmã Pureza à porta, Lucrezia puxou o administrador para mais perto, passando a falar num sussurro:

— Se eu morrer, o senhor me dará a extrema-unção, não dará? E prometa não deixar a criança viver como bastarda.

— Você vai se recuperar — disse o frei Piero, colocando a mão dela em cima da cama. — Reze e seja corajosa, Lucrezia. Com a irmã Pureza, você está em boas mãos.

Depois, ouviu a confissão de Lucrezia, concedeu a absolvição e fez o sinal da cruz na testa dela. Foi então falar com a irmã Pureza, que sofria com a situação da noviça.

— Irmã Pureza, peço que lembre que há muito segredos que podem mudar o destino de uma bela jovem — disse ele, e ficou surpreso ao ver a freira endurecer o rosto.

— Pois lembre que sou idosa e, portanto, já vivi bastante — disse ela, áspera. — O administrador empalideceu. Ela continuou: — O mundo é cheio de sofrimento, *fratello*. Se formos compreensivos com a noviça, ela não estará preparada para o que certamente vai sofrer.

Frei Piero observou o rosto da irmã, certo de que ela não sabia o que o prior-geral tinha feito, nem quão sincero era o amor do frei Filippo pela jovem. Não fosse pela obrigação de sigilo na confissão de Lucrezia, ele contaria tudo à velha freira. Preferiu citar as palavras de Cristo, esperando com isso conseguir ao menos um pouco de generosidade:

— Os fracos serão os primeiros a entrar no reino do Senhor, irmã Pureza. E os justos serão os últimos.

Do convento, o administrador foi direto para o ateliê do pintor. Estava vazio, com a fechadura da porta quebrada e a lareira, apagada. O local estava também cheio de destroços e, pregado numa parede, havia um único pergaminho com um desenho de Lucrezia grávida, olhando para o céu.

Frei Piero encontrou o pintor no alto de um andaime na Igreja de Santo Estêvão, os braços fazendo movimentos rápidos e baldes de tinta aos pés. Faltava muito para as vésperas, mas o pintor tinha mandado os assistentes para casa e ficara sozinho na *cappella maggiore*.

— Frei Filippo — chamou o frei Piero, e foi preciso repetir várias vezes para o pintor ouvir. Ele então desceu do andaime, com uma ligeireza perigosa para um homem tão grande.

— Tem notícias?

— Estive com Lucrezia. A criança vai nascer logo, Filippo, você precisa se preparar.

— Estou me preparando. Entreguei ontem o retábulo para aqueles canalhas da Arte del Cambio. Os malditos não me pagaram o restante porque entreguei com atraso. E, como pode ver, estou trabalhando loucamente.

O pintor mostrou com um gesto o canto escuro da capela onde tinha guardado o retábulo dos Médici.

— Piero, quero ir embora daqui com Lucrezia. Assim que a criança nascer, eu terminar os afrescos e me pagarem, quero sair da cidade.

Falou tão rápido que o administrador se assustou. Pôs a mão no ombro do amigo, cujo rosto estava cansado.

— Você tem se alimentado direito, Filippo?

— Comida? Meu Deus, olhe para o banquete do rei Herodes aqui na parede. — Esticou o braço e o frei Piero o acompanhou com o olhar até o lado direito do andaime. — Veja esta cena do banquete.

O administrador observou os detalhes da mesa do banquete, as paredes tendo por fundo azulejos verdes e vermelhos, a cabeça cinza de São João morto. Acompanhou também quando o pintor andou para a esquerda e segurou a lamparina sobre um espaço em branco nebuloso entre os azulejos.

— Minha Salomé — anunciou o frei Filippo, a voz engrossando à medida que baixava de volume. — Esta será a minha Salomé.

Frei Piero subiu no andaime e olhou bem o rosto levemente esboçado na parede. A mulher parecia Lucrezia no final da gravidez. Mas havia alguma coisa na expressão lânguida da dançarina que ele nunca tinha visto nela.

— Salomé dança para o rei Herodes como uma prostituta e assim que consegue o que quer, então... — explicou o frei Filippo, chegando tão perto que o frei Piero sentiu o cheiro da roupa que vinha usando havia vários dias.

Frei Filippo parou.

— Então o quê? — perguntou o frei Piero. A luz da lamparina tremulava no rosto do amigo, formando sombras esquisitas.

— Então, graças a uma dança e um pedido, São João é torturado e a cabeça dele é entregue numa bandeja.

Frei Filippo calou-se. Parecia que estava ali havia dias, pensando em Salomé. E então entendeu — a dançaria seria o centro do afresco. Seria pintada em camadas de branco, num movimento fantasmagórico, quase uma miragem. O corpo dela flutuaria com a graça de uma serpente, longe de tudo, acompanhando um som que estava dentro dela.

Esquecendo a presença do amigo, o pintor pegou um creiom vermelho no bolso e esboçou o contorno de Salomé com um arabesco sobre as linhas definidas dos azulejos. Homens e mulheres condenariam Salomé como uma prostituta impiedosa. Mas olhariam para ela com desejo e inveja e compreenderiam o fascínio que causou entre os convidados do banquete.

— Filippo?

O pintor virou-se e piscou ao ouvir a voz do amigo. Há quanto tempo os dois estariam ali? O pintor olhou o afresco e mostrou a cena, os olhos animados ao indicar o lugar do salão onde deslizaria o pé esticado de Salomé, mal tocando o chão.

— Está vendo, Piero, Salomé é linda, mas caprichosa. Tem uma força invisível que nenhum homem consegue conter. Quem olhar para ela compreenderá que São João teve sua força e sua vida destruídas por uma mulher que parecia pouco mais concreta que o odor do perfume que usava, uma mulher ligada a este mundo apenas por seu delicado pé de dançarina.

O administrador colocou a mão no ombro do pintor novamente.

— Filippo, não se preocupe, eu cuido de Lucrezia.

— Está bem. — Filippo assentiu vigorosamente ao ouvir o nome dela. — Mas, sinceramente, Piero, ela agora está nas mãos de Deus. Nós dois estamos.

Capítulo Vinte e Cinco

*Terça-feira da 12ª semana depois de Pentecostes,
ano do Senhor de 1457*

Dessa vez, não havia como negar as dores. A água escorreu entre as pernas de Lucrezia, o ventre endureceu, suas entranhas se esvaziaram e ela teve espasmos. Foi logo depois da nona, em 27 de agosto, um dia tão quente que ela mal conseguia respirar.

— Me ajude, Mãe Maria, me ajude — ela chorava.

A noviça Rosina foi a primeira a chegar ao seu lado na cama.

— Rosina, por favor, chame a irmã Pureza — pediu Lucrezia, segurando a pequena mão da noviça.

A irmã chegou em silêncio, lavando as mãos sujas de terra do jardim e colocando um ramo fresco de salsa num caneco de água fria. Secou as mãos num pano limpo e mandou Rosina encher a tina de madeira com água morna do caldeirão da cozinha. A velha freira levantou a camisola de Lucrezia e apalpou entre suas pernas dobradas. A entrada do ventre estava começando a se abrir.

— Levante-se, irmã Lucrezia, a criança está nascendo e você precisa ajudar — disse, segurando Lucrezia pelo braço e colocando-a sentada.

As pupilas de Lucrezia estavam azul-escuras, o branco dos olhos, injetados.

— Não sei se consigo. — Ela passou os braços ao redor do ombro da irmã Pureza e pisou no chão.

— Rosina, segure-a pelo outro lado — disse a irmã Pureza quando a noviça voltou com a água morna e a despejou na tina. — Agora, ande, ande, Lucrezia — mandou.

Lucrezia andou de um lado para outro da enfermaria até o sol passar por cima do muro oeste do convento e a irmã Pureza finalmente deixá-la deitar no catre. Rosina trouxe um caneco de caldo de erva-doce. Lucrezia estava fraca e com a boca seca de tanto gemer.

— Não consigo, desculpe, não consigo comer — disse ela para a irmã Pureza.

— Não desperdice suas forças falando, coma — mandou a velha freira.

Lucrezia ficou em trabalho de parto durante a noite, por muito mais tempo do que achou que aguentaria. Spinetta estava do lado de fora da enfermaria, mas não respondeu nas duas vezes que a irmã chamou-a.

— Por favor, chame Spinetta, preciso vê-la — pediu Lucrezia. Desde que tinha voltado para o convento, havia um mês, Spinetta só visitara a irmã duas vezes, sem falar nem olhar para ela.

— Só precisamos da ajuda de Rosina — disse a irmã Pureza, firme.

A velha freira aqueceu as mãos em óleo de limão e gordura e esfregou bem as palmas. Depois, passou o creme entre as pernas de Lucrezia, na delicada pele rosa que estava esticada a ponto de arrebentar.

— Meu Deus — gritou Lucrezia. Respirava rápido e fazia força para baixo, gritando.

— É agora, a criança está vindo — anunciou a irmã Pureza.

Rosina segurou as pernas de Lucrezia para o alto e uma cabeça escura surgiu no meio da pele esticada entre as pernas.

— Faça força para baixo, para baixo — ensinou a irmã Pureza.

Os gritos de Lucrezia enchiam a noite e chegavam às freiras, encolhidas nas celas. Num último esforço de Lucrezia, a criança saiu do ventre para o lençol que a irmã Pureza segurava.

A irmã pegou a faca e cortou o grosso cordão umbilical que ligava a criança à mãe.

— É um menino? — perguntou Lucrezia, mal tendo forças para falar. — Como não teve resposta, começou a gemer: — O que houve? Meu filho tem algum problema?

A irmã Pureza olhou entre as pernas da criança, viu o saquinho roxo e o pênis. Virou a criança segurando-a pelos pés e deu uma palmada nas costas e duas nas nádegas. A criança expeliu um muco denso e seu choro encheu o quarto.

— Obrigada, Senhor, obrigada — disse Lucrezia, chorando.

— É um menino — disse a parteira, baixo. Lavou-o na banheira, enxugando o rosto e o corpo, e passou o dedo na estranha marca que o menino tinha na nádega esquerda. Usou a ponta do lençol para limpá-lo e esfregou a cruz vermelha, mas a marca não saía. A irmã Pureza viu Rosina do outro lado do quarto, seus olhos negros assistindo a tudo.

— Deixe eu segurar meu filho — pediu Lucrezia, estendendo as mãos, fraca. A velha freira não deu ouvidos e enrolou a criança com firmeza num lençol macio e cinzento devido a anos de uso. Entregou a criança para Rosina e apertou a barriga inchada de Lucrezia até a placenta sair. A jovem tinha perdido muito sangue e estava tremendo, com os braços frios. A irmã Pureza colocou um cataplasma no meio das pernas dela e cobriu-a com um pesado cobertor de lã.

— Deixe eu segurar meu filho, *per piacere*, deixe — pediu Lucrezia, estendendo a mão pálida para a noviça.

A irmã Pureza observou que Lucrezia transpirava e concluiu que estava aquecida. Depois, trouxe um copinho de calêndula e chá de urtiga.

— Beba — disse.

Lucrezia levou os lábios ao copo e bebeu, obediente.

— Traga-o para mim, por favor — implorou, esticando os braços. Mas a irmã Pureza já havia virado as costas e levado a criança.

— Irmã, aonde vai? — Lucrezia viu o hábito escuro e amassado passar pelo quarto iluminado por velas. A irmã Pureza parou perto do crucifixo de madeira na parede e segurou uma folha de pergaminho perto da luz.

— Batize-o, por favor, irmã — pediu Lucrezia, a voz cada vez mais fraca.

Era exatamente o que a velha freira estava fazendo: o sinal da cruz na testa do bebê, jogando água com os dedos úmidos e dizendo as palavras que livrariam a alma dele do pecado original.

— Mantenha a cabeça dele coberta. A viagem pode ser longa — Lucrezia ouviu a parteira dizer para Rosina.

— *Bambino mio*, aonde ele vai? Aonde vão levá-lo?

A velha e a jovem não responderam.

— Tragam-no para mim — chorou Lucrezia. Viu a irmã Pureza abrir a porta e Rosina levar o bebê.

— Spinetta, você está aí? Traga-o de volta — pediu Lucrezia, fora de si. Tentou sentar-se na cama, mas os braços estavam fracos demais e ela sentia muitas dores. — Traga de volta — gemeu.

A porta se fechou. A criança e Rosina se foram. Só a irmã Pureza ficou, o rosto sério e impassível.

— Para onde ele vai, irmã Pureza? Pelo amor de Deus, traga-o para mim.

Durante todas aquelas semanas, a frieza da velha freira parecia um castigo merecido pelos pecados de Lucrezia. Mas ela jamais imaginava que chegaria a tanto.

— Procurei-a de boa-fé, irmã Pureza, pensei que fosse minha amiga.

A velha não respondeu. Andava rápido pelo quarto, enrolando lençóis sujos, levando a banheira tinta de sangue para o jardim de ervas.

A parteira aprumou os ombros e segurou um maço de rosmaninho e sálvia, espalhando uma densa fumaça que incomodou os olhos de Lucrezia e fez seu choro mais comovedor.

— Eu disse qual era o resultado da conjunção carnal — avisou a irmã Pureza, em meio à escuridão do quarto. A jovem parou de chorar e a freira teve certeza de que ela estava ouvindo: — Mas você não acreditou. Agora, vai saber, irmã Lucrezia.

— Por que está fazendo isso?

— Por ordem do prior-geral.

— O prior-geral, *Dio mio*, não deixe que ele faça isso. Irmã Pureza, a senhora sabe o que ele me fez — gritou.

— Não posso desobedecer uma ordem dele. Você concebeu e teve uma criança em pecado. Agora, o seu pecado será apagado e a criança vai viver numa família cristã. Você deve se considerar uma pessoa de sorte.

Lucrezia não conseguia falar, entre lágrimas.

— Você teve um filho sadio, mas não vamos mais falar nisso. Você vai ver que será melhor assim — disse a freira, saindo e fechando a porta.

Lucrezia chorou sozinha, os olhos fixos no crucifixo de madeira na parede.

— Senhor amado, proteja meu filho até que eu possa encontrá-lo novamente — disse, chorando na escuridão cheia de fumaça de sálvia.

Ela esperou, deixando que a escuridão a envolvesse. Depois, disse o nome do filho para que os santos, a Virgem e Jesus Cristo soubessem que ele era dela.

— Filippino. Cuidem dele e tragam-no de volta para mim. Jesus, Maria Mãe, estão me ouvindo?

Olhou para o crucifixo na parede e parecia que até o Cristo, em seu sofrimento, tinha ido embora.

Na manhã seguinte, Lucrezia procurou conforto nos olhos cinza da irmã Pureza, mas a velha freira não quis falar sobre a criança. Ríspida, mudou o cataplasma e os panos que tinha colocado entre as pernas de Lucrezia, trouxe um caldo quente e mandou a jovem comer.

— Por favor, deixe eu falar com o administrador — pediu, depois de tomar um pouco do caldo e tendo certeza de que a irmã Pureza não teria pena dela. — Quero me confessar com ele, preciso expiar os meus pecados.

Depois da nona, a velha freira levou o administrador à enfermaria. Lucrezia esperou até ficarem a sós, depois segurou com força a mão do e frei Piero e falou no ouvido dele. Mal conseguia dizer o pouco que precisava sem chorar.

— Sabe que elas levaram o meu filho? — perguntou. E viu nos olhos dele que ele sabia.

— O senhor deixou levarem meu filho? Sabia e deixou? Por favor, frei Piero, não permita que o prior-geral faça isso comigo. — Ela soluçava e balançava a cabeça sem parar, de um lado para outro.

Frei Piero segurou as pequenas mãos de Lucrezia.

— Sinto muito, mas não tenho influência dentro da Ordem. Se eu enfrentar o prior-geral, ele me afastará do cargo e não poderei fazer nada por você — explicou.

— Não! O senhor nos casou, o senhor sabe que a criança não foi concebida fora do matrimônio. Frei Piero, não me abandone agora, eu imploro — disse ela, soltando as mãos e encostando a cabeça no travesseiro, aos prantos.

Ela respirou fundo e a raiva encheu seus pulmões. Seu rosto se contorceu.

— Diga a Filippo que levaram o nosso filho. Peça para avisar os amigos dele, agora. Os amigos poderosos — ela disse, firme.

Ao ver que a irmã Pureza estava de volta, Lucrezia juntou as mãos e o administrador fez o sinal da cruz na testa dela.

— Vai fazer isso, não, Piero? Vai, sim — sussurrou, agitada, enquanto ele saía.

A irmã Pureza e o administrador se encararam na porta e, antes que o frei pudesse falar, a velha senhora olhou com dureza para a enfermaria.

— O senhor a cansou, ela precisa repousar para recuperar as forças — disse a freira, bruscamente.

Fechou então a porta da enfermaria, deixando o frei Piero sozinho no jardim.

O frei foi direto para a *cappella maggiore* da Igreja de Santo Estêvão. Encontrou o frei Filippo na frente da dançarina Salomé, colocando tinta branca em seu traje esvoaçante.

— Tem notícias? — A batina do frei estava suja e ele precisava tomar um banho.

— Vamos andar, precisamos falar a sós — convidou o frei Piero, dando uma olhada na capela. Frei Diamante acenou de cima do andaime; Giorgio e Tomaso cumprimentaram com a cabeça e o jovem Marco, cujas mãos eram finas como as de uma moça, usava um pincel de pluma para fazer nuvens leves na cena do martírio de Santo Estêvão.

Os dois freis saíram rápido e, na entrada da nave, o frei Filippo parou.

— Aconteceu alguma coisa com Lucrezia? — perguntou, ansioso.

— Não, ela está bem. Venho do convento, a criança nasceu de madrugada. É um menino, um menino saudável — disse o frei Piero, com cuidado.

Frei Filippo abriu um largo sorriso e deu um tapinha no ombro do frei Piero.

— Um filho. — Ele abraçou o amigo. — Eu tenho um filho. Venha, Piero, tomar uma taça de vinho e agradecer ao Senhor.

Seguiram pelo sol, virando a leste para a praça Mercatale, onde o frei Piero pegou uma garrafa de vinho da barraca coberta da guilda dos taberneiros. Tirou a rolha e passou a garrafa para o amigo. Frei Filippo levantou a garrafa para o alto, agradeceu a Deus e deu um grande gole.

— Tem mais uma coisa — disse o administrador, enquanto o pintor largava a garrafa e sorria. — Piero completou: — A notícia não é boa.

Depois de ouvir tudo, o pintor tinha bebido quase a garrafa inteira e ficado com marcas vermelhas nos cantos da boca e na batina. Estava furioso.

— Não podem fazer isso, não podem fazer isso com ela — berrou, chutando uma pedra no chão. — Maldito Saviano.

Frei Piero comprou outra garrafa de vinho e andou com o amigo até a ponte do rio Bisenzio, que ficava depois dos tonéis de tintura dos fabricantes de seda e das cabanas dos pescadores à margem do rio. Frei Filippo bebeu a segunda garrafa mais depressa que a anterior, alternando raiva e desespero. Ficou ao lado do cipreste mais alto e se segurou nele como se fosse despencar. Depois, pediu que o frei Piero comprasse outra garrafa e bebeu enquanto seguiam aos tropeços para a Piazza della Pieve.

— Vou matar esse homem — disse, seguindo o caminho de seixos até seu ateliê. — Ele é o demônio, é isso que ele é.

A porta do ateliê estava sem tranca e, dentro dele, o ar cheirava a urina. Ele pegou o esboço que fizera de Lucrezia, enquanto o frei Piero o levava para o catre no quarto.

— Meu retábulo, não posso deixá-lo na capela — o frei falava enrolado, ao segurar na gola da batina do amigo para se levantar. — Vou buscá-lo.

— Eu pego — disse o frei Piero, empurrando o pintor. — Você fica aqui. Não saia para arrumar problemas — emendou, mesmo sabendo que não havia perigo de o outro sair, pois mal conseguia andar.

Frei Filippo deixou o amigo ir embora e se entregou à escuridão que girava. Sozinho, sua agressividade sumiu. O peito apertou, o estômago revirou e ele sentiu a garganta queimar. Fazia anos que não chorava, e as lágrimas vieram com grandes soluços que estremeceram seu corpo e ecoaram pelo quarto vazio.

Era hora das vésperas quando o administrador chegou ao presbitério da Igreja de Santo Estêvão. Percorreu o longo caminho até a *cappella maggiore*, empurrando o carrinho onde o pintor colocava seus apetrechos. Foi até o fundo e entrou na igreja pela porta lateral. Na igreja vazia, todas as lamparinas estavam apagadas e ele parou para adaptar os olhos à penumbra.

Ouviu um metal tinindo e roupas roçando no chão perto do altar. Parou, prendeu a respiração e ouviu melhor, o som se tornando mais nítido. Seus olhos se acostumaram com a escuridão e ele viu o luar entrando pela grande janela por trás do altar, as estátuas da Virgem e de Santa Isabel imóveis acima das velas votivas que tremulavam a seus pés. Seguiu sem fazer barulho, na direção dos sons abafados. Quem quer que fosse a pessoa, andava rápido e furtivamente.

Devagar, o frei Piero passou pelos ladrilhos frios do piso e virou para o canto onde ficava a porta do campanário. Ouviu uma voz, depois outra, mais fraca. Aproximou-se, silencioso. A porta do campanário estava aberta e, pela fresta, viu a barra de uma batina preta subindo um lance de degraus quebrados.

Frei Piero parou e prendeu a respiração, aguardando. Viu a batina preta indo e voltando.

— Você é um anjo, jovem Marco — ouviu dizer a voz aguda do reitor Inghirami, calorosa como o frei Piero não ouvia há muito.

O frei encostou bem na parede, fora de vista, e olhou pela porta. Na luz fraca, viu o reitor tirar o cinto, chacoalhando as chaves dependuradas nele. No escuro, os dedos de um branco leitoso seguravam um traseiro curvado, de pele lisa. Com um gesto rápido Inghirami dependurou o cinto e as chaves num gancho na parede. Depois, levantou a batina até as coxas.

Frei Piero não conseguia tirar os olhos da cena. As compridas mãos do reitor seguraram o rapaz, seu corpo se retesando enquanto resmungava palavras incompreensíveis acima dos suaves gemidos do jovem Marco.

Depois de ver mais do que queria, o frei Piero voltou, na ponta dos pés, para a *cappella maggiore*, pegou o retábulo e saiu da igreja pelo mesmo caminho por onde havia entrado.

Capítulo Vinte e Seis

*Sábado da 12ª semana depois de Pentecostes,
ano do Senhor de 1457*

— Por favor, Lucrezia, só um pouquinho — pediu Spinetta, falando pela primeira vez em muitos meses, a voz grossa. — Coma um pouquinho, por mim.

Sentada na enfermaria, Spinetta tirou com carinho a mecha de cabelos da testa da irmã enquanto segurava algumas uvas e um pouco de carne de perdiz que irmã Maria tinha tirado da sopa. Os olhos de Lucrezia não voltaram a brilhar, nem suas feições tinham o mesmo colorido. Seus pulsos finos saíam do balão branco do *guarnello* simples e se estendiam sobre o lençol.

— *Bambino mio* — ela sussurrava, com voz rouca. Balançou a cabeça de um lado para o outro, e Spinetta viu os seios fartos sob o tecido transparente, a leve marca do ventre ainda grande sob o lençol.

— *Mia cara*, você precisa comer e beber. — Spinetta colocou a mão da irmã nos lábios e as lágrimas caíram sobre elas, molhando as uvas. Você precisa de força.

Dois dias haviam se passado após o parto, e Lucrezia parecia mais fraca, em vez de mais forte. Spinetta via os olhos da irmã vagarem e fecharem e lembrou da força que Lucrezia mostrara naquele dia no ateliê, depois do estupro. Spinetta tinha prometido jamais contar o que ouvira e guardara o segredo durante todos aqueles meses. Porém, tanta coisa tinha acontecido e, naquele momento, parecia que a própria vida de Lucrezia estava em jogo. A irmã Pureza olhava com indiferença o sofrimento de

Lucrezia, o que irritava Spinetta. As pessoas que deveriam protegê-la tinham falhado de todas as formas e ainda a magoavam.

Spinetta deixou a comida sobre uma toalha e saiu da enfermaria. Como sempre, a irmã Pureza estava trabalhando, podando as roseiras brancas que contornavam o jardim. A velha freira viu Spinetta se aproximar, mas não interrompeu o que fazia. Cumprimentou-a de leve, depois olhou para o outro lado do jardim, onde Rosina estava abaixada à sombra das plantas, arrancando os cogumelos que cresciam entre as pedras cheias de limo.

— Minha irmã não come nem bebe. Nunca a vi tão fraca — disse Spinetta, sem parar para comentar amenidades. As palavras saíram num turbilhão.

A freira apertou os olhos na direção dela.

— Lucrezia vai comer e se curar. É jovem e saudável — sentenciou a velha freira ao cortar um botão branco que caiu na cesta aos pés dela.

— Como a senhora pode ficar tão insensível, mesmo tendo causado esse sofrimento?

A velha freira ficou indecisa, mas manteve a voz calma:

— Não, irmã Spinetta, foi sua irmã quem quis isso. Ela pecou porque quis, entregou sua pureza, quebrou o voto de castidade sabendo o que fazia.

— Não! — A voz de Spinetta estava carregada de emoção. — Sua honra lhe foi roubada, a castidade dela foi violada.

A irmã Pureza levantou-se e protegeu os olhos do sol para enxergar melhor.

— Eu fui lá. — A irmã Pureza mediu bem as palavras, lenta e cuidadosamente. — Ela me disse que queria ficar com o pintor. Perguntei se tinha sido violada pelo pintor, e ela jurou que não.

— Porque não foi ele. Não foi o pintor não, foi o prior-geral. Ele a possuiu à força. Foi ele quem tirou a inocência dela.

A irmã Pureza ficou tonta. O calor sufocante do jardim parecia sugar todo o ar de seus pulmões.

— O que você está dizendo?

— Estou dizendo que o prior-geral estuprou Lucrezia — respondeu Spinetta. — Tirou a virgindade dela. Eu queria contar para a senhora, mas ela não deixou.

A irmã Pureza lembrou-se do dia no ateliê em que a noviça estava de *gamurra* branca, os cabelos em volta do rosto como um halo dourado.

— Por que ela não me procurou? — Ao perguntar, a irmã Pureza já sabia a resposta.

— Estava envergonhada — disse Spinetta, calma.

A irmã Pureza sentiu náusea e passou a mão pelos lábios.

— O bebê é filho do prior-geral? — perguntou, soturna.

Spinetta levou um instante para responder.

— Não, acho que não.

A irmã Pureza disse, firme:

— Então ela pecou porque quis, não importa o que o prior-geral tenha feito, pecou com o pintor porque quis.

Dessa vez, foi Spinetta quem ficou tonta. Lucrezia tinha dito que a culpa acabaria recaindo sobre ela, apesar do que o prior fizera.

— O pintor prometeu protegê-la. Disse que a amava. Pergunte ao frei Piero, irmã. Ele testemunhou o matrimônio deles. Lucrezia e o frei Filippo são marido e mulher — gritou Spinetta.

O rosto da irmã Pureza ficou todo enrugado.

— Só a Igreja pode sacramentar o matrimônio, irmã Spinetta. E jamais a Igreja casaria um frei e uma noviça.

— Mas a Igreja pode deixar o prior-geral impune? Implorei a Lucrezia para vir ao convento, mas ela disse que iriam culpá-la, não importava qual fosse a verdade. Tinha razão — gritou Spinetta.

Depois de dizer isso, Spinetta virou-se e saiu do jardim correndo, tropeçando nos próprios pés, deixando o portão aberto naquele dia de verão sem vento.

O perfume das rosas se espalhava por toda parte e a irmã Pureza estava com os dedos sujos das folhas. Sentou-se no banco de pedra do jardim.

Lucrezia não era a primeira jovem a perder a virgindade à força. Acontecia o tempo todo, em todas as cidades, com mulheres de todas as classes e situações: criadas, cozinheiras, filhas de comerciantes. Até freiras. Acontecia num instante, em silêncio, sempre em segredo. Os homens então seguiam pela vida, aliviados por um momento de prazer, enquanto as mulheres ficavam manchadas como se isso fosse parte da maldição de Eva.

Fraca e envergonhada, a irmã Pureza pensou na própria juventude. Durante décadas, ela afastara todo som e cheiro que a lembrasse a própria entrega numa noite de verão, num luxuriante jardim romano, quando as rosas estavam em plena floração e o forte cheiro de hortelã e musgo fazia-na pensar em amor e desejo.

Como Lucrezia, ela fora linda. Mas Pasqualina di Fiesole não fora possuída à força, havia se entregado a um jovem de uma das melhores família de Roma. E quando a prova do pecado começara a aparecer no ventre, ela ficara apavorada e mentira. Disse que tinha sido estuprada, pediu ao pai que procurasse a família do jovem e exigisse que se casassem. Mas a mãe resolveu mandá-la para o convento Santa Margherita, onde ela passaria a viver com seu segredo até a criança nascer.

Ao lembrar o cheiro forte da enfermaria no dia em que sua filha viera ao mundo, a irmã Pureza ficou com os pulmões sufocados por uma tristeza há muito reprimida. Deus a castigara por sua paixão e suas mentiras. Castigara a ela e à filha, senão por que teria levado sua linda menina para o céu horas depois de nascer?

As lágrimas da irmã Pureza mancharam sua pele bronzeada. Não podia mudar o mundo, nem o que tinha acontecido. Também não podia desfazer o terrível pecado que o prior-geral tinha cometido, nem o segredo que ela havia guardado por tanto tempo. Mas sabia para onde haviam levado o bebê e podia encontrá-lo. Pelo menos, poderia consertar esse erro.

Logo após as orações da terça, a irmã Pureza escapuliu do convento, enquanto a priora Bartolommea ficava no escritório, conferindo os livros contábeis. O sol estava escondido atrás de uma nuvem quando ela se dirigiu à porta Santa Trinità, onde as ruas se transformavam em trilhos estreitos. Um bando de galinhas veio bicar a barra de seu hábito. Havia várias construções baixas e inclinadas por ali, e tudo cheirava a repolho e peixe podre.

Estava disposta a bater em várias portas, mas precisou parar em poucas antes de ouvir o choro agudo de um recém-nascido pela janela de um dos casebres menores. Os gritos ficaram mais doloridos quando ela se aproximou da porta e bateu com firmeza. A *balia* abriu a porta com uma criança mamando em seu peito, que aparecia entre as dobras do vestido. O bebê chupava com vontade e ia parando de chorar.

— O que houve, irmã? O que faz aqui? — perguntou a ama-seca ao vê-la.

Os cabelos negros da mulher estavam presos num trapo marrom, e riscas de leite amarelado manchavam a frente do vestido. Atrás dela, várias crianças engatinhavam entre os cestos no chão. O bebê fez uma espécie de miado enquanto engolia, as mãozinhas gordas segurando o peito.

— Deus esteja contigo — saudou a freira, olhando bem para a mulher. — Vim reduzir sua tarefa, pois a mãe da criança ficou boa e já pode amamentar.

— Como? O homem disse que eu ia receber durante dois anos por essa criança. Ela está tomando um bom leite! — disse a *balia*, zangada.

A velha freira pegou a sacolinha dependurada numa corrente em seu pescoço e tirou uma moeda de ouro guardada havia tanto tempo que ela nem lembrava como a ganhara.

— Fique com isso, *balia*. Não é igual a dois anos de salário, mas ajudará até você achar outro *bambino* para alimentar. — A irmã Pureza enfiou a moeda entre os dedos escuros da mulher. No mesmo instante, a mulher tirou a criança do peito e o colocou no colo da velha senhora. A criança reclamou baixinho.

— Então leve, pronto — disse a ama-seca, virando as costas e fechando a porta.

Havia um banco áspero embaixo da única janela da cabana. Irmã Pureza sentou-se e segurou firme o bebê. Com cuidado, foi tirando o sujo pano azul em que o pequeno estava enrolado. A *balia* não tinha cortado as unhas transparentes dele, nem se dado ao trabalho de limpar as dobras do corpo. Quando chegassem ao convento, pensou a irmã, ia preparar um bálsamo especial para amaciar a assadura em volta do sexo. Ela virou a criança de bruços para ver a marca nas nádegas.

A freira soltou uma exclamação.

Havia algumas pequenas manchas vermelhas, mas a pele era lisa e sem qualquer marca de nascença.

— *Balia!* Esta é a criança errada — chamou, levantado-se e batendo à porta.

A irmã Pureza teve de pagar o resto das moedas que guardava na sacolinha para conseguir que a irritada ama-seca contasse toda a história. O bebê que tinha chegado à noite tinha mesmo uma marca de nascença em forma de cruz na nádega e mamava com muita fome. Mas no dia seguinte, um mensageiro entregara uma carta lacrada da Igreja de Santo Estêvão e trouxera outro bebê. A ama-seca não sabia ler, porém o mensageiro mostrara o lacre do reitor de Santo Estêvão e ela entregara o *bambino*, aceitando as moedas e a troca das crianças.

— E para onde levaram a primeira criança? — perguntou a irmã Pureza.

— Não sei, não me interessa. Uma boca faminta é igual a outra — respondeu a *balia*, afastando com um safanão a criança que agarrava seu avental.

Desorientada, a irmã Pureza foi andar pelas ruas de Prato. Passou por mulheres com seus corpos cansados, encostadas em muros rústicos e outras sentadas na frente de cabanas tirando piolho da cabeça dos filhos. Algumas pediram que rezasse por elas e ela concordou, distraída. Ao passar pelo Palazzo Comunale, não aguentou mais e chorou.

Dio mio, *não permita que o prior-geral faça isso comigo*, tinha pedido Lucrezia, o rosto extenuado por muitas horas de parto. *A senhora sabe que ele me machucou, irmã Pureza.*

A irmã Pureza chorou pelo que tinha feito, pelo que tinha acontecido com a noviça e pelo que acontecera com ela, anos antes. As feridas pareciam tão recentes que ela quase sentia o cheiro do sangue do próprio parto, enquanto pensava no rosto da Virgem aos pés da cruz, vendo seu filho clamar inutilmente pelo Pai.

༺❦༻

Lucrezia sentiu o pano sujo entre as pernas, o lençol áspero raspando em seu pescoço. Frei Piero e Spinetta estavam ao lado, rezando e forçando-a a comer. Estava cada vez mais fraca, sem forças nem para levantar os braços. Mas sem o filho, não se importava.

— E se ele estiver com fome? — sussurrou, com o rosto virado para a parede de pedra.

Frei Piero viu os lábios se mexendo e inclinou-se sobre ela.

— O que foi, minha cara?

— E se ele estiver com frio? E se estiver doente?

Os seios doíam sob o pano que a irmã Pureza tinha amarrado em volta do corpo dela para estancar o leite, e às vezes ela jurava que o bebê estava chutando como se ainda estivesse seguro em seu ventre.

— Por favor, *mia cara*, coma alguma coisa — pediu Spinetta, oferecendo uvas maduras, figos, um caldo leve.

Spinetta pensava com amargura no paradeiro da irmã Pureza. Fazia horas que tinham discutido no jardim e Spinetta não sabia o que a velha freira estava fazendo.

— Tome um pouco de caldo, por favor — pediu de novo, mas Lucrezia mantinha a boca bem fechada.

Frei Piero já ia embora; inclinou-se sobre a jovem fraca e disse no ouvido dela:

— Filippo manda muito amor e pede que cuide de sua saúde.

— Para quê? — perguntou Lucrezia, com o hálito quente — Ele procurou os amigos? Encontrou nosso filho? Acha que ainda estou esperando uma notícia de Roma?

Ela viu a sombra do administrador na parede ao sair da enfermaria e sentiu a mão de Spinetta na cintura. Mas não virou o rosto. Não comeu, nem quando Rosina se aproximou, trazendo um ovo cozido.

— Não quero — disse Lucrezia baixo, mal olhando para a noviça.

A noite chegou sobre o convento; Lucrezia se lembrou da primeira vez que se ajoelhara na capela e observara os quadros do frei Filippo. Lembrou também da alegria que sentira quando o pintor elogiara sua beleza. E entendeu tudo. A irmã Pureza estava certa: seus pecados eram grandes, e seu orgulho idiota, ainda maior. Muitas pessoas acharam que ela fosse a Santa Mãe, chegaram a confundi-la com a Virgem, e ela deixara que esses elogios invadissem seus pensamentos e colorissem seus atos Sua vaidade tinha ofendido a Virgem, e agora ela estava desesperada.

Mãe Maria, não deixe que a criança sofra pelos meus pecados. Perdoe-me, por favor.

Lucrezia rezava ao cair num sono agitado. Rezava ao ver o rosto da irmã Pureza se inclinar sobre ela no escuro, conferir o pano que amarrava seu peito e trocar o pano cheio de sangue entre as pernas. Rezava ao surgir a manhã quando a noite terminava.

— Virgem Mãe, por favor, aceite minha humilde tristeza. Através dela conheci a Sua dor. Querida mãe, por favor, me ajude e ajude meu filho. — As palavras saíam em resmungos febris.

⁂

Frei Filippo viu a madrugada de quinta-feira chegar pela janela de seu ateliê. Tinha prometido a Lucrezia que ninguém mais faria mal a ela, mas naquele momento ela estava sofrendo. A priora tinha ficado com o ouro dele e se colocado contra ele; a irmã Pureza os traíra. Lucrezia não queria se alimentar, estava cada vez mais fraca.

O pintor pensou em irromper pelos portões do convento e levar Lucrezia à força. Mas claro que isso era impossível. Sem trabalho, as moedas de ouro acabariam logo e o prior-geral, ou Inghirami, ou os Médici, ou a Cúria (ou todos, ao mesmo tempo) viriam atrás dele, exigindo pagamento por seus erros.

Frei Filippo vestiu a batina gasta. Afiou a navalha e fez a barba com esmero, acertando a lateral do queixo. Tinha pensado que conseguiria tudo com seu talento. Tinha pensado que os Médici o ajudariam. E concluiu que vinha usando os dons concedidos por Deus como se fossem moeda de troca, negociando-os com homens e mulheres para obter o que desejasse, fosse lá o que fosse.

Distraído pelos incessantes pedidos dos Médici para que entregasse o retábulo, tinha esquecido da verdadeira Virgem Mãe. Mas a Festa do Sagrado Cinto estava chegando e decidiu agradá-la. Conseguiria material e começaria o retábulo que tinha prometido à priora Bartolommea, fazendo dele um magnífico presente para a Virgem. Assim, esperava se humilhar e agradar à Santa Virgem Maria, protetora das mulheres e das crianças.

Um galo cantou no quintal vizinho e carroças começaram a trafegar pela Via Margherita. O frei pegou um pedaço de pão e ouviu uma batida leve na porta.

— *Fratello*, é Paolo. Trago um recado.

Ansioso, o frei abriu a porta e viu Paolo. O menino parecia ter crescido vários centímetros desde que a irmã entrara para o convento. Frei Filippo estendeu a mão.

— Entregue o bilhete, por favor — disse o frei, com um gesto.

— Não é bilhete, é só um recado do convento.

O frei empalideceu.

— Ande, diga logo.

— A irmã Pureza disse que o senhor precisa ir lá. É urgente — disse o menino, entregando ao frei uma batina preta e usada. — O senhor deve vestir esta batina e, ao chegar ao convento, jogar uma pedra por cima do muro. Depois, esperar a irmã ao lado da velha pereira.

Quando a pedra caiu no jardim, a irmã Pureza largou o cesto de finos caules de manjericão e correu para o portão do convento. Estava com cheiro das frutas pisadas que apodreciam no chão e encontrou o frei perto da pereira torta, onde antes era o pomar. Não fosse pelas feições peculiares, ela acharia que era outro o homem que a aguardava. O pintor que ela conhecera era forte, vibrante e seguro, mas o homem que estava ali era magro, com a pele cheia de rugas ao redor dos olhos e escura como um ferimento.

— O que houve com Lucrezia? — ele perguntou.

A velha freira estava muito envergonhada e arrependida.

— Está se recuperando aos poucos, mas é jovem, vai ficar boa — disse a freira. Olhou direto nos olhos injetados do frei. — Não se preocupe, frei Filippo. Mandei chamá-lo como amiga.

A irmã Pureza não podia se dar ao luxo de escolher as palavras.

— Spinetta me contou tudo o que aconteceu, *fratello*. Não há tempo para discutir se foi sensato o senhor colocar a irmã Lucrezia no seu coração e no seu leito. Só podemos admitir que o senhor fez isso.

— Fiz porque gosto dela, eu a amo — revelou o frei, num rompante. — Falei para a senhora aquele dia no ateliê. Renuncio à batina e à Igreja, renuncio a tudo para ficar com ela.

Há muito tempo a irmã Pureza não acreditava mais no amor terreno. Mas acreditava que todo amor é espiritual e pertence a Deus. Mesmo assim, ali estava um homem muito apaixonado, disposto a entregar tudo em nome do amor. Olhou novamente para ele e viu apenas angústia e sinceridade. Concluiu que ele tinha sido sincero, estava apaixonado pela jovem.

— Não sei o que se passa no mundo dos homens, mas quero ajudá-lo — disse ela.

A irmã Pureza contou sobre as cruéis ordens do prior-geral, a ida à casa da *balia* e a traição do reitor Inghirami.

— Não descobri para onde levaram a criança, mas vou procurar — garantiu.

Olhou o rosto vincado do pintor. Tinha o dobro da idade da noviça. Mas aquela diferença era comum entre marido e mulher.

— Se os Médici ajudarem, talvez tenha sorte, frei.

O frei sentiu um carinho pela velha senhora de olhos gentis e sensatos; sem dúvida, ela devia ter sido uma linda jovem.

— Obrigado — disse, inclinando a cabeça. Obrigado, irmã Pureza.

A irmã Pureza e o frei Filippo entraram de mansinho no convento logo após a sexta, quando as freiras e a priora estavam no refeitório para o almoço. Todas comiam com vontade e ninguém viu passar pela porta a barra branca da batina do frei por baixo da batina preta e simples quando ele foi, rápido, em direção à enfermaria.

— Filippo. Eles levaram o bebê — disse Lucrezia, estendendo a mão para ele e deixando-a cair. Estava pálida e quase inerte sob o lençol branco.

Ele a segurou nos braços e apertou o rosto contra o dela.

— Lucrezia — disse, e respirou fundo. Sentiu cheiro de leite azedo e lençóis sujos. Os soluços dela faziam pequenos tremores no peito dele. — Lucrezia, *mia cara*, lastimo tudo isso. Mas você precisa comer, tem de ficar forte.

— Para quê? O bebê foi embora... para que viver? — perguntou ela, soluçando.

— Agora a irmã Pureza sabe de tudo o quê aconteceu com você e vai nos ajudar — ele disse, tirando os cabelos do rosto dela, passando a mão pela face quente e molhada de lágrimas.

— Ajudar como? Ela disse para onde mandou o bebê? — Lucrezia lembrava-se vagamente da irmã Pureza, durante a noite, passando um bálsamo em sua barriga e nas pernas.

Frei Filippo sentiu a garganta apertar e assustou-se com a dor de Lucrezia.

— Nosso filho foi mandado para uma *balia*.

— Você o viu? Trouxe-o de volta para mim?

O frei negou com a cabeça, mas teve de contar que Inghirami havia trocado a criança.

— Estamos fazendo tudo o mais rápido possível. Não podemos desistir, *mia cara*.

Lucrezia viu o cansaço nos olhos de Filippo, a pele cheia de vincos. Pôs a mão no rosto dele e se encostou em seus braços.

— Não me importo com mais nada, só com a criança. Traga-o depressa, Filippo.

Capítulo Vinte e Sete

*Quarta-feira da 13ª semana depois de Pentecostes,
ano do Senhor de 1457*

A priora pegou seus óculos novos, enviados de Roma pelo preço de apenas 1 florim de ouro. Segurou entre dois dedos o bilhete do frei Filippo e leu-o com um sorriso zombeteiro.

> *Madre Bartolommea,*
> *Pretendo cumprir a promessa e pintar o retábulo da capela. Vai mostrar a Virgem entregando o Sagrado Cinto a São Tomé. Com sua permissão, vou ao convento para ver se o esboço está parecido com seu rosto. Estou à disposição e aguardo seu recado.*
> *Humildemente fiel a Cristo e à Virgem, frei Filippo Lippi.*

Fazia quase um ano que a priora tinha rezado com o Sagrado Cinto da Virgem na cintura e o convento ainda não tinha recebido nenhuma graça. Se ela fosse outro tipo de mulher, poderia interpretar isso como um sinal de seus erros, mas aceitou o fato, como fazia com quase tudo, com muito aborrecimento e um pouco de arrogância.

Por cima dos óculos, olhou pela janela do escritório, viu o marmeleiro com seu fruto dourado e lembrou quão ansiosa havia ficado para conseguir a relíquia e segurar sua luminosa trama verde e dourada. Achava que o cinto traria boa sorte para as freiras e fora modesta nas preces, pedindo apenas uma nova mesa para a sala de estudos do convento, panelas de ferro grandes para a cozinha e um pouco de dinheiro nos cofres para ela poder se presentear com um pequeno anel com pedra. Mas a sina das freiras tinha continuado a mesma. Os relacionamentos andavam tensos, com as freiras divididas entre as que se solidarizavam com Lucrezia e as que, como ela, achavam que a noviça tinha buscado o sofrimento.

A priora fora obrigada a usar seu próprio dinheiro na compra dos óculos que naquele momento equilibrava no nariz e fazia com que franzisse o rosto a qualquer movimento. O pior era que naquele mês tinha visto por mais de três vezes um estranho avermelhado em sua urina, o que significava que os humores de seu corpo estavam desequilibrados. O prior-geral proibira o pintor de entrar no convento, mas estava na hora de ele trabalhar no retábulo, já que o tempo dela no mundo estava sem dúvida chegando ao fim.

— Irmã Camilla, preciso de tinta. — disse a priora, decidida. — Vamos escrever para o frei Filippo e dizer que comece meu retábulo imediatamente.

A irmã Pureza viu o frei chegar logo após as laudes, carregando um pergaminho enrolado e a conhecida bolsa de couro no ombro. Observou a figura de batina branca andar lentamente para o escritório da priora e mandou Rosina pegar um caldo na cozinha. Depois que o caldo esfriou, irmã Pureza sentou-se ao lado da cama de Lucrezia e o deu a ela, de colher.

— A Festa do Sagrado Cinto está próxima — disse Lucrezia, baixo. — Gostaria de estar forte para ir rezar para a Virgem, como devia ter feito no ano passado.

Lucrezia olhou para a velha freira e viu que ela estava atenta.

— O que foi, irmã Pureza? Vai trazer meu filho de volta, não vai? — perguntou.

— Estou fazendo todo o possível — respondeu a irmã, avaliando o rosto de Lucrezia. Já fui até a casa da *balia* para onde o levaram.

— É mesmo? — A respiração ficou presa no peito de Lucrezia. — Ele está lá?

— Infelizmente, não, *mia cara*. Foi levado novamente, e não sei para onde.

Lucrezia afastou a colher que a irmã Pureza colocava em sua boca.

— Então não sabe onde ele está, nem se vai encontrá-lo — disse, a raiva escondendo o medo. — *Mio bambino.*

— Muitas mulheres da cidade vão nos ajudar, mas essas coisas demoram — disse a irmã, tentando acalmar Lucrezia.

— Ele precisa de mim, irmã Pureza. — Os olhos de Lucrezia brilhavam como aço. — Ele precisa de mim agora.

A irmã Pureza tinha a impressão que uma mortalha cobria o convento, abrandando os corpos que dormiam nas celas, trabalhavam no celeiro e rezavam na capela. Mas, numa inversão cruel da inércia que atingia o Santa Margherita, o jardim estava em plena floração de final de verão. Pela primeira vez em muitos anos, havia fartura de madressilvas e vagens e os arbustos se entrelaçavam pelo muro baixo do jardim.

Enquanto mostrava a Rosina como separar as vagens compridas das parreiras para caírem no cesto que estava aos pés dela, a freira pensava onde estaria a criança. O prior-geral era cruel e esperto o suficiente para mandar o *bambino* para qualquer lugar nas colinas, talvez qualquer lugar na Itália. Mas a notícia de uma criança bastarda se espalhava mais rápido que as feridas num leproso, e a notícia de uma criança nascida de noviça devia estar na boca de todos os comerciantes e criadas de Prato. Ela precisava de um amigo que funcionasse como seus olhos e ouvidos na cidade, atento ao que acontecia e ouvindo os boatos. Para isso, a irmã Pureza não podia pensar em ninguém melhor que as mulheres do *palazzo* dos Valenti, onde muitos mensageiros e comerciantes iam todos os dias.

A irmã Pureza deixou Rosina no jardim e voltou para sua cela. Alisou um pergaminho sobre a mesa e fez um bilhete para a Sra. Teresa.

Depois de terminar o bilhete e lacrá-lo com cera da vela, procurou em silêncio o homem que levava o leite e o creme do convento para o mercado e pediu que entregasse a mensagem naquela mesma tarde.

— Pegue um balde a mais de creme para seus filhos — disse para o homem corado, ao colocar o bilhete na mão dele.

Na manhã seguinte, o homem trouxe um fino envelope de linho lacrado com o timbre dos Valenti. A Sra. Teresa escrevera que Nicola, cujos ouvidos não perdiam uma intriga, ouvira dizer que duas crianças tinham sido entregues na Casa del Ceppo no começo daquela semana e que um sino tocara cada vez que uma daquelas pobres almas chorosas chegara.

A senhora tinha escrito:

Rezo para que a senhora encontre a criança. Lucrezia merece um filho. Senti sua bondade e essa pequena transgressão pode ser a forma que Deus encontrou de trazer humildade e perdão para aqueles que foram abençoados com muito mais que ela. Se eu puder ajudar, presenteio com um leitão gordo a quem nos levar à criança.

A irmã Pureza dobrou o bilhete, guardou-o no bolso do hábito e procurou Rosina, mandando-a colher mais um cesto de vagens e podar as espinheiras. Parou para falar com a priora no escritório e cumprimentou-a da porta.

— O que foi? — perguntou a priora, olhando por cima dos óculos.

— Uma mulher da família Falconi está em trabalho de parto, com febre. Mandaram me chamar e, se eu for logo, prometeram dar um leitão para o nosso chiqueiro.

— Um leitão? — perguntou a priora, fraca.

— Se Deus quiser, volto antes da nona — prometeu a irmã, e saiu rápido pelo portão do convento.

*

O hospital de Prato não era tão imponente nem tão famoso quanto o abrigo para crianças abandonadas de Florença, mas fora construído pelo mesmo bom comerciante de Prato, Francesco Datini, num último gesto de generosidade antes de a morte chegar. A construção ficava na região sul da cidade e sua fachada tinha uma única *loggia*, com o colorido brasão da família Datini e várias janelas redondas com anjinhos entalhados. A irmã Pureza se aproximou e viu um grupo de crianças mais velhas em volta de duas freiras com os hábitos marrons da Ordem Franciscana. Cada criança segurava um pedaço de pão e ninguém prestou atenção quando a velha freira de hábito preto subiu a escada e entrou.

A irmã Pureza tinha feito muitos partos, mas só estivera no hospital duas vezes até então. Ao entrar na pequena rotunda, foi recebida pelo choro de bebês e o cheiro forte de urina. Parou uma freira que ia rápido pelo corredor e perguntou onde ficavam os bebês recém-chegados. Sem parar para responder, a freira apontou com a cabeça um pequeno quarto atrás da escadaria principal.

Sozinhos em seus berços improvisados, três pequenos bebês choravam, vermelhos de fome, esperando pela única ama-seca que os alimentava. Olhando-os, a irmã Pureza não conseguiu evitar a lembrança do rico cômodo de parto de Teresa de Valenti e das muitas criadas que deram banho, vestiram e alimentaram o filho dela.

Meio sem jeito, a velha freira pegou o primeiro bebê, cuja cabeça minúscula era coberta de cabelos ruivos e despenteados. Olhou rápido sob a roupa e viu que se tratava de uma menina. Deu um beijo na testa dela, colocou-a no berço e foi olhar o segundo bebê. Esperou o esguicho de xixi acabar para virá-lo de costas, rezando que tivesse a marca vermelha na nádega. Não tinha.

— Por favor, Santa Mãe, faça com que a criança seja esta — disse a irmã, tirando com cuidado o terceiro bebê do berço. Era grande e forte e, por um instante, o coração da freira bateu mais depressa, lembrando-se do corpanzil do frei. O bumbum do bebê tinha dobras de gordura, mas nenhuma marca. Não era a criança que ela procurava.

Ainda faltava uma hora para a noite chegar quando a irmã voltou para o convento e foi para o herbário. Rosina tinha feito uma pilha com os espinheiros cortados e, ao redor do refeitório, a irmã Pureza sentiu cheiro de vagens cozidas. Cansada e desanimada, a velha pegou sua tesoura de poda e foi terminar o trabalho do dia.

Tinha feito o que pôde, seguido as menores pistas que tinha, mas não adiantou. Lucrezia tinha razão, a criança precisava dela. Quanto mais tempo o bebê ficasse longe, mais distante poderia ser levado e menos chance teria de ser encontrado e devolvido.

— Mãe de Deus, me ajude a consertar isso — ela rezou.

Largou a tesoura e andou pelo jardim, tocando no manjericão florido e nos caules da lavanda que tinha se tornado um arbusto denso e alto desde que ela começara a cuidar dali. Quando encontrou a resposta para suas dúvidas, a freira inclinou a velha cabeça em agradecimento. Deixou que a brisa cálida de agosto a invadisse e respirou o perfume forte e abundante da lavanda.

De manhã, quando o frei Piero foi rezar a missa no convento, a irmã Pureza puxou-o para o jardim. Não se falavam desde aquele dia na enfermaria, quando ela estava demais irritada para ser compreensiva. Mas depois que decidira achar a criança, sentia que o frei administrador aguardava uma aproximação. Quando ela o procurou, ficou atento, com um olhar receptivo.

— Fiz o possível, mas não consegui nada. O prior-geral e o reitor são homens poderosos. Só Deus ou a Santa Virgem podem fazê-los devolver a criança — disse a freira.

O administrador concordou com a cabeça. Talvez tivesse esperado demais da velha religiosa. Passou os olhos pelo jardim e sentiu o cheiro forte do tomilho secando ao sol sobre as pedras.

— Vem aí a Festa do Sagrado Cinto e a cidade inteira estará atenta para a relíquia. Rezei muito e creio que a intercessão da Virgem e o poder do Sagrado Cinto ajudarão a fazer o milagre de que precisamos — ela disse.

Olhou em volta para garantir que estavam a sós e abaixou a voz até quase um sussurro.

Frei Piero se aproximou. Ouviu a velha freira e pensou rápido. Lembrou-se das linhas do altar-mor, da nave e da capela dentro da Igreja de Santo Estêvão. Lembrou-se também dos grandes preparativos para a Festa do Sagrado Cinto. No mês anterior, tinha ficado na *pieve* mais tempo do que o normal; vira a sombra do reitor Inghirami e outra, menor, do jovem Marco, descendo juntos a escada que ia do campanário à cripta.

— Acho que posso ajudar — disse o administrador, devagar. Seus olhos se escureceram e se agitaram. — Sim, me dê um ou dois dias, e acho que consigo o que quer.

Lucrezia estava meio adormecida quando ouviu o passo firme da irmã Pureza na enfermaria. Abriu os olhos e viu a velha ao lado do catre, trazendo com ela os aromas do jardim, como sempre.

— Lucrezia, sei que você está sofrendo. — A velha senhora segurava um copinho, que mexeu de leve para misturar o conteúdo. — Isto aqui é erva de São João. Vai amenizar sua dor e animá-la. — Ela fez uma pausa. Sei disso, minha cara, porque já tomei uma vez e me ajudou.

A freira deu um suspiro e puxou para mais perto o banco de madeira. A jovem olhou para ela, desconfiada.

— Sei porque já me ajudou — a freira repetiu. — Muito tempo atrás, quando eu era jovem e bonita, cometi um grande erro. Pequei e paguei caro por meu pecado.

Lucrezia esfregou os olhos e ouviu.

— Sei o que é ter um homem passando as mãos pelo meu corpo e uma criança chutando meu ventre — disse a irmã Pureza, devagar. — Carreguei pela vida inteira essa vergonha.

Lucrezia fez um olhar solidário e a freira colocou a mão calosa no queixo da jovem. Olhando-a, a irmã contou a longa história.

— Confundi paixão com amor — continuou a freira, enfrentando as lembranças. Vi outras jovens sofrerem o mesmo engano, Lucrezia, confundirem paixão com amor e depois pagarem com sangue por seu erro.

Balançou a cabeça, lembrando que, anos atrás, tinha ficado naquela mesma enfermaria e jurado nunca mais se entregar ao prazer da carne, ser fraca, nem mentir. A voz tropeçava nas lembranças e ela fez uma longa e desordenada confissão.

— Se fui dura com você, foi por causa disso. — A voz da freira falhou, e Lucrezia sentiu as lágrimas correndo. — Foi porque, quando vi você, eu vi a mim mesma. E tive medo.

A irmã Pureza olhou o rosto cheio de lágrimas e pensou no dia em que a jovem chegara ao convento e pedira para ficar com os *panni di gamba* que trouxera de casa.

— Não chore, você ainda tem tempo. Vamos rezar para que a Virgem encontre seu filho.

Lucrezia negou com a cabeça.

— Irmã Pureza, a senhora acredita mesmo que a Virgem vai me ajudar agora?

A irmã parou. Ela acreditava que a Virgem certamente via e se compadecia do sofrimento da jovem. Acreditava que a Virgem era boa e misericordiosa e ajudaria o frei Piero a realizar o plano dela. Mas não podia contar isso para Lucrezia.

— Acredito que a Virgem conhece a tristeza do seu coração e ama seu filho. — Com os dedos morenos e ásperos, enxugou as lágrimas no rosto da jovem. Agora, beba esta erva. Precisamos que você fique forte.

Capítulo Vinte e Oito

Sexta-feira da 13ª semana depois de Pentecostes, ano do Senhor de 1457

Velas e lamparinas a óleo tremulavam e sibilavam enquanto o pintor andava na frente dos afrescos e estudava-os com cuidado. Fazia isso havia quase seis anos, e as histórias e imagens do afresco tinham ficado parecidas com a vida dele mesmo. Na cena em que Santo Estêvão se separa dos pais, ele via a dor de perder a mãe e depois o pai; nas do nascimento, via os luxos que tinha desejado para Lucrezia e, no martírio de São João Batista, seu próprio desespero; em Salomé, madura na sua beleza sensual, via uma sedutora semelhança com sua amada Lucrezia.

Tinha trabalhado durante a noite, mas aprumou os ombros e olhou bem a cena do nascimento de Santo Estêvão. Uma ama-seca estava no chão do quarto e o bebê, num cesto ao lado dela. As figuras não ilustravam adequadamente a lenda de Santo Estêvão correndo perigo, que o frei começava a achar muito parecida com a história de seu próprio filho.

O sol surgiu suave no oriente. Frei Filippo pegou um jarro de pigmento verde e puxou uma escada na direção da parede norte da capela. Subiu no andaime na frente da janela em semicírculo e começou a pintar *a secco*, colocando mais uma camada de tinta sobre o gesso seco. O pincel fez uma imagem fantasmagórica em verde no meio da plácida cena do nascimento: um demônio alado debruçado sobre o berço da criança. Segurava o santo bebê com o braço esquerdo enquanto deitava outra criança no berço. Num instante, o demônio verde separaria o verdadeiro Santo Estêvão da mãe, enquanto ela estava calmamente deitada na cama alta.

Frei Filippo trabalhou durante horas na verde figura demoníaca, tornando-a tão real quanto as demais da cena. Depois, deu um passo atrás e estudou o ente do mal. Ficara ainda mais mortal, mais horrível do que ele havia imaginado. Com essa nova criação, todos os que vissem o afresco enxergariam os demônios que assustavam a vida do pintor.

Ouviu Tomaso chegar e pediu a ele um balde de gesso. Assim que o assistente subiu no andaime, o pintor pegou o balde e começou a espalhar um largo círculo de reboco no exterior da cena. Com pinceladas ágeis, criou uma ama-seca num simples traje laranja, com pregas largas. Carregava um bebê cuja cabeça redonda era uma perfeita esfera em escala reduzida. Ela entregava a criança para um padre de batina verde, da mesma cor do demônio. A ligação entre as duas figuras era óbvia, impossível não percebê-la. Embora a batina do padre fosse verde não vermelha como a de Inghirami, o frei tinha certeza de que o reitor perceberia na hora.

O reitor Inghirami vai morrer de vergonha ao ver esta cena, pensou o pintor, e, por um instante, seu desespero foi aliviado por algo que seria quase satisfação.

Tirou as manchas de tinta das mãos com um pano e deixou os pincéis e baldes para os assistentes limparem. Ainda era cedo, e ele não queria que vissem que estava indo embora, talvez por vários dias. Tinha de ficar a sós para se dedicar ao retábulo do Sagrado Cinto, como penitência e prova de humildade. Para ele, pintar era como rezar e queria rezar, com muita fé.

Carregando um embrulho no ombro, o pintor saiu rápido da igreja e guardou o carrinho de mão com seus quadros no fundo da capela. Só o frei Piero sabia onde encontrá-lo.

<p style="text-align:center">~~~</p>

A carruagem do prior-geral Saviano entrou em Prato e parou na *pieve* de Santo Estêvão. O prior desceu, passou rápido pelas mulheres que varriam a escada e entrou pela porta da frente. Pediu sabonete de oliva para lavar as mãos, óleo de hortelã para passar nos pés e lençóis de seda na cama.

— Tudo isso já, no quarto de hóspedes da reitoria, junto com o melhor vinho — ordenou ele.

O prior-geral adiara ao máximo sua chegada à festa. Não tinha a menor vontade de ligar publicamente sua pessoa às confusões do pintor e, quando soubera que Lucrezia ainda estava na enfermaria do convento, resolvera rejeitar o confortável aposento de que dispunha em Santa Margherita e ficar no pequeno quarto de hóspedes de Santo Estêvão.

O prior bebeu o vinho assim que foi trazido e foi à cozinha particular de Inghirami encomendar uma refeição completa. Mandou duas vezes a criada trazer mais pão e molho. Cumprimentou com frieza o padre Carlo, que fora procurar Inghirami, e não se abalou quando o reitor chegou com notícias do drama que se desenrolava em Roma, onde o papa Calisto III estava muito mal.

— Não importa o que acontece em Roma — disse, áspero, o prior-geral, lambendo o molho da boca. — Quero ver já o Sagrado Cinto, tenho pedidos pessoais a fazer para a Virgem.

— Claro, claro — concordou Inghirami, o mais simpático possível. — Se o senhor quiser, vamos imediatamente.

A igreja estava cheia de criados limpando as peças de madeira com óleo de limão, varrendo o chão, tirando as teias de aranha e os vespeiros no poço das escadas. Saviano parou em frente ao altar para ver o adiantamento no afresco e quase tropeçou num balde cheio de água com sabão.

— Gostaria de ver mais de perto os afrescos? — perguntou o reitor.

O prior-geral olhou ao redor, viu que a batina branca do pintor não estava por ali, e concordou. Frei Diamante e Tomaso saíram do caminho quando os dois padres entraram na *cappella maggiore* para ver o afresco.

— A cena do rei Herodes está ótima, não? — reconheceu o prior, com um sinal de cabeça.

— Sim, sim — concordou o outro, apertando os olhos na escuridão sob o andaime. Tinha esperança de ver o jovem Marco e combinar um encontro depois, na escada do campanário. Do contrário, teria de pendurar seu cinto de corda na porta do campanário e esperar até que o rapaz visse o sinal.

— O que significa isso? — exigiu o prior Saviano, de repente.

O reitor Inghirami virou-se e viu o outro, a cara vermelha, indicando uma parede sob a janela norte.

— Há alguma coisa errada? — perguntou Inghirami.

— Confira você mesmo — rosnou Saviano, fazendo um gesto irritado.

Inghirami demorou um instante para ver o demônio verde e entender o recado do frei Filippo no afresco. Os olhos do reitor passaram da batina verde do padre para as asas verdes do demônio e a barra verde do requintado hábito do prior-geral. Conforme a lenda, o bebê Estêvão fora amamentado por uma corça e depois trazido da floresta e colocado nos braços de um bondoso bispo. Mas parecia óbvio que, pintando o padre e o demônio da mesma cor, o frei Filippo dava a entender uma conexão entre os dois, uma trama diabólica ligando-os em sua intenção de fazer o mal.

— Não é nada, reverendo — sussurrou o reitor. Lançou um olhar significativo para o frei Diamante e Tomaso, que haviam parado o trabalho para observar os dois homens. — É só a imaginação ousada de um artista louco.

O reitor Inghirami estava disposto a pegar o braço do prior-geral e puxá-lo dali, e sentiu grande alívio quando o outro deu as costas para o afresco e deixou a *cappella maggiore* rodando a saia da batina.

— Quem ele pensa que é? — rosnou o prior.

— Está com o diabo no corpo e vai se arrepender — completou o reitor, baixo.

Os dois foram rápido para a Capela do Sagrado Cinto e o reitor Inghirami procurou dentre as chaves dependuradas em sua cintura a que abriria os portões de bronze. Os dois prelados ficaram em silêncio e a capela se abriu num lento ranger.

Um facho de luz passava pela janela redonda no fundo da capela, e a poeira levantou, girando e tremeluzindo ao sol. Um turíbulo perto espalhava incenso de mirra quando os dois se aproximaram do cofre da sagrada relíquia.

Como sempre, ao abrir a caixa do relicário, o reitor Inghirami fez uma genuflexão e o sinal da cruz.

— *Sancta Maria, Mater Dei, ora pro nobis peccatoribus, nunc, et in hora mortis nostrae.*

— Amém — completou alto o prior-geral na capela silenciosa, e teria aberto ele mesmo o cofre se não fosse impedido pela agilidade do reitor. O reitor inclinou-se, colocou as mãos sobre as volutas douradas da tampa do relicário e abriu o fecho com os polegares. Respirou fundo e levantou a tampa.

A caixa estava vazia.

O reitor fez uma exclamação de susto, horrorizado.

— O que significa isso? — perguntou o prior-geral pela segunda vez em menos de uma hora.

— Meu Deus, não tenho a menor ideia. — A voz do reitor tremia. Olhou na caixa e fechou-a num só gesto.

— Preciso lembrar a você que sua tarefa mais importante aqui é cuidar da relíquia da Virgem? Se o Sagrado Cinto não está aqui, onde está?

— Não sei — respondeu o reitor, passando o dedo por dentro da gola do hábito.

— Só você tem a chave, compete a você explicar que diabos está acontecendo — disse o prior, ríspido.

— Não estou com ele, garanto — disse o reitor, caindo de joelhos.
— Virgem Mãe, rogo à senhora que me diga o que aconteceu — rezou.

O prior-geral olhou bem para o colega de batina.

— Levante-se. Não é hora de rezar, mas de agir. Roubar o cinto é crime punido com a morte. Se não há outro acusado, a culpa recai sobre você — ameaçou Saviano, entredentes.

O reitor fechou os olhos e respirou fundo. Não pretendia contar a vivalma que, um ano antes, tinha entregado o Sagrado Cinto a Cantansanti. Mas, se insistissem com a priora Bartolommea, ela confessaria ter ficado com o Cinto e incluiria o reitor na história. Portanto, era melhor ele contar tudo o que sabia naquele momento, enquanto tinha a atenção do prior-geral. E era possível, pensou, apenas possível, que a priora e os Médici tivessem tramado pegar emprestado o Cinto pela segunda vez.

Para aplacar a raiva de Saviano, o reitor contou que Cantansanti um dia fora à igreja e pedira, ou melhor, *exigira* o empréstimo temporário do Cinto.

— Ele trazia um pedido lacrado de Roma, mandando que eu entregasse o cinto. Tenho bons motivos para achar que os Médici levaram a relíquia para ficar sob a guarda secreta da priora Bartolommea no convento.

— O quê? Como pôde isso acontecer sem o meu conhecimento? — perguntou o prior.

— Tenho certeza de que foi para o pintor. No mesmo dia em que o cinto saiu da capela a irmã Lucrezia saiu do convento. No mês seguinte, o quadro que eles chamam de *Madona milagrosa* apareceu na casa dos Valenti — contou o reitor, baixo.

※

A priora Bartolommea ouviu o sino do portão do convento e olhou assustada para a irmã Camilla ao ouvir também cavalos entrando pelo caminho.

— Quem está chegando?

A irmã Camilla correu para a janela.

— O prior-geral — informou.

A priora tirou os óculos e escondeu-os no bolso do hábito.

— O prior-geral Saviano? Ele era esperado?

— Estou aqui. O que importa se avisei ou não que viria? — perguntou ele, entrando na sala seguido pelo reitor.

A priora se levantou e saiu de trás da escrivaninha.

— Irmã Camilla, pode se retirar — ordenou Saviano. As têmporas dele latejavam enquanto aguardava a secretária e o reitor saírem da sala. Fechou então a porta e ficou a sós com a priora.

— Como a senhora ousa pegar o Sagrado Cinto? — perguntou, pronunciando cada palavra com cuidado.

A priora se obrigou a encará-lo.

— Garanto, prior-geral, que não sei do que o senhor está falando.

— Não minta para mim. O Cinto esteve aqui no convento e agora sumiu de novo. A senhora vai devolvê-lo já — disse o prior, aprumando-se de forma autoritária.

A priora sentiu calores pelo corpo, o prior-geral parecia engolir toda a luz e o ar do escritório dela. Mas o desconforto não alterou o fato de o Sagrado Cinto da Santa Virgem não estar com ela, que não o via havia quase um ano. Explicou ao prior:

— Só o emissário dos Médici poderia conseguir isso, e Ser Francisco Cantansanti não vem a Prato há mais de um mês — ela disse, tentando manter as ideias em ordem e apelar para a sensatez do prior. — Se a sagrada relíquia não está na caixa trancada, só o reitor pode saber onde está.

— Não tem mais nada a dizer, madre?

— Não posso falar do que não sei — disse ela, com o queixo tremendo.

— Muito bem — concluiu o prior, abrindo a porta e quase derrubando o reitor. Olhou a cara pálida do outro e disse, entredentes: — Gemignano, pelo seu próprio bem, é melhor dizer onde está o Cinto.

— Não sei, juro pela minha alma. Vi o Cinto ser devolvido e bem trancado dentro da capela há quase um ano — garantiu o reitor, gaguejando ao mesmo tempo que recuava. Lembrou-se do destino cruel dos dois homens, enforcados na praça por tentarem roubar o Cinto, um século antes. — Tem de estar aqui. Peço que o senhor procure no convento — insistiu.

O prior-geral voltou-se para a madre.

— Se acharmos o Cinto aqui, a senhora vai ter de se explicar com Roma.

Atônita, a priora sentiu a bexiga se soltar e um fio morno de urina escorrer pela perna, enquanto o prior-geral pisava duro no pátio.

— Prior-geral, nós somos humildes servas do Senhor, não há ladras entre nós — explicou a priora, mancando atrás dele.

O prior olhou ao redor, ela também. As freiras haviam se amontoado nas janelas e portas do convento e sob os arcos do jardim do claustro. A irmã Isotta balançava como um cedro alto e a gorda irmã Maria enroscava um pano de cozinha nas mãos.

— O senhor sabe que fizemos votos de pobreza e humildade — disse ela, baixo.

— Onde estão as noviças? — perguntou Saviano.

— Temos três, acho que estão na enfermaria, onde a irmã Lucrezia repousa.

O prior-geral sorriu.

— Traga-as aqui — mandou.

— Creio que a irmã Lucrezia ainda não se recuperou de seu sofrimento — disse a priora.

O prior se aproximou.

— Na última vez que o Cinto saiu da igreja, foi trazido graças a ela. Se a senhora não sabe dizer onde está, talvez ela saiba.

— Irmã Maria, traga a irmã Lucrezia da enfermaria — pediu a priora.

A gorda freira concordou com a cabeça, solene, e saiu. Mas a irmã Pureza apareceu de trás de um arco do claustro. Todas viram-na ir direto ao prior e ficar sob a sombra dele.

— A irmã Lucrezia sofreu um grande trauma. Não pode ser perturbada — disse a irmã.

O prior trincou os dentes.

— Quem é a senhora para se dirigir a mim assim? — perguntou, agressivo.

A irmã Pureza não se alterou. Sequer piscou.

— Uma vez, a irmã Lucrezia foi usada em troca do Cinto, mas isso não vai se repetir — garantiu ela.

O padre olhou bem para ela, que se aproximou e falou, mais baixo:

— O Cinto Sagrado não está aqui. Só o reitor tem a chave e, como o senhor pode ver, está sempre com ela — prosseguiu a freira.

O prior-geral acompanhou o olhar arguto da velha freira e viu um rebuscado chaveiro dependurado no cinto de Inghirami.

— Se não usaram essa chave para levar o Cinto Sagrado, então não há explicação terrena para o sumiço.

A freira viu uma dúvida passar pelo roso do reitor e deu dois passos na direção dele.

— Reitor Inghirami, só o senhor é responsável pelo Cinto, e a Cúria sabe disso. Mas há outra possibilidade que os senhores talvez não tenham considerado.

— Qual é a possibilidade, irmã? — perguntou o reitor.

O reitor manteve o desdém na voz, mas a irmã Pureza notou que ele estava abalado.

— Durante séculos, o Cinto da Virgem ajudou mulheres e mães. O bispo de Medina quase morreu de susto quando a Virgem apareceu para ele, por ter ofendido uma de Suas devotas — lembrou a freira.

A irmã Pureza virou-se para ter certeza que os religiosos a ouviam. Pela expressão deles, viu que prestavam atenção.

— A Madona do Sagrado Cinto é padroeira e protetora das mães e das crianças. Se o cinto não está no cofre, talvez Ela o tenha levado para mostrar Sua justa indignação. E tem bons motivos para isso.

Ninguém se mexeu. Até a priora ficou onde estava, embora quisesse chegar mais perto para ouvir o que a velha freira estava dizendo.

— A Virgem se manifesta e faz milagres através do Sagrado Cinto. Os desejos dela também são comunicados através do cinto, reitor Inghirami.

— A senhora é uma mulher velha e idiota — definiu o prior-geral, que finalmente conseguiu falar.

A irmã Pureza ficou de frente para ele. Embora fosse pequena e atarracada, a diferença física pareceu subitamente insignificante.

— A Virgem Maria do Sagrado Cinto, protetora das mães e das crianças, só pode estar descontente com o que tem ocorrido aqui, em Prato, o senhor não acha?

Ela pousou os olhos cinza no prior, depois no reitor.

— O cinto não está aqui. Sugiro que os senhores olhem para dentro de si mesmos e pensem no que ofendeu nossa Santa Mãe.

Depois de dizer o que queria, a irmã Pureza recuou, mantendo o olhar no reitor. Os cavalos bateram as patas no chão, os porcos chafurdaram na lama e, no alto, os falcões voavam em círculos.

O prior-geral virou-se para a priora. Achava que havia um cheiro de urina no ar.

— Nós voltaremos, priora. É bom prestar atenção a como a senhora e suas subordinadas se dirigem a mim.

Quando os cavalos seguiram pela Via Santa Margherita, o reitor Inghirami estava ansioso. Puxou a rédea de seu cavalo e emparelhou com o corcel negro do prior-geral.

— E se a velha estiver certa?

— Não seja idiota — respondeu o prior-geral, balançando a cabeça, sem sequer olhar para o outro.

— Por Deus, não consigo duvidar do que ela disse. Assisti muitas vezes ao poder do Cinto se manifestar curando uma criança leprosa, parando a hemorragia de uma mulher que tinha perdido três filhos antes de ter gêmeos dois meses depois de tocar no Cinto. Não posso desdenhar do que a irmã disse.

Os pensamentos do prior-geral voavam. Tinha certeza de que a velha planejara fazer com que Inghirami sentisse medo de Deus. Mas e se não fosse isso? E se a própria Virgem Maria tivesse levado o cinto? Em Florença, ele tinha visto a milagrosa Santa Mãe salvar uma criança à beira da morte e curar um velho que estava possuído pelo demônio. O poder do Sagrado Cinto era famoso na região e todos sabiam que, alguns anos antes, tinha curado de ventre fraco a nobre *donna* Josefina da Liccio di Verona, quando fora a Prato participar da festa.

— A festa será daqui a três dias. Se o Sagrado Cinto não aparecer na manhã do dia, é certo que à tarde os guardas da Cúria estarão aqui — previu Inghirami, ao ver o campanário de Santo Estêvão por cima dos telhados da cidade.

O prior-geral parou seu corcel na Piazza della Pieve. Os falcões que voavam em círculo sobre o convento pareciam tê-los seguido. Naquele momento, uma nuvem escura de mosquitos zunindo os cercava, enquanto comerciantes e mensageiros faziam uma grande roda em volta deles. O prior-geral afastava os insetos batendo as mãos no ar.

— Dane-se a freira, ela não vai mandar em nós — praguejou, e o cavalo relinchou, batendo as patas no chão.

— Com todo o respeito, prior-geral, mas o poder da Virgem é maior que o de qualquer um, ele se estende do céu à terra — disse o reitor, matando um mosquito no rosto. — Imagine chegar ao portão da eternidade e descobrir que a Santa Mãe está indignada com o senhor.

Os dois estremeceram. Concordaram num silêncio tácito.

❧

Lucrezia sentou-se no catre quando a irmã Pureza entrou na enfermaria. A idosa estava com o rosto vermelho e os olhos agitados.

— Rosina me disse que o prior-geral está aqui — disse a jovem, com um nó na garganta. — É verdade?

— Já foi embora. Não se preocupe, minha cara, ele não chegará perto de você — disse a irmã, endireitando os ombros curvos. — Veio aqui porque o Sagrado Cinto sumiu.

— Foi roubado? — exclamou Lucrezia. — Quem faria uma coisa dessas?

— Não foi roubado. Acho que esse é o milagre que esperávamos — disse a irmã, segurando a mão de Lucrezia. — A Virgem viu seu sofrimento, ouviu suas preces e acredito que esteja falando através desse sumiço.

Os olhos de Lucrezia ardiam. Tirou com carinho a mão que a irmã Pureza segurava e afastou os lençóis. Saiu do catre, mal sentindo a dor entre as pernas, e ajoelhou-se no piso duro. Fez o sinal da cruz e rezou.

Lá fora, perto do chafariz do convento, as irmãs Bernadetta e Maria ouviram a voz de Lucrezia pela porta aberta da enfermaria.

— Ave Maria, cheia de graça, o Senhor é convosco. Bendita sois vós entre as mulheres e bendito é o fruto do vosso ventre, Jesus — rezou, alto e claro.

— Está rezando — disse a irmã Maria, sentindo uma onda de alegria com a voz forte de Lucrezia. Benzeu-se e ajoelhou-se ao lado do chafariz.

Emocionada com a compaixão da irmã Maria, a irmã Bernadetta também se ajoelhou e rezou para a Virgem Maria.

— Santa Maria, Mãe de Deus, Virgem do Sagrado Cinto... — As vozes se uniram e foram levadas pelo vento que passava pela porta da enfermaria, pelos altos muros do convento e pelas ruas de Prato.

Lucrezia rezou o dia inteiro até as vésperas. O boato do desaparecimento do cinto, contado pelo cavalariço do convento, espalhou-se como fogo até as mais humildes cabanas de Prato. As estrelas surgiram no céu e a lua testemunhou a devoção de Lucrezia. Seu pedido foi sentido nos dedos das tecelãs solitárias de Prato, que trabalhavam ao lado das últimas brasas de suas lareiras, e atingiu as criadas do *palazzo* Valenti, que tinham espiado na porta do quarto da patroa e souberam da desdita da jovem. A vigília de Lucrezia e a notícia do sumiço do Cinto emocionaram as grávidas, e até a mãe de Rosina, que dava a última colherada em uma sopa rala de aveia antes de dormir, rezou com mais fé do que nunca pela piedade da Mãe do Sagrado Cinto.

Naquela noite, Teresa de Valenti beijou a testa do filho Ascanio e lembrou-se do dia em que ele nascera, quase um ano antes; fez um agradecimento especial à Virgem do Cinto e pediu que abençoasse Lucrezia e o filho.

— O bebê sumiu e agora dizem que o Cinto também — a Sra. Teresa sussurrou, de joelhos, percorrendo as contas de seu lindo rosário.

— Querida Mãe, imploro para que faça as coisas endireitarem. *Ave Maria, gratia plena.*

Nenhuma das mulheres que rezou naquela noite tinha certeza de que a criança e o Cinto roubado tinham uma ligação. Ninguém vira o frei Filippo fazendo esboços à luz da vela no velho casebre ao lado da casa do frei Piero. Ninguém esteve com o reitor Inghirami, nem ouviu suas preces desesperadas para a Virgem.

Mas se uma das mulheres tivesse vestido um manto, ido até a margem do rio Bisenzo e olhado os galhos do mais alto cipreste, teria visto uma seda preta escondida entre as densas folhagens da árvore. E se subisse bastante, na altura de dois homens, e alcançasse a seda preta, o Sagrado Cinto brilhando ao luar poderia ter caído em seus braços.

Capítulo Vinte e Nove

Segunda-feira da 14ª semana depois de Pentecostes, ano do Senhor de 1457

O dia estava longe de amanhecer quando alguém tocou o sino do portão do convento, mas a irmã Pureza já estava acordada, atenta. Levantou-se rápido, olhou o corredor cinzento do dormitório e correu pela noite fria. A velha freira ouviu as vacas e os porcos se mexendo no curral escuro e os roncos da priora quando passou pelos aposentos particulares dela.

No portão, a irmã abriu a pequena vigia.

— Quem é? — perguntou, mas não estranhou o silêncio como resposta.

A irmã Pureza virou a tranca e abriu o portão. Viu um cesto na escada de pedra, com um bebê enrolado num lençol. Depois, olhou para um lado e para outro, mas quem deixara a criança tinha sumido. A madrugada surgia numa linha fraca no horizonte e o bebê deu um choro fraco.

A parteira ouviu passos abafados e virou-se: era Lucrezia.

— *Mio bambino* — exclamou, passando pela irmã e caindo de joelhos. Pegou a criança e apertou-a no peito. Tinha cheiro de leite e do frio da madrugada.

— Finalmente — gritou ela, mexendo nas dobras do lençol para pegar as mãozinhas. — Ele está com frio, irmã Pureza. Meu Filippino está com as mãos frias — exclamou, rindo e chorando ao mesmo tempo.

Apertou a criança no peito, balançando-se imediatamente para a frente e para trás, no ritmo natural das mães. Lucrezia tinha certeza de que a Grande Mãe tinha protegido seu filho, ouvido suas preces e devolvido a criança para ela.

— Obrigada, Santa Mãe, obrigada — disse.

Mas a irmã Pureza não se satisfaria tão facilmente. Trancou o portão do convento e pegou a criança com jeito.

— O que é? Não pode ficar com ele, irmã Pureza. Ele é meu, a Virgem o devolveu para mim — disse Lucrezia, a voz alta e aguda.

— Pssiu, está bem, Lucrezia. Só quero ter certeza de que é o seu filho.

— Claro que é, a Virgem o mandou, é o milagre que rezei para acontecer.

— Sim, claro — disse a freira, passando a mão nos cabelos úmidos da jovem. — Mas seu filho tem uma marca, Lucrezia. O Senhor colocou uma marca em seu filho, para que você pudesse reconhecê-lo.

Lucrezia soltou um pouco a criança.

— Se é menino, só pode ser Filippino, tem de ser — insistiu, com os olhos turvos.

A irmã Pureza desenrolou o pano que envolvia a criança, sem tirar o menino dos braços de Lucrezia. Tinha outro pano em volta da cintura. Ela o abriu e virou a criança.

— Sim — disse a freira, mostrando na pele a pequena cruz vermelha. — É o seu filho. A Virgem do Sagrado Cinto o devolveu para você.

⁂

Quando o frei Piero foi à enfermaria na prima, o bebê estava mamando. Lucrezia fez menção de se cobrir, mas era bobagem ser desnecessariamente pudica, estava se sentindo plena de paz e alegria.

— Por favor, conte ao frei Filippo que a Virgem Mãe devolveu meu filho e o Senhor marcou-o com o sinal de Sua bênção — disse Lucrezia, com voz firme.

Ela sorriu contente, o rosto brilhando. A criança estava aconchegada em seu braço, o corpo encostado no dela, o seio e o rosto do filho parecendo um só. Ela colocou o dedo na palma do bebê e Filippino o agarrou, suas unhas transparentes mostrando o sangue que circulava. Estava de olhos fechados, as bochechas enchiam e esvaziavam, os lábios ocupados em sugar o leite. As pálpebras, suaves e rosadas, tremularam quando ele largou o seio. Lucrezia afastou seus olhos azuis do bebê e buscou os do administrador.

— Frei Piero, por favor, diga para Filippo nos levar para casa — pediu.

⁂

Madre Bartolommea olhou pelo menos dez vezes o cesto deixado no portão do convento. Balançou a cabeça e resmungou para a irmã Camilla:

— O cesto deveria ter um pouco de ouro, algum sinal de gratidão da Virgem. A criança veio ao mundo aqui, protegemos a mãe, enfrentamos a ira do reitor e do prior-geral — disse a madre.

Ela tremia ao pensar no prior-geral Saviano. O que diria ele quando soubesse que a criança tinha sido devolvida para Lucrezia e os dois estavam ali juntos, contra a vontade expressa dele?

— Irmã Camilla, o prior deixou bem claro que não quer a criança aqui, neste sagrado local da Ordem — lembrou ela, segura.

O nariz da irmã Camilla estava vermelho. A priora olhou para ele duas vezes. Esperava que sua secretária não estivesse emocionada com a volta da criança, nem solidária com a situação de Lucrezia.

— A mãe e a criança têm de ir embora o mais rápido possível. Aqui não há lugar para quem fornica, irmã Camilla — disse a priora.

— E o nosso retábulo, priora?

A priora piscou e pegou os óculos. Julgou ver um sorriso irônico da irmã Camilla.

— Já foi iniciado — ela disse, pegando um pergaminho que desenrolou e mostrou à irmã com um floreio. — O pintor escreveu isto; tem o mesmo efeito de um contrato.

~~~

Na modesta casa de seu amigo, fora dos muros da cidade, o frei Filippo recuou para olhar os dois quadros que tinha encostado na parede. Um, em madeira de álamo, tinha o esboço para o retábulo do convento; o outro, a *Adoração da Madona*, era para os Médici.

Ele passara os dois últimos dias quase inteiros escondido de Cantansanti, esboçando o quadro do convento, com a Virgem Santa entregando o Sagrado Cinto para São Tomé. Sabia que o retábulo ficaria lindo, a Virgem com olhos amendoados sob um céu azul-esverdeado e São Tomé ajoelhado aos pés dela, segurando o cinto verde e dourado. A priora também ia aparecer, como combinado, de hábito negro, com as feições compridas e mãos juntas, ajoelhada aos pés da Virgem, ao lado de Santa Margarida, São Gregório, Santo Agostinho e mais dois santos. A Virgem, em cuja homenagem ele fizera o quadro, seria fantástica. E Santa Margarida, nome do convento, teria os adoráveis traços de Lucrezia.

No começo, ele ficara animado com o projeto para esse quadro, à medida que fazia suas piedosas preces para a Virgem ao desenhá-lo. Mas, naquele momento, não tirava os olhos da *Adoração da Madona*, dos Médici. Não podia mais esconder o quadro do emissário.

Inclinando a cabeça, o frei Filippo se aproximou mais para estudar sua linda Virgem ajoelhada na floresta. Tinha o rosto de Lucrezia, com o vestido roxo de *morello* e a *faixa* de delicadas pérolas que ela havia usado naquele primeiro dia no ateliê dele. A Virgem sorria de leve, adorando o Filho, e toda a luz do mundo parecia brilhar sob sua pele. Ao fundo, o olmo bem encostado à trepadeira e o chão da floresta forrado com as mais delicadas violetas.

Só faltava o rosto do Menino.

Um ano antes, ele sonhava encontrar o rosto da Madona, e Deus o mostrara a ele. Naquele momento, ele queria ver o rosto de seu filho. Ser Francesco Cantansanti podia trazer um exército para a porta de sua casa, podia espancá-lo com as próprias mãos, mas se Lucrezia continuasse no convento e seu filho, sumido, o frei Filippo jamais conseguiria terminar o retábulo. Só podia pintar outra criança depois de conhecer o próprio filho.

— Filippo, trago boas notícias, graças a Deus.

O frei virou-se ao ouvir a voz de seu velho amigo na porta. Frei Piero estava com o rosto corado e o sorriso torto brilhando.

— Estive no convento e seu filho foi devolvido, forte e saudável...

— Saudável? Meu filho? — repetiu o frei Filippo, sem saber se tinha ouvido direito. — Meu filho foi devolvido?

— Sim esta manhã, mãe e filho estão juntos.

— Preciso vê-los já.

O frei foi empurrando o administrador, imaginando a maravilhosa cena que o aguardava no convento.

— Pare — disse o administrador, esticando a mão.

— Por quê? — Uma sombra se formou no rosto de Filippo. — Você não contou tudo?

— A priora não vai deixar você tirar os dois de lá na presença de todos. Você precisa esperar a festa, quando Lucrezia e o menino estarão sozinhos no convento. Aí você poderá levá-los para casa.

Numa batina branca que precisava muito ser lavada, o frei Filippo voltou para o ateliê. Embrulhou seus preciosos quadros numa velha cortina e guardou num canto da sala as pinturas e o painel cujo esboço tinha acabado de fazer. Depois, foi para a Piazza Mercatale.

Mesmo se ele tirasse Lucrezia e o filho da cidade, os três iam precisar de muita coisa, com urgência: um berço e roupas, uma almofada para a cadeira de Lucrezia, um pedaço de coral para dependurar no pescoço do bebê e afastar os maus espíritos. Esperando que suas moedas de prata conseguissem comprar tudo isso, o frei correu pelas ruas, juntando-se à multidão que chegava à cidade para a festa.

Foi até Santo Estêvão, entrou na penumbra da igreja e, parando no portão fechado da Capela do Sagrado Cinto, ajoelhou-se. A Santa Mãe tinha atendido ao pedido deles.

— Santa Maria, mãe de Deus, obrigado.

Com sua energia revigorada, o frei rezou alto e gesticulou, exuberante. Ao terminar, levantou-se e bateu a poeira da batina. Olhou para a *cappella maggiore*, onde seus assistentes tagarelavam como sempre, e pensou nos muitos dias e nas longas noites de angústia que havia passado lá. Naquele momento, mesmo o espaço da igreja parecia transformado por sua alegria.

Foi andando em direção aos afrescos e teve sua atenção despertada pela cena de Santo Estêvão sendo trocado por outra criança ao nascer. Os olhos do frei passaram pelo demônio verde, pela *balia* de roupa laranja e pararam na santa corça que, segundo a lenda, alimentara o bebê e cuidara dele. A corça estava sentada, com as pernas delicadamente dobradas sob o corpo, e ainda brilhava com a última camada de cor que ele mandou os assistentes darem.

— Obrigado por cuidar do meu filho — disse ele à corça.

— Bom mestre. — A voz era macia e bem atrás do ouvido dele. Frei Filippo virou-se e viu o jovem Marco com o rosto sujo de tinta e uma risca marrom da cor da corça. — Mestre, terminei o que o senhor mandou, espero que veja e diga se está bom.

O pintor olhou o rapaz, que tinha olhos suaves como uma corça.

— Jovem Marco. — Era a primeira vez que ele chamava assim o assistente. Pelo resto da vida, sempre que sentisse o cheiro de sabão de

oliva usado para lavar o chão da igreja, — lembraria daquele momento.
— Sim, jovem Marco, está bom. O que você fez foi muito bom.

❦

Na manhã seguinte, de madrugada, o reitor Inghirami estava ajoelhado em seu aposento particular. Lá fora, as ruas estavam silenciosas, mas não por muito tempo. Os peregrinos chegavam de lugares tão distantes quanto a Calábria, ao sul, e o Piemonte, ao norte, e havia um alarido em torno da igreja. Parecia que a cidade toda já tinha ouvido os boatos do cinto desaparecido e só a negativa do reitor, além das mentiras do prior-geral, que jurava ter visto o Cinto, mantinham afastados os padres da igreja e os funcionários da Comuna de Prato. O tempo estava se esgotando para o reitor. No dia seguinte, quando o sino anunciasse a terça, começaria a Festa do Sagrado Cinto e as ruas se encheriam de cavalos, carruagens, vendedores e viajantes rezando, cantando e indo para a Piazza della Pieve.

O reitor Inghirami imaginou a multidão olhando para o santo púlpito, esperando que ele aparecesse com o Sagrado Cinto. Encolheu-se só de pensar na fúria e na zombaria quando aparecesse de mão vazias, prova de que o demônio estava agindo em Prato.

O reitor tinha mandado seu fiel mensageiro com uma sacola de moedas de ouro e um bilhete para a *balia* na pequena aldeia fora da Bisenzia. Desde então, havia ficado ajoelhado quase o dia todo e ainda não tinha recebido qualquer sinal da Santa Mãe. O que mais Ela queria? Ele tentara consertar a situação: ouvira o recado da Virgem e mandara devolver a criança para os braços ansiosos da mãe. Mas talvez a Virgem ainda não estivesse disposta a perdoar. Talvez estivesse irritada por ele ter aviltado a casa de Deus entrando sorrateiramente no campanário para desfrutar de coisas que não tinha o direito de conhecer. Os ombros de Inghirami estremeceram ao pensar no prazer que tivera com o jovem pintor.

— Cara Rainha Celeste, cara mãe, imploro que tenha piedade de mim e do jovem Marco — rezou o reitor, num desespero final.

Mordeu o pulso para não chorar. A cidade de Prato se lembraria para sempre de Michael Dagomari, o homem que trouxera a relíquia para ser guardada ali, e agora se lembraria também dele, Gemignano Inghirami, como o homem cujos pecados causaram a perda e desgraça da relíquia.

Ao ouvir os primeiros sons dos padres e arcebispos na sacristia se preparando para as laudes, o reitor forçou-se a levantar. Caso o Cinto fosse milagrosamente devolvido, a Igreja de Santo Estêvão precisava estar pronta para a festa, e só ele tinha essa responsabilidade.

Estava tudo silencioso quando ele entrou na nave, pouco antes do amanhecer. As chaves no cinto tilintaram, batendo na cintura, os passos ecoaram nas pedras frias e ele virou-se para o portão da Capela do Sagrado Cinto. A pequena janela deixava passar luz apenas o suficiente para ele ver a tranca estreita, na qual inseriu a chave.

Por favor, Santa Mãe, perdoe os meus pecados. O reitor prendeu a respiração ao se aproximar da caixa dourada e levantar a tampa devagar.

Continuava vazia.

Em vão, Inghirami pegou a caixa e passou a mão pelo forro de veludo. Nada. Fechou a caixa e a porta, trancou-a de novo. A penumbra da igreja foi sumindo à medida que o reitor passava do transepto para o abside, onde duas janelas em arco afastavam a escuridão. Dois feixes de luz se cruzavam num canto da igreja, e ele apertou os olhos em direção ao fino cortinado da claridade matinal para ver a estátua da Madona. Olhou o rosto, depois os braços de madeira bem esculpida e o lugar onde a luz cintilava, na cintura.

A Madona estava com um cinto verde cujo dourado brilhava como se estivesse em chamas.

O reitor prendeu a respiração e correu para a estátua. Ao tocar no cinto, foi atingido por um clarão de luz e viu então que era de verdade. Ele estava perdoado. O Sagrado Cinto tinha sido devolvido.

Capítulo Trinta

Festa do Sagrado Cinto, ano do Senhor de 1457

O dia estava especialmente quente, e o hábito deixava a irmã Pureza com a sensação de sufocamento. Os olhos arregalados, a cabeça levantada, observava o prior-geral andar lentamente à frente da fila de freiras, cantando rumo à Piazza della Pieve. Nada na expressão dele demonstrava humilhação, mas ela sabia que aquele homem tinha passado por muitas dúvidas, talvez até arrependimento. E isso lhe dava certa satisfação.

— O que você disse ao prior-geral quando ele foi ao convento? Há dias estou para lhe perguntar isso — lembrou a priora Bartolommea, assim que chegaram à praça.

A velha freira virou-se para a priora. A amiga parecia muito cansada e estava sempre cheirando a urina.

— Pedi que ele chamasse sua irmã, Jacoba — respondeu a irmã Pureza, deixando seus olhos cinzentos encontrarem o olhar leitoso da outra. — Acho que você está cansada, e talvez sua capacidade de discernimento não esteja tão clara quanto antes.

A priora abriu a boca, mas a resposta foi abafada pelos gritos de alegria da multidão. As centenas de pessoas que enchiam a praça ao redor da igreja olharam para cima quando um lampejo de batinas vermelhas apareceu no púlpito do Sagrado Cinto. Os gritos aumentaram para um urro ensurdecedor e exclamações de alegria quando o reitor Inghirami levantou o cinto da Virgem Maria.

— Santa Mãe de Deus, Portão do Céu, Santa Virgem — gritou ele, enquanto a multidão se aproximava mais da igreja. As freiras do convento

Santa Margherita deram largos sorrisos de alívio e foram se encaminhando para igreja, onde rezariam pedindo um ano de graças, sabedoria e muitas bênçãos.

A multidão foi aumentando, e alguém tocou o ombro da irmã Pureza, que se virou e ficou encantada ao ver o sorriso torto da frei Piero.

— Deu certo — disse ele, baixo.

Sob o sol quente, o medo que ele sentira ao entrar sorrateiramente na escuridão da igreja e ficar atrás da porta que levava ao campanário parecia distante. Sua cabeça havia pulsado a cada batida do coração, como o martelo que pregou os braços do Salvador na cruz. Mas, quando vira o cinto e as chaves do reitor dependurados no mesmo prego onde tinha visto duas vezes, o frei Piero tivera a certeza de que a Virgem estava com ele e que tudo aconteceria conforme o planejado.

— Graças ao Senhor — disse a irmã Pureza, baixo.

— E à Santa Mãe — sugeriu o administrador. Lembrou-se do tilintar das chaves do cinto do reitor quando ele deixara a escada do campanário e do vento noturno soprando mais forte, como se o Espírito Santo quisesse encobrir o som de seus passos. A pesada chave virara facilmente na fechadura, e o portão da capela se abrira tão silenciosamente quanto a manhã que surgia.

— Mãe e filho passam bem. Aguardam no convento — informou a freira, que já tinha se despedido de Lucrezia e prometido mandar recado por Paolo e visitá-la sempre que possível.

— O frei está indo para lá agora — disse o administrador.

— Bendita seja a Virgem do Sagrado Cinto. — A voz do reitor Inghirami soou por cima da multidão e os dois conspiradores olharam para o púlpito.

— Isso mesmo, bendita seja a sagrada Madona — sussurrou a irmã Pureza. Fechando os olhos, despediu-se da filha que a havia deixado

tantos anos antes e ido para o céu nas asas dos anjos. — Bendito seja o Senhor, que é bom e justo.

✤

Ao chegar ao convento, o frei Filippo não tocou o sino no portão da frente, mas parou ao lado da pereira, colheu a fruta mais firme e jogou-a por cima do muro para cair na porta da enfermaria com um *plop* macio. Esperou e, um instante depois, a pêra voltou por cima do muro. Ouviu ao longe a voz da irmã Spinetta e, atento, ouviu também o choro de seu filho. Seu filho.

Spinetta apareceu na quina do muro do convento e o frei pegou no bolso da batina o coral num delicado cordão de couro. Tinha comprado no mercado e pedido ao frei Piero que o abençoasse com água benta. O amuleto protegeria Filippino. Mas era ele, Filippo Lippi, quem o alimentaria e manteria a salvo e cuidaria para que conhecesse tudo o que o mundo tem a oferecer.

Lucrezia estava sentada na beira do catre na enfermaria, com o bebê no colo, quando viu a irmã trazendo alguém que parecia ser o frei Piero com um capuz escuro. Ela procurou atrás do frei a batina branca do frei Filippo, mas não encontrou. Sem fazer barulho, a irmã saiu e fechou a porta da enfermaria sem sequer um olhar para trás. Lucrezia apertou o filho e não disse nada. O frei tirou o capuz, e lá estava seu amado Filippo.

— Ah — os dois deram a mesma exclamação, não era preciso dizer mais nada.

— Venha, Lucrezia, não vamos esperar nem mais um minuto — disse o frei Filippo. Pegou o bebê do braço dela e segurou-o. Ele vestia uma camisola que Lucrezia tinha feito com pano gasto porém macio. — O senhor Ottavio teve a gentileza de nos emprestar uma carroça de serviço, pois a carruagem está sendo usada na Festa do Cinto Sagrado.

Lucrezia sorriu e levantou-se, alisando o vestido marrom simples que cobria seus seios fartos e chegava até os pés. Suas pernas estavam firmes, seu corpo estava se curando. O mais importante, porém, era que sua alma estava forte e segura.

— Vim para cá numa carroça puxada a jumento — disse Lucrezia, lembrando-se das estrelas que acompanharam os dois naquela noite. — Não importa como vou voltar para casa, desde que minha casa seja segura e com você.

Frei Filippo pegou no bolso o cordão com o coral. Tinha a forma de uma asa de galinha e a cor amarela forte de um trigal pronto para a colheita.

— Isto é para o bebê, pode colocar nele. Vai protegê-lo — disse, entregando a ela e segurando o bebê.

Lucrezia ficou com os olhos marejados. Colocou o cordão por cima da cabeça do filho, mal enxergando o rostinho entre as lágrimas, e repetiu o que a irmã Pureza havia pronunciado na noite em que ele nascera:

— *Ego te baptizo in nomine Patris, et Filii, et Spiritus Sancti.*

Com um gracioso aceno, Teresa de Valenti cumprimentou o reitor e o prior-geral do balcão de seu *palazzo*.

— Sejam bem-vindos — ela disse, com um largo sorriso.

Era uma autêntica matrona de Prato, forte e vibrante. Usava um elegante vestido de seda, com as mangas debruadas de renda e o decote realçando os seios.

O filho, Ascanio, estava com a pajem nos aposentos das crianças, sendo preparado para a comemoração de seu primeiro aniversário.

— Por favor, sirvam-se de vinho e salgados — ofereceu Teresa. Deu o braço para o prior-geral Saviano e conduziu-o ao grande bufê que, entre outras iguarias, tinha ganso e leitão assados entre alcachofras, azeitonas e uma travessa de prata com sardinhas grelhadas.

— A senhora está linda — elogiou o prior, passando os olhos gulosos pela mesa do banquete.

— Deus foi generoso comigo e com todos os habitantes de Prato. — Ela agradeceu o elogio com um modesto aceno de cabeça, ao mesmo tempo que entregava uma taça e chamava um criado para servir o vinho. O prior bebeu, mas ela segurou bem no braço dele.

— Tenho um pedido especial para fazer, prior-geral — disse, com um sorriso caloroso.

— Farei o possível para atendê-la — respondeu. Ficava muito simpático depois de tomar um bom vinho.

A *signora* Teresa não parava de sorrir, ciente de que o sorriso era um de seus trunfos.

— Peço que Lucrezia Buti fique sob a proteção da Ordem pelo tempo que precisar e em qualquer situação que a Virgem reserve a ela — disse.

O prior-geral conteve um urro de indignação. Do outro lado do salão, viu Ottavio exercendo seu papel de anfitrião afável, em seus belos trajes de veludo. Os olhos do comerciante passaram pelo prior-geral, que franziu o cenho e fez uma expressão interrogativa. O comerciante respondeu com um aceno discreto do queixo e um olhar para a linda esposa. Ottavio então sorriu para outro convidado e virou de costas.

— Claro que ela tem um filho, mas o título de freira protege uma mulher em nome do Senhor. Creio que a própria Virgem quer que Lucrezia e o filho sejam protegidos pelos servos de Deus na terra.

A *signora* Teresa devia ser a única mulher fora do convento a ver uma ligação entre a devolução do bebê Filippino e a do Sagrado Cinto. Claro que o sumiço do cinto não fora confirmado oficialmente, mas ela não subestimava a força de Lucrezia e da irmã Pureza — com os habitantes da terra e com os santos do céu. Se, conforme os boatos que circulavam, o prior-geral e o reitor apareceram no convento espumando de raiva, devia haver um fundo de verdade. Um dia ela perguntaria à irmã Pureza o que tinha acontecido, embora não acreditasse que a idosa contasse.

— Talvez o senhor concorde que Lucrezia e o pintor parecem ter a bênção da Virgem — acrescentou Teresa, com certa afetação.

Teresa de Valenti segurava firme o braço do prior. Levou-o para os aposentos particulares de sua casa e continuou conversando como se não tivesse acabado de fazer um pedido enorme.

— O que eles fizeram é contra as leis da Igreja — disparou o prior-geral, controlando a raiva na voz. — Um frei e uma noviça.

— Um pintor e uma jovem. Apaixonados.

Teresa de Valenti não sorria só com a boca, mas também com os olhos. E tinha todos os motivos para sorrir nesse dia e uma boa razão para saber o poder que possuía, sendo esposa de Ottavio.

— Tenho certeza de que a transgressão deles não é um erro irreparável — ela disse. Parou e, com uma pequena inclinação da cabeça, mostrou o quadro na parede à frente deles. — Meus criados chamam esse quadro de nossa *Madona milagrosa*. Não tenho o privilégio de saber a quem a Virgem concede seus favores, mas tenho a certeza de que essa jovem tem a bênção da Santa Mãe. E meu marido se dispõe a pagar pela concessão de indulgências para algo que o céu proíbe na terra.

O prior olhou o quadro. Os lábios da noviça eram carnudos e macios. Os olhos brilhavam. A testa era alta e sensata.

— Uma indulgência dessas pode custar bem caro. E, se Roma negar, tenho de respeitar a decisão da Cúria — disse Saviano, inflexível.

Teresa de Valenti concordou com a cabeça.

— Compreendo — ela disse.

O prior se lembrava do grito da jovem sob o corpo dele e o choque que teve com o sangue.

— Tenho certeza de que há um preço justo — concedeu, talvez com menos relutância do que suas palavras mostravam.

— Mãe e filho viverão em paz?

— Toda a paz que estiver ao meu alcance — prometeu o prior. E disse então as palavras que selariam o acordo, grato a Santo Agostinho, que, em sua sabedoria, tinha uma penitência adequada para o pecado de libertinagem de Saviano. — Dou minha palavra à senhora.

⁂

Lucrezia ficou feliz quando a carroça finalmente chegou à esquina da Piazza della Pieve. Frei Filippo puxou as rédeas, aprumado e orgulhoso, os olhos apertados sob o sol forte. Ela segurava o filho nos braços, coberto por um pano para protegê-lo da luz. Ao redor dela, reinavam a confusão e a alegria da festa do Sagrado Cinto, mas o júbilo que sentia no coração era ainda maior do que o de milhares de vozes.

— Olhe, Filippo — exclamou, ao ver a porta do ateliê com um enorme cesto de frutas, pão e queijos.

Frei Filippo parou a carroça, amarrou o jumento, segurou o bebê nos braços fortes e estendeu a mão para Lucrezia pisar de novo com suas botas o chão poeirento da cidade.

— Temos amigos — disse ela, conferindo as nozes, os queijos e carnes e a pilha de roupinhas para o filho, feitas com os mais macios linho e algodão.

Para a nossa madona milagrosa, dos honrados Ottavio e Teresa de Valenti, dizia o bilhete no cesto.

— *Sorella?*

Lucrezia virou-se ao ouvir a voz de Paolo.

— Paolo? — Não o via desde aquele dia na Quaresma quando não quis entrar na casa dela.

Sorrindo, Paolo trazia um pequeno embrulho.

— Isto é da minha mãe para a criança — ele disse, de olhos baixos.

Lucrezia recebeu o presente embrulhado num pedaço de pano, abriu devagar e viu uma pequena cruz de madeira enfeitada com florezinhas roxas, cada pétala feita com uma única gota de tinta.

— É lindo. Foi você quem fez? — perguntou, olhando para o rosto satisfeito do menino.

— Foi. E minha mãe pintou.

Frei Filippo estendeu a mão e passou o dedo pelas pétalas da flor.

— Violetas — disse o pintor. — A flor da Virgem.

O bebê mexeu as mãos. Os três viraram para ele, que deu um forte lamento.

— Você está em casa, chegamos — disse Lucrezia, pegando-o no colo.

Abriram a porta do ateliê. Lá dentro estava Ser Francesco Cantansanti, com o belo traje amarrotado depois do longo dia de festanças.

Capítulo Trinta e Um

— Chegaram — disse o emissário, com voz pastosa. Levantou-se, meio bêbado, mas ainda autoritário. — O senhor sumiu, frei Filippo, andei à sua procura.

— Não sumi — explicou o frei, empertigando-se. — Estava trabalhando na casa do frei Piero nas colinas, fazendo o esboço do retábulo para o convento. Lá, ninguém ia me atrapalhar.

O bebê chorou e Lucrezia passou rápido pelos dois homens, em direção ao quarto.

— Estou esperando faz uma hora. Vi o que você fez — disse Cantansanti, mostrando o retábulo que o frei tinha guardado no canto. Estava embaixo da janela, onde a luz iluminava o lindo rosto da Virgem e o rosto vazio do Cristo menino. — Trago notícias de Florença — informou Ser Francesco.

O emissário pensou na carta que tinha enviado para Florença depois que o frei sumira.

Passei a semana toda com ele para garantir o trabalho. E como ele trabalhou, meu Deus, até que, na noite passada, sumiu não sei para onde, escreveu Cantansanti.

— Sei que não entreguei o retábulo no prazo, mas você pode ver que ficou bom — disse o frei Filippo, sem querer entregar os pontos.

Ser Francesco esfregou as pesadas botas no chão e pegou a carta que tinha recebido naquela manhã.

— Veja — disse Cantansanti, entregando um pergaminho amassado para o frei.

Frei Filippo ouviu Lucrezia acalmando o bebê. Tomou coragem e pegou o papel, confuso.

— O que é isso? — perguntou, por fim.

— Os Médici aprovaram seu esboço para a moldura. Vai levar vários meses para ficar pronta, mas ficará como você pediu. Com todos os detalhes e bem cara. Esta é a encomenda para o marceneiro.

— Você disse que não iam me enviar mais dinheiro — conseguiu dizer o frei.

— E não vão, respondeu Cantansanti, secamente. — O dinheiro chegará para Ser Bartolomeo, que vai executar o pedido de acordo com suas especificações. O esboço da moldura é fantástico, Filippo, parabéns. O retábulo também. — O emissário fez sinal com a mão para o pintor ficar de lado. — Excelente. Cada parte é tão boa quanto tudo o que você já fez. Melhor, até.

Ele tinha escrito para o filho de Cosimo, que estava encarregado de cuidar da execução da obra:

Caro Giovanni,
Esse pintor é, sem dúvida, um louco, sempre metido em complicações. Mas o trabalho dele é fantástico, de um esplendor incomparável. Ele vai terminar, nem que eu tenha de chicoteá-lo, ou o senhor pode mandar seu agente Bartolomeo, que deve ser mais paciente do que eu.

— A luz, a floresta, as mãos de Deus. — O emissário se aproximou do painel, estudando as camadas de cor da *Adoração da Madona*. — As cores brilham tanto, parece que você colocou um espelho na janela e captou a luz de Deus no reflexo.

Ser Francesco Cantansanti balançou a cabeça. Estava há muito tempo no mundo do pintor.

— Mas por que não fez o rosto do Cristo menino? — perguntou, mostrando o oval vazio.

Olhou para o frei, cujas mãos, pela primeira vez, estavam bem limpas.

— Mas é claro — considerou Cantansanti. Essas coisas demoram.

No quarto, Lucrezia amamentava. Colocou o dedo na boca do bebê enquanto passava-o de um seio para o outro. Filippino soltou uma exclamação e um grito forte.

Os dois homens ouviram e se entreolharam.

— Agora eu posso ver o rosto, Ser Francesco, e vou terminar o quadro — disse o frei, com um sorriso.

— Então, ao trabalho, irmão — disse o emissário, pegando o manto e caminhando para a porta. — Vou estar atento. Lembre-se: os Médici estão sempre de olho no senhor.

Epílogo

Capela Brancacci da Capela de Santa Maria del Carmine
Florença, Itália
Quinta-feira da 21ª semana do Advento,
ano do Senhor de 1481

A luz passa pelo vitral da pequena Capela de Santa Maria del Carmine e bate no artista. O homem que está no andaime é grande, tem os cabelos castanhos na altura dos ombros e a boca bem traçada. Mordendo o lábio inferior, ele calcula os tons da pele dos personagens no quadro que pinta nessa tarde, colocando aos poucos uma camada de ocre sobre os tons de verde no rosto de São Pedro no trono.

O artista dá um suspiro. É um trabalho cansativo, restaurar o afresco criado pelo grande Masaccio.

Ao mergulhar o pincel na tinta ocre, o jovem balança a cabeça, contrariado com a destruição do afresco: pelos menos dez dos mais de quarenta rostos estão danificados a ponto de ficarem irreconhecíveis, na cena de São Pedro ressuscitando o filho de Teófilo. Ele não consegue entender como os Médici, logo eles, permitiram que aquela grande obra fosse destruída em honra deles, em *damnatio memoriae*. Mas os rostos da família Brancacci, inimiga dos Médici, e de seus amigos foram riscados num furor de vingança em 1434 e assim permaneceram por quase meio século.

Faz calor. Sob o andaime, os monges e alguns padres estão em grande atividade, se preparando para a missa vespertina. Os assistentes do pintor limpam seus pincéis e seus apetrechos antes de irem para casa. O dia está terminando, mas o artista vai continuar o trabalho. Ele aceitou o difícil encargo de restaurar os afrescos para que voltassem a seu esplendor original, e vai à capela diariamente estudar as proporções das figuras, o cuidadoso conjunto, seus rostos expressivos cheios de desconfiança, medo, raiva e esperança.

Os rostos não são apenas de anônimos, muitas freiras do convento Santa Maria del Carmine foram homenageadas nos retratos. Há um autorretrato de Masaccio e um rosto parecido com o do grande Leon Battista Alberti.

Chegando mais perto, o pintor retira com a unha uma lasca de tinta do queixo de um nobre. O dano causado à obra só destaca a força da mão que a criou: os trajes pesados, a sólida arquitetura das construções da Antióquia, onde se realizara o milagre. À medida que estuda a obra, ele fecha os olhos e se lembra da primeira vez que ficara ao lado do pai num andaime parecido com aquele, na Igreja de Spoleto. As mãos do pai, cheias de tinta, eram fortes e seguras, ao lado dos dedos jovens e inseguros do filho.

— Firme a mão e aguarde. A inspiração virá quando você estiver preparado.

O pai morreu há 12 anos, mas o jovem se lembra bem da recomendação e pensa nelas a cada manhã, ao se preparar para o trabalho.

— Pintar é rezar e rezar é pintar. Lembre-se disso e Deus estará com você sempre que pegar no pincel.

As palavras soam na lembrança e ele vê o pai tocando seu ombro, traçando as linhas da perspectiva, virando seu rosto para a luz, mostrando como fazer a curva de um ombro feminino ou retratar a raiva de um homem em pinceladas fortes e seguras.

— Espere até ter certeza; então, ouse.

Filippino Lippi abre os olhos e observa o afresco. Todas as figuras ao redor do túmulo do jovem Teófilo são homens. Pela primeira vez, não há madona.

Filippino tem a impressão de ter passado a vida toda vendo madonas lindas e louras, todas parecidas com a mãe, de pele clara, cálidos olhos azuis, lábios vermelhos. Passou a maior parte da vida longe dela, mas o rosto adorável ficou em sua mente. Os quadros pintados pelo pai e seus seguidores estão em todo canto, olhando para ele, esperando por ele.

— A perfeita reprodução do céu na terra, feita por Deus — diria o pai, ao mostrar suas madonas.

Nos últimos anos de vida, o pai morou em outras cidades, longe da mãe, e continuava atraído pelas mulheres. Mas Filippino tem certeza que continuava também dedicado à mãe e que a amava acima de todas as outras, do jeito dele.

Filippino pensa na mãe, que mora agora perto da filha, Alessandra, e da família dela, em Florença. A vida de Lucrezia foi difícil, mas ela não reclama.

— Há sempre sangue e luta, mas o sangue tem força e beleza — ela diz, ao enfrentar algum problema.

A primeira vez que disse isso, o filho era jovem, tinha deslocado o ombro e arranhado o joelho ao cair de uma árvore ao lado do ateliê. Ela o socorreu, consolou e limpou o machucado com um pano úmido. Lucrezia tinha o corpo ereto, os olhos azuis, o sorriso triste e sensato.

— Do sangue vem força e beleza. Lembre-se disso, Filippino.

Naquele mesmo dia, ela o presenteou com uma pequena medalha de prata de São João Batista.

— Minha mãe me deu e passo-a para você — disse, o hálito cálido no rosto dele.

Filippino Lippi, grande como o pai e bonito como a mãe, segura a medalha que depois costurava à barra de sua túnica. Ele recua do afresco, pega um pincel cheio de terra verde e volta a pintar o afresco. Aperta os olhos e os lábios. A boca é igual à da mãe, carnuda e sensual. Mas as mãos, os olhos, a expressão sagaz são do pai. Ele aguarda. E, ao chegar a inspiração, volta a pintar.

Nota das Autoras

Com os Médici de olho nele, o frei Filippo terminou o retábulo para o rei Alfonso e enviou-o para Nápoles em maio de 1458. Cosimo de Médici não estava presente quando a obra chegou ao palácio, mas uma carta nos arquivos Médici confirma que o retábulo foi recebido na corte e agradou a Alfonso, o Magnânimo.

Após uma longa doença, o papa Calisto III morreu em agosto de 1458. Para surpresa de todos, o Colégio de Cardeais elegeu Enea Silvio Piccolomini, que assumiu o cargo com o título de papa Pio II. O novo pontífice tinha grande ligação com os Médici, além de dois filhos bastardos. Sob seu pontificado, o padre Carlo de Médici, filho ilegítimo de Cosimo de Médici, foi nomeado reitor da Catedral de Santo Estêvão após a morte de Gemignano Inghirami, em 1460.

Encorajado certamente pelos Médici, o papa Pio II se interessou pela situação do frei Filippo e sua amante, Lucrezia Buti. Os registros do Vaticano indicam que concedeu dispensa dos votos para os dois se casarem em 1461.

Mas o frei continuou carmelita pelo resto da vida e, em 1459, Lucrezia Buti fez os votos perpétuos como freira agostiniana no convento Santa Margherita, na presença do vigário de Prato, do bispo de Pistoia e da priora Jacoba de Bovacchiesi, que tinha assumido o priorado do convento no lugar da irmã, Bartolommea. Diversas fontes indicam que em 1461 Lucrezia voltou a morar na casa do frei Filippo. Não há registro de casamento dos dois. Em 1465, tiveram uma filha, Alessandra.

Em 1465, frei Filippo terminou os afrescos em Prato e, em 1467, foi para Spoleto, onde viveu com o filho, Filippino, ensinando-o a pintar enquanto terminavam a última série de afrescos que o pintor viria a fazer. Morreu em Spoleto em 1469, e a guarda do filho passou para seu assistente de longa data, frei Diamante.

Filippino Lippi se tornou um pintor conhecido; seu nome e sua obra foram até mais famosos que os do pai. Em 1481, restaurou parte dos famosos afrescos de Masaccio da Capela Brancacci de Santa Maria del Carmine. Os rostos dos amigos e parentes de Brancacci, que eram inimigos dos Médici, tinham sido destruídos numa *damnatio memoriae* em 1434, quando os Médici voltaram do exílio em Florença. Num exemplo da bela simetria da vida, o filho restaurou os mesmos afrescos que tinham incentivado seu pai a ser pintor quando ainda era um jovem carmelita nesse convento.

Não há dúvidas de que o frei Filippo Lippi tenha pertencido à Ordem Carmelita. Mas, nos registros e relatos históricos, há referências a Lucrezia como noviça, freira ou apenas como jovem que morava no convento Santa Margherita na época em que conheceu o pintor. Os historiadores discordam sobre a data da morte do pai dela, os motivos e até o ano de sua entrada no convento com a irmã Spinetta. O convento Santa Margherita foi fechado no final do século XVIII.

São reais os nomes da priora Bartolommea de Bovacchiesi, de Spinetta Buti, o frei Piero d'Antonio di ser Vannozzi e de Ser Francesco Cantansanti, além das figuras históricas citadas acima, mas o prior-geral Ludovico Pietro di Saviano e a irmã Pureza são personagens fictícios. Se imaginarmos o que levou o artista e sua jovem amante a desafiar leis da Igreja e os rígidos códigos de conduta do século XV na Itália, temos de concordar que foram motivos que fugiram ao controle deles, inclusive as exigências de políticos importantes e sua própria ligação amorosa intensa.

Presume-se que o frei Filippo tenha "sequestrado" Lucrezia Buti e a levado para morar em seu ateliê em 8 de setembro de 1456, dia da Festa do Sagrado Cinto. Desde o século XIII, o Sagrado Cinto é considerado uma relíquia milagrosa da Virgem Maria e guardado na capela da Catedral de Santo Estêvão, em Prato. É mostrado ao público várias vezes por ano, principalmente na festa do nascimento da Santa Virgem Maria, em 8 de setembro. Há séculos a Igreja reconheceu como relíquia sagrada o Cinto, que foi venerado pelo papa João Paulo II em 1986.

Na época em que conheceu Lucrezia Buti, frei Filippo era um artista bem-sucedido, com muitas encomendas importantes, mas vários problemas com a lei. Trabalhou na série de afrescos na Igreja de Santo Estêvão durante seis anos e, por vários meses, no retábulo com o qual os Médici presentearem o rei Alfonso. Os afrescos, finalmente terminados em 1465, são o ponto alto da carreira singular do pintor e foram totalmente restaurados no começo do século XX pelo Ministério de Herança Cultural da Itália. O último ciclo restaurado, a cena da dança de Salomé e a bela cena de Santo Estêvão sendo levado do berço, voltaram a ser expostas ao público em 2007.

O painel central da *Adoração da Madona*, presenteado ao rei Alfonso pelos Médici, foi destruído ou perdido depois do século XVI. As laterais do retábulo de Santo Antonio Abade e São Miguel estão no Museu de Arte de Cleveland, em Ohio, nos Estados Unidos. *A madona entregando o Sagrado Cinto a São Tomé, com os santos Margarida, Agostinho, Rafael e Tobias*, nos quais aparecem Lucrezia e a priora Bartolomea, estão no palácio Pretario de Prato, como testemunho do inacreditável amor entre uma mulher enclausurada e o extraordinário padre pintor que deixou algumas das mais belas obras de arte de todos os tempos.

Agradecimentos

O incentivo e a ajuda de nossa agente, Marly Rusoff, assim como o apoio de Michael Radulescu, foram fundamentais para a conclusão deste romance. Tivemos a sorte de trabalhar com Jennifer Brehl, uma editora inteligente e ativa, que melhorou o livro. Agradecemos especialmente pelo apoio de Lisa Gallagher, Ben Bruton e Sharyn Rosenblum, da William Morrow. Na cidade de Prato, fomos ajudadas por Claudio Cerretelli, Simona Biangianti, Odette Pagliai e Paolo Saccoman. Daniel G. Van Slyke, professor-assistente de História da Igreja no seminário Kenrick-Glennon, respondeu pacientemente às nossas muitas perguntas.

A oportunidade de escrevermos juntas este romance foi quase um milagre. As páginas vêm de uma amizade que está além das palavras e de ligações que vão do místico ao mundano. Temos a bênção de um espírito parecido que fez deste trabalho conjunto uma enriquecedora jornada de afirmação de vida.

O professor Michael Mallory, do Brooklyn College, me apresentou à arte do frei Filippo Lippi, e os professores do Instituto de Belas-Artes me ensinaram História da Arte e me deram segurança para escrever sobre o assunto. Meu marido, Eric Schechter, forneceu apoio infinito e, apesar de descender de judeus da Europa Oriental, é o melhor cozinheiro italiano que já conheci. Minhas filhas, Isabelle, Olivia e Anais, adoçam a receita, sempre. Agradeço a todas as seguintes pessoas pelo apoio e amizade com que também me ajudaram, pouco ou muito, a realizar este romance: Alison

Smith, Monica Taylor, Pilar Lopez, Katica Urbanc, Neil e Kerry Metzger, Laura Berman, Mark Fortgang, Lisa Rafanelli, Françoise Lucbert, Barbara Larson, Robert Steinmuller e Marilyn Morowitz.

— *Laura Morowitz*

Minha vida é cheia de amigos e parentes cujas palavras, sabedoria, visão e criatividade me nutrem diariamente. Os escritores (e leitores) Emily Rosenblum, Toni Martin e Anne Mernin me deram apoio e incentivo, e Nadine Billard sempre retornou meus telefonemas, por mais complicados que fossem. Meus filhos, John e Melissa, se tornaram especialistas em bloquear todos os meios de comunicação com o meu escritório no terceiro andar quando estou trabalhando, e sou eternamente grata pelo amor e o respeito deles. Meus caros amigos Kathleen Tully e Matt Stolwyk fizeram o favor de ler atentamente os originais, numa prova da generosidade. Obrigada também aos muitos editores e professores que me ajudaram, sobretudo Larry Ashmead, Jennifer Sheridan, Tavia Kowalchuk, Lisa Amoroso, Margo Sage-El e a equipe da Watchung Booksellers, Jed Rosen e Jagadisha, cujo estúdio de ioga é o mais agradável lugar com 40 graus de temperatura que já conheci. Minhas irmãs e seus familiares, principalmente Donna, Linda, John, Paula, Andrea e minha sogra, Rosemarie Helm, são os lastros de meus voos criativos. E Frank, meu marido, é um autêntico cavalheiro que torna tudo possível para mim.

— *Laurie Lico Albanese*

Notas Bibliográficas

Esta é uma ficção baseada em fatos biográficos e históricos, com informações obtidas em muitos livros sobre a sociedade e a cultura italianas do século XV, além da vida e obra do frei Filippo Lippi. Nós nos baseamos bastante nas fontes a seguir, mas nos responsabilizamos por qualquer erro ou incorreção, resultado das liberdades artísticas que tomamos para dar harmonia e integridade ao romance.

As informações detalhadas sobre o frei Filippo Lippi vieram de inúmeras consultas à obra de dois historiadores da arte americanos: *Fra Filippo Lippi: Life and Work*, de Jeffrey Ruda (Londres: Phaidon, 1993), e *Fra Filippo Lippi the Carmelite Painter*, de Megan Holmes (New Haven/ Londres: Yale University Press, 1999). Foram muito úteis dois textos italianos sobre a série de afrescos em Prato: *Gli affreschi nel Duomo del Prato*, de Mario Salmi (Bergamo: Instituto Italiano d'Arti Grafiche, 1944), e *I Lippi a Prato* (Prato: Museo Civico, 1994).

Excelentes introduções ao contexto e estilo da arte italiana do século XV estão em *History of Italian Renaissance Art*, de Frederick Hartt (Englewood Cliffs: Prentice Hall, 1976), e em *Art in Renaissance Italy 1350-1500*, de Evelyn Welch (Londres: Oxford History of Art, 2001). *Painting and Experience in Fifteenth Century Italy: A Primer in the Social History of Pictorial Style*, de Michael Baxandall (Oxford: Clarendon Press, 1972), continua sendo o texto básico sobre como era o trabalho nos tempos de Lippi.

Livros coloridos ajudaram a dar vida ao mundo de Prato e da Florença renascentistas, como *Lives of the Most Emminent Painters, Sculptors and Architects*, de Giorgio Vasari, tradução de Gaston de Vère (Nova York: AMS

Press, 1976, originalmente publicado em Roma, em 1550) e *The Merchant of Prato: Francesco di Marco Dattini 1335-1410*, de Iris Origo (Boston: David R. Godine Publisher, 1986). O contexto e os detalhes de vários trechos de nosso romance vieram das excelentes informações em obras sobre a vida cotidiana na Itália renascentista, inclusive *Daily Life in Renaissance Italy*, de Elisabeth S. Cohen e Thomas V. Cohen (Londres/Westport: Greenport Press, 2001); *Women, Family, and Ritual in Renaissance Italy*, de Christiane Klapish-Zuber (Chicago: University of Chicago Press, 1985), e *The Art and Ritual of Childbirth in Renaissance Italy* (New Haven/Londres: Yale University Press, 1999), de Jacqueline Marie Musacchio. As informações sobre plantas e ervas medicinais foram obtidas principalmente no site www.botanical.com.

OBRAS DO FREI FILIPPO LIPPI CITADAS EM
Milagres em Prato

Retrato de mulher com um homem na janela
    Circa 1435-1436
    Painel de 122,6cm x 62,8cm.
    Metropolitan Museum of Art, Nova York

Retábulo Barbadori
    Iniciado em 1437 e terminado *c.* 1439
    Painel de 208cm x 244cm
    Museu do Louvre, Paris

Coroação da Virgem (Coração Maringhi)
    1439-1447
    Painel de 200cm x 287cm
    Uffizi, Florença

A Anunciação
    Final da década de 1430
    Painel de 175cm x 183cm
    São Lourenço, Florença

A madona do Ceppo (Madona e Menino com Santo Estêvão, São João Batista, Francesco di Marco Datini e quatro homens do Hospital do Ceppo, de Prato)
    1453
    Painel de 187cm x 120cm
    Galeria Comunal do Palazzo Pretario, Prato

Santo Antônio Abade e São Miguel, asas laterais do retábulo *Adoração*, feito para o rei Alfonso de Nápoles e desaparecido
    1456-1458
    Pinturas em madeira transferida para masonita, cada uma com 81,3cm x 29,8cm
    Museu de Arte de Cleveland, Cleveland

Morte de São Jerônimo
    Começo a meados da década de 1450
    Painel de 268cm x 165cm
    Catedral de Santo Estêvão, Prato

A Madona do Cinto com Santa Margarida, São Gregório, Santo Agostinho, Rafael e Tobias
    Final de 1455 a meados da década de 1460
    Painel de 191cm x 187cm
    Galeria Comunal do Palazzo Pretario, Prato

Vida de Santo Estêvão e São João Batista
    1452-1465
    Afrescos
    Capela principal da Catedral de Santo Estêvão, Prato

As demais obras citadas no romance são fictícias.

Este livro foi composto na tipologia CentaurMT
em corpo 12/16,7, e impresso em papel off-white 80g/m²
no Sistema Cameron da Divisão Gráfica
da Distribuidora Record.